황금의 고삐

La Laisse

황금의 고삐

프랑수아즈 사강 김인환 옮김

Françoise Sagan

니콜 위스니아크 그룸바흐에게

차례

어두운 침실의 저편

나는 어두운 우리의 침실 안으로 몰래 들어갔다. 인도산 천이 둘러쳐진 아주 여성적인 방이었다. 방 안에는 여느 때처럼 감미롭고도 짙은 로랑스의 체취가 감돌았다. 그녀가 어렸을 적, 두세 번의 투베르쿨린 검사에서 양성 반응이 나오면서부터 그녀의 어머니가 잠잘 때는 반드시 덧문과 창문을 닫아야 한다고 가르쳤기 때문이었다. 항상 그랬듯이, 로랑스의 체취는 내게 약간의 편두통을 안겨주었다.

나는 욕실 안으로 들어가 모든 창문을 활짝 열고, 파리 근교의 신선하고도 세찬 새벽 공기를 5분 동안 들이마셨다. 그러고 나서 방 안으로 돌아와 자고 있는 아름다운 내 아내 로랑스에게로 몸을 기울였다. 나는 기분이 무척 좋아졌다. 내가 그녀를 처음으로 가까이했을 때의, 로마 시대의 처녀 같은 그 모습이 로랑스에게는 여전히 남아 있었다. 그때도 고전적인 얼굴 윤곽에 찰싹 달라붙은 긴 검정 머리카락이 지금처럼 내 시선을 끌었었다.

그녀가 한숨을 내쉬었다. 나는 좀 더 가까이 몸을 숙이고, 입술을 그녀의 목덜미에 갖다 댔다. 그녀는 항상 날씬해야 한다는 강박관념이 있었지만, 그렇다고 깡마른 여자에게서 볼 수 있는 신경질은 없었다. 분홍빛 피부와 까만 눈썹을 가진 아주 쾌활한 성격의 원숙한 여자였다. 잠이 든 그녀의 육체를 보기 위해 침대 시트를 끌어 내리자 그녀가 놀란 듯이 어깨 위로 시트를 끌어 올리며 중얼거렸다.

— 아, 제발! 이러지 말아요! 새벽부터 이 무슨 엉뚱한 생각이에요……. 정말이지! 나 좀 자게 내버려 둬요!

대부분의 여자처럼 그녀도 남편이 자기보다 먼저 쾌락을 원하면 역겨운 음성으로 "당신이라는 사람은 그것밖에 생각하지 않는군요."라고 말하고, 그 반대의 경우에는 순진한 목소리로 "당신은 더 이상 날 사랑하지 않는 거죠?" 라고 말하는 버릇이 있었다. 정사(情事) 얘기라면 케케묵은 얘기들이나 늘어놓을 만큼 말수가 적은 로랑스는, 사랑 얘기에 관해서라면 거침이 없었다. 물론 창녀들이 사랑에 관해 늘어놓는 것보다야 사교계 여성인 로랑스로서는 얘기하기에 유리한 점이 있을 터였다. 하기야 그 어떤 여자가 사랑에 관해 점잖게 얘기하겠는가? 내가 아는 바로는 남자들도 더 나을 리는 없겠지만…….

— 아 그렇지, 우린 싸웠었지.

— 난 화난 게 아니에요, 슬플 뿐이지.

— 슬프다니? 뭣 때문에? 내가 어떻게 했길래?

이미 내 책임이 되어버린 것 같았기에 포기하듯 되물었다.

사실 그 전날 저녁 어느 모임에서 내가 어떤 젊은 은행가의 부인과 은밀한 말을 주고받았던 것 같기도 하다. 하지만 어떤 의미로 어떤 대화를 주고받았는지 전혀 기억이 나질 않았다.

그녀의 남편인 은행가가 나의 장인과 가까운 사이라는 사실을 확인했을 뿐이다. 내 장인이라는 사람에 대해 말할 것 같으면, 그는 정말 가증스러운 인물이다. 7년 전, 그가 나를 형편없는 불량배로 여기고, 내가 그의 순진하고 부유한 외동딸의 재산이 탐이 나서 결혼하는 것이라고 떠벌린 이후로 우리 사이는 아주 나빠졌다.

그는 은근히 사람을 불신하는 게 아니라 오히려 떠들썩하게 비난을 퍼붓는 스타일이어서 로랑스도 매우 괴로워했다.

요즘도 그자는 주위 사람들에게 내가 로랑스의 재산을 물 쓰듯이 낭비하는 것으로 만족하지 않고 한술 더 떠서 그녀를 조롱하고, 또 심히 괴롭히기까지 하며, 7년이 지난 후에도 아버지의 역정과 소원해진 관계 때문에 괴로워하는 로랑스에게 심한 마음의 상처를 주고 있다고 떠들어댄다.

로랑스와 나는 내가 음악 대학 피아노과를 졸업하고 2, 3년이 지난 해에 우연히 만났다. 그녀의 아버지는 나의 음악적 재능에 대해 의혹을 품었지만 우리는 오래지 않아 결혼했다. 그의 의혹은 7년이 지난 후, 내가 우연히 영화 음악을 한 곡 작곡해 달라는 청탁을 받지 않았다면 점점 더 깊어졌을지도 모른다(아니면 의혹이 점점 더 확신으로 변했거나). 하지만 영화는 큰 성공을 거두었고, 내가 작곡한 주제가는 그야말로 대 히트곡이 되어버렸다. 가수라는 가수는 모두 그 곡을 불렀고, 모든 오케스트라와 유럽의 연주가 그리고 지금은 미국의 연주가들까지도 그 노래를 연주했고, 또 연주하고 있다.

그러자 내게도 약간의 돈이 생겼고, 나는 로랑스에게 진 빚을 어느 정도 갚을 수 있게 되었다. 그런데 참 이상하게도 내가 무위도식하며 실패를 거듭하던 시절에는 나를 잘 보살펴주던 아내가, 이 신바람 나는 횡재에 대해서는 불안해했다. 나의 행운과 기쁨을 함께 나누지 않는다고 그녀를 원망할 수도 없을 정도로 그녀는 이 성공을 몹시 달갑지 않게 여겼다.

주제가의 이례적인 성공에 사람들은 작곡가를 수소문하기에 이르렀다. 너무나 놀란 로랑스는, 그녀가 경멸에 차서 내뱉곤 하던 말마따나 지독히 천박한 매스컴을 피하기 위해 즉시 나를 발트해 연안에 있는 어느 섬으로 데리고 가버렸다. 내가 사라지자 매스컴은 할 수 없이 그 영화의 감독과 출연한 배우들을 괴롭혔고, 우리가 돌아왔을 때는 이미 파리가 나와는 전혀 무관한 곳으로 바뀌어 있었다. 그런데도 로랑스는 마치 내가 그 일에 뭔가 책임이 있기라도 한 것처럼 분노와 신경질을 퍼붓고 좀처럼 불신을 풀려고 하질 않았으며 나도 그녀가 나의 성공을 기뻐하지 않는다고 불평을 했다. 하지만 그녀의 행동을 이해하지 못하는 건 아니었다.

로랑스는 유명한 피아니스트, 음악의 거장과 결혼하고 싶었고, 나는 그런 사람이 되지 못했다(그래도 그녀가 그렇게 되지 못한 나를 원망한 적은 없었다). 그렇다고 그녀가 삼류 작곡가와 결혼한 것도 아니었고, 한낱 히트곡이나 만들어 내는 나라는 남자 때문에 국가를 저버린 것도, 또

한 푼도 상속하지 않겠다고 윽박지르던 아버지와 맞서 싸운 것도 아니었다. 7년 동안 그녀가 속물근성의 음악을 좋아하는 친구들 앞에서, 그들이 더구나 악의를 가지고 기둥서방이라고 놀려온 나라는 한 남자에게 남편으로서, 음악가로서 제대로 처신해 달라고 요구해온 적도 없었다. 로랑스는 내 또래였고, 대단한 미모와 음악에 대한 정열이 있을 뿐이었다.

로랑스는 나와 결혼함으로써 예술이 돈보다 더 중요하다는 선언을 한 셈이었다. 이 원칙은 그녀의 집안사람들로서는 도저히 이해할 수 없는 것이었다. 그래서 나는 예외적인 방법으로, 그녀를 기쁘게 해줄 수 있도록 그 원칙에 대한 몇 가지 증거를 보여줄 수 있기를 바라고 있었다. 그녀는 모두들 그렇듯이 속물적이고, 음흉하고, 도덕과 담을 쌓은 그녀의 환경에, 장인이 나를 무시하는 게 당연히 여겨지는 상황에 나를 적응시키려 애를 쓰지 않을 수 없었다.

그 장인이라는 사람은 딱하게도 그의 아내가 세상을 떠나면서 전 재산을 우리에게 상속했다는 사실을 체념하고 받아들이지 않을 수 없었다(로랑스의 어머니만이 가족 중에서 호감이 가던 분이었다. 그래서 그분의 죽음이 하늘의 뜻이 아니었다면, 나는 몹시 슬펐을 것이다). 그건 그렇고, 현재 상황으로 되돌아와 보니, 내가 로랑스를 위로하게 됐다.

— 여보, 난 당신을 속이지 않아. 그럼, 그럼, 당신도 알잖아! 그건 내 선택이야, 내 개인적인 선택인걸. 당신이 내게 의식주를 제공하고, 또 거기에다 용돈, 담뱃값, 자동차, 보험료까지 대주고 있다는 현실은…….

— 그만해요!

로랑스는 그녀가 내게 베푸는 호의를 열거하는 것을 참지 못했다. 정확히는 내가 그것을 입에 올리는 것을 참지 못했다. 그 나열을 듣다 보면 그녀가 베푼 호의, 내가 그녀 덕분에 면한 가난 등등이 내가 그녀를 사랑하는 주된 이유가 된 것 같아 불안감을 느끼는 가운데 마조히즘이 일어났기 때문이었다.

— 그만해요!

몸을 앞으로 숙이면서 그녀가 소리를 질렀다.

— 그만!

그녀는 두 손으로 내 목을 끌어안으며 자신의 뺨을 내 뺨에 밀어붙였다.

— 자, 보라고.

나는 마치 아기를 잠재우듯 그녀를 토닥이며 말했다.

— 당신도 봤으면 알 거 아냐. 그 여자 형편없었다는 거. 뼈만 앙상하고 코는 들창코에다가 머리칼은 짚단 같았어. 내 말이 맞지?

— 음, 네, 그랬었죠.

— 당신, 설마 내가 그런 타입의 여자를 좋아한다고 말하려는 건 아니겠지?

상식 밖의 엉뚱한 소리를 하며, 나 자신도 소리 내 웃으면서 그녀에게 말했다.

— 제발 당신 자신을 좀 바라보라고.

그러자 로랑스는 고개를 끄덕거리며 중얼거렸다.

— 그야, 그렇죠. (마치 말을 뒤집는 것이 멋쩍기라도 한 듯이……. 여자들이란 그들의 행복에 관해서만 논리성을 갖는다).

— 다음부터는 그 여자와는 10미터쯤 떨어져 있을게.

나는 일어섰다.

— 좋아! 이제 난 무일푼을 털러 가야겠어!

불쑥 이런 말을 하면서 가능한 한 큰 소리로 웃었다. 우리에게 익숙한 농담을 던짐으로써, 로랑스도 같이 웃기를 바랐다. 즐거워하던 내 표정이 죄의식에 사로잡히는 것처럼, 즐거워하던 그녀의 표정 또한 어두워지기 전에, 그 방을 가로질러 밖으로 나올 수 있는 시간을 벌기 위해서였다.

로랑스에게는 항상 나의 부재가 그녀를 불안하게 만드는, 내가 알 수 없는 신경질 내지는 성격장애 같은 것이 있었다. 그것은 결혼 생활이 7년이나 지났음에도, 하나의 주목할 만한 반응으로 계속 나타나고 있었고 바로 그 점이 우리의 결혼 생활을 적극적으로 끌어가고 있었다.

나는 집을 나와서 무일푼에게로 가는 층계로 접어 들었다. 방금 내가 말한 무일푼은 '델타블루 프로덕션'이라는 영화사—내 주제가가 들어간 〈소나기〉의 제작사이기도 하다—의 프로듀서였다.

제아무리 그가 끊임없이 뉴욕을 들락날락하고 또 미국을 동경한다 해도, 팔라수라는 그의 이름은 몸에 꼭 끼는 양복과 두 가지 색깔로 된 구두만큼이나 그가 지중해 출신임을 말해주고 있었다.

페르디낭 팔라수는 거리낌 없고 탐욕스러운 프로듀서라는 악독한 평을 받는 인물이었다. 그러나 그는 신인일지라도—내 경우처럼—그에게 돈벌이가 된다면, 또 신인들이 그에게—내가 곧 그럴 것처럼—꽤 강력히 요구하면, 나의 제일 친한 친구, 코리올랑 라틀로의 도움을 받아서라도 신인들에게도 월급을 주는 그런 사람이었다.

코리올랑과 나는 동갑내기이며 같은 과거가 있었다. 우리 둘은 같은 해에, 같은 구역의 같은 마을에서 태어났다. 우리는 중고등학교에서 같이 공부했고, 같은 막사에서 군복무도 했다. 또 로랑스가 나타나기 전까지는 같은 여자친구들과 사귀었고, 똑같이 가난했다. 로랑스와 그는 처음 만난 날부터 서로를 싫어했다. 두 사람이 사사건건 반감을 나타내지 않았더라면 나는 그 반감에 익숙해져 버렸을는지도 모른다.

로랑스는 코리올랑이 불량배라고 나무라면서도 그가 불량배인 척을 하는 거라며 비난을 했고, 코리올랑은 그녀가 부르주아인데도 억지로 부르주아 행세를 한다고 비난했다. 서로 간의 야유는 시간이 지날수록 원한으로 바뀌어 갔다.

코리올랑과 나는 우리가 매일같이 드나드는 카페 리옹 드 벨포르 앞에서 만나자는 약속을 했다. 코리올랑은 다게르가 끝에 있는 본인 소유의 자동차 정비공장에서 일하고 있었고, 또 그가 다니는 마권업자 소재지는 내가 사는 아파트에서 2분 거리에 있는 프로와드보가의 끝에 자리 잡고 있었다.

로랑스와 나는 그녀의 어머니가 남긴 부동산 중에서 몽

파르나스 거리 바로 옆 라스파유가 깊숙이 자리한 아파트 6층에 있는 이 집을 선택했다. 이곳은 코리올랑의 일터에서 3백 미터밖에 떨어져 있지 않았고 내가 어린 시절을 보낸 동네이기도 했다. (나는 이 사실을 로랑스에게 애써 숨겼다). 이 사실을 더 일찍 알았더라면, 그녀는 친정의 다른 많은 부동산 중에서, 내가 훤히 아는 이 동네와 좀 더 멀리 떨어진 다른 아파트를 선택했을 것이다.

로랑스는 나의 생활환경을 바꾸고 싶어 했고, 더욱이 나에게 새로운 삶, 새로운 사랑, 새로운 안락, 새로운 동네를 마련해 주고 싶었을 것이다. 그러나 사랑하는 음악가 애인을 납치한다는 이 계획은 그녀가 원했던 것만큼 완벽하게 이루어지지는 못했다. 그 뒤 몇 번 이사를 하기 위해 애를 쓰긴 했지만, 나 같은 촌사람을 원하는 대로 다루기란 쉽지 않았다. 물론, 나는 로랑스의 결정에 반대하거나 나의 행복이기도 한 우리의 행복을 방해할 생각은 추호도 없었다. 나는 무슨 일이 생겨도 그녀에게 맞서지 않고 속으로 삼켜 왔으니까. 그렇긴 해도 내 마음속에 남아 있는 반감은 흔히 여자들에게나 나타나는, 이를테면 편두통과 무거운 침묵, 그리고 계속적인 의기소침 등으로 나타나 나를 괴롭혔고, 그녀 또한 너무 강압적으로 내게 그런 것들을 밀어붙인 데 대해 낙담하기도 했다……. 말하자면, 우리는 결국 이곳, 즉 라스파유가에 계속 머물게 되었던 것이다.

나는 내 친구를 만나려고 집을 나섰고, 약속 장소가 가까운데도 자동차를 타고 갔다. 3년 전 내 생일에 로랑스가 선물해준 멋진 스포츠카였다. 그 차는 라벨의 음악처럼 아름답고, 정확하고, 힘이 좋고, 매끈한 검은 짐승 같았는데 오늘 아침에도 잠시 내리쬐는 햇빛을 받으며 반짝거리고 있었다.

나는 자동차의 붕붕대는 엔진소리를 즐겁게 들을 겸, 라스파유가와 몽파르나스가를 지나 옵세르바투와르 대로 쪽으로 커브를 틀었다. 파리 시내는 텅 비어 있었다. 소나기가 쏟아졌다 개었다 할 때마다 비옷을 입고 벗기 지친 행인들이 아예 비를 피해 있었던 것이다. 그리하여 황량하고 축축한 거리는 마치 거대한 물개 가죽마냥 매끈거리고 반짝이면서 자동차 덮개 아래로 길게 뻗어 있었다.

햇빛은 경련을 일으키듯 어른거렸다. 나는 이처럼 햇빛과 비, 공기와 액체, 구름과 바람이 반반씩 뒤섞인 수포의 내부로 거침없이, 그리고 소리도 없이 미끄러져 들어가는 것 같았다. 그것은 변덕스러운 하늘이 이따금 그리고 우연히 인간에게 제공하는—일기예보로는 도저히 표현할 수 없는—황홀한 순간이었다.

그런데 바로 그 전날 밤 몰아닥친 회오리바람이 너무 세차게 불어 나뭇잎들이 다 떨어져 있었다. 거세게 불어온 회오리바람이 어느 나뭇잎이든 그대로 둘 수 있겠는가. 이미 시들어버린 낙엽과 이제 막 튀어나오는 초록빛 작은 이파리마저, 가장자리에 장식처럼 나 있던 나뭇잎이나 나무줄기를 타고 삐죽이 솟아있던 나뭇잎까지, 나무를 송두리째 흔들어 나뭇잎들이 온통 다 떨어져 버린 것이다. 무심코 자동차 와이퍼를 작동하자, 나뭇잎 한무더기가 차창 앞에 모였다가 구불구불 흐르는 빗줄기에 섞이는 것이 보였다. 와이퍼가 끊임없이 좌우로 움직임에 따라 나뭇잎은 두 무리로 나누어졌다가 길가의 도랑으로 휩쓸려 갔다. 마지막 남은 나뭇잎들이 차가운 유리창에 착 달라붙어서 맞은편에 앉은 나를 쳐다보고 또 쳐다보면서 무엇인가 간곡히 애원해왔다. 도회지에서 자란 나 같은 사람의 무심한 눈으로는 이해할 수 없는 그 무엇인가를.

감상에 가까운 이런 감정이 폭발하듯이 느껴지는 것은—그것도 흔히 말하듯 나처럼 정서적으로 안정된 사람에게서—놀라운 일이 아니리라. 남자들이란 어떤 분야에 관해서는 전혀 아는 바가 없는 것이다. 말하자면 우리가 만질 수 있고, 일그러뜨릴 수 없는 모든 것에서, 내가 전에는 상처받기 쉽고, 침묵을 지키는 것—지독하게도 침묵을 지키는 것—이라 짐작했던 모든 것에서 무언가 예민한 것, 고통스러움, 외침, 울부짖음을 느껴보고, 상상해보는 것만으로도 나는 우울해지곤 했다.

음악가인 나는 개가 인간보다 감수성이 더 예민하다는 사실과 인간의 귀는 주변에서 울리는 소리의 백 분의 일도 듣지 못한다는 사실을 알고 있었다. 또한 신디사이저가 낼 수 있는 가장 기발한 음으로도 흉내 낼 수 없는 소리를 밟힌 잔디가 만들어낸다는 사실도 알고 있었다.

— 그건 그렇고!

자동차의 문이 열리고 그 안으로 코리올랑이 얼굴을 내밀었다. 그의 얼굴은 원래 가슴 깊이 상처 입은 스페인 남자의 모습이었는데, 그 순간에는 아주 명랑해 보였다. 성격과 외모가 일치하지 않는 경우에 때때로 보는 이의 관심을 끌 수도 있지만, 코리올랑의 경우는 정말 놀라운 정도였다. 그는 불명예로 치명타를 입은 스페인 귀족의 모습 바로 그 자체였다. 심지어 그를 진심으로 사랑하는 그의 가장 친한 친구들조차 슬퍼 보이는 그의 모습을 더 좋아할 정도였다. 여자들에 대해 말하자면, 그를 따라다니면서도 이 명랑한 녀석과 잠자리를 하려는 여자는 드물었다. 그렇기에 코리올랑은 즐겁게 보내고 싶은 저녁에도 여자친구의 애정을 갈구하면서 외롭게 보내야 했다. 이 스페인 귀족은 진지할 때는 꽤 호감이 가는데, 유혹하고 싶을 만큼 인상적이고 매혹적이었다. 그러나 그가 웃을 때는 엉터리 스페인 귀족 행세를 하는 가짜 귀족이 불쾌감을 불러일으켜, 이를 보는 사람의 마음이 불편하고 거북할 정도로 어색했다. 이런 식의 공평하지 못한 운명은 지금까지 많은 사람을 괴롭혀왔을 것이다. 그러나 그에게는 아니었다.

외모에서도 드러나듯이 그는 자신만만하고, 용기와 자부심으로 가득찬 사내였다. 비록 그런 장점들이 가난하다는 이유로 그를 고집스럽고, 건방지고, 무분별한 사람으로 낙인찍히게 만들었지만, 어쨌든 그는 나의 친구, 그것도 가장 친한 친구, 내가 결혼한 이후로 지금까지도 관계를 지속한 유일한 친구였다. 로랑스와 나는 친구를 택하는 취향도 달랐으니까.

— 우리 어딜 가지?

차 앞좌석에 몸을 들이밀면서 그가 물었다. 만날 때마다 항상 밝은 표정이어서 나는 새삼 그런 그가 고마워지기까지 했다.

그는 내가 이상적이라고 생각하는 가장 진실하고 자상한 인간이었다. 나는 그를 힐끗 쳐다보았다. 그의 옷차림만 보아도 재정 상태가 어떠한지, 돈에 얼마나 시달리고 있는지 알 수 있었다. 그렇지만 그는 로랑스에게서 나오는 돈은 한 푼도 받으려 들지 않았다. 그런데 내게는 7년 전부터 그 돈밖에 없었다.

— 기필코 무일푼에게서 그 돈을 받아내야 해

나는 자신 있게 말했다.

— 도처에서 〈소나기〉를 연주하는데 그 작자는 작곡가 협회에서 아직 돈이 안 나왔다는 거야.

— 지독한 도둑이로군!

코리올랑이 담담하게 말했다.

— 어딜 가도 그 노래만 들리잖아! 네가 돈을 타낼 때마다……. 잘 들어, 10프랑을 탈 때마다, 그 녀석은 1프랑 50 상팀을 떼먹는 거라고. 단지 네가 보낸 내역서를 계산을 해준다는 이유로 말이야. 알겠어? 그는 네게 돈을 주고 싶지 않은 거야, 지독한 자식! 어떻게 생긴 놈이야?

— 글쎄, 그러니까 니스인가 툴롱 출신이라는 것밖엔 나도 아는 게 없어. 얼굴은 멀쩡하게 생겼어. 한데 자기가 진짜 뉴욕 태생이라고 떠벌리고 다녀. 너도 두고 보면 알거야.

— 그 작자는 내가 맡을게.

코리올랑은 두 손을 비비면서 말했다. 그러고 나서 그는 있는 목청을 다해서 슈베르트의 사중주를 불러대기 시작했는데, 그 곡은 그의 말마따나 한 달 전부터 그를 매료시켰던 곡이었다. 왜냐하면 이 마권업자 겸 정비공은 유럽에서 가장 유명한 음악 잡지들을 애독하고, 세계에서 가장 이름 있는 음악가들에게 끊임없이 관심을 기울이는 음악 애호가 중의 한 사람이었고, 게다가 모든 음악에 대한 그의 기억력과 교양 그리고 직관은 놀랍기만 했다. 그렇지만 그는 어떤 로맨티시즘인지 아니면 어떤 향수인지는 알 수 없지만, 음악을 직업으로 삼는 것은 원치 않았다.

코리올랑은 사중주곡을 부르다 말고 내게로 몸을 돌렸다.

— 네 아내는 어때? 네가 성공했다는 사실에 이제 익숙해져 가고 있는 거야?

누구를 통해서 들었는지 모르겠지만 그는 로랑스와 나의 말다툼에 대해 알고 있었다. 나는 다소 신경질적으로 퉁명스럽게 대답했다.

— 그런 것 같기도 하고 아닌 것 같기도 하고……. 너도 알다시피 로랑스는 내가 유명한 피아니스트가 되기를 원

하고 있으니…….

코리올랑은 웃음을 터뜨렸다.

— 그만, 그만, 그만! 그녀는 잠시도 그 사실을 믿을 수 없을걸. 그녀조차도! 네가 연습을 안 한지도 3년이 넘었어……. 넌 그 근사한 작업실에 들어앉아 도대체 뭘 하는 거야? 탐정소설이나 읽고 있는 거 아냐? 지금 넌 체르니도 연주할 수 없을 거다. 로랑스도 그렇게 바보는 아냐! 이제 와서 음악의 거장이 된다고? 네가? 그렇게 되려면 연습을 해야지, 너도 잘 알면서 그래!

— 그럼 네 말대로라면 그녀가 나한테 원하는 게 뭐지? 애초에 그녀는 내게 뭘 원했던 거지?

— 그녀가 너한테 원하던 게 뭐냐고? 그리고 지금 원하는 건 뭐냐고? 아무것도 없어, 아무것도 없다고. 아니, 있어. 너라는 사람의 모든 것을 원하고 있어. 그녀는 네가 그냥 그 집에 가만히 있으면서 아무것도 하지 않기를 바라고 있지. 넌 아직도 눈치채지 못했단 말이야? 그녀가 원하는 건 바로 너야. 그것뿐이야! 그래서 그 흡혈귀 같은 여자가 황당무계한 생각을 하는 거지.

그때 전화벨이 울렸고, 코리올랑은 감탄하며 입을 다물었다. 이 차 안에서 그를 사로잡는 유일한 물건이 있다면,

그것은 바로 그 전화기였기 때문이다. 나는 수화기를 들었으나 아무 소리도 들리지 않았다. 로랑스만이 내 카폰의 번호를 알고 있었다. 그녀가 이유 없이 전화를 걸어 내 일을 방해한 적은 단 한 번도 없었는데 또 교환수의 실수였나 보다.

어느새 우리는 음반사 건물 앞에 도착했다.

팔라수의 사무실은 샹젤리제가에 있는 것들을 흉내 낸 듯했다.

초라한 층계를 지나 3층에 들어서자 지저분한 문 하나가 나타났다. 문 위에는 검은 대리석 바탕에 은색 활자로 델타블루라는 글자가 박혀 있었다.

— 왜 델타블루라 지은 거지?

코리올랑이 비아냥거리며 말했다.

— '니스 출신 도둑놈'이라고 쓰지 않고?

그는 홀에 깔린 지독하게 두꺼운 카펫 위로 나를 따라 들어오면서 거침 없이 악담을 날려댔다.

배우 지망생인 여비서가 프로듀서가 지금 중요한 사람과 통화 중이라고 알려 주었다. 실제로 그는 열을 내며 전화를 하고 있었다. 우리를 발견하고 나서는 일부러 더 다급한 어조로 흥분하며 말하는 듯했다. 그렇다고 통화를 중단

한 것도 아니고, 전화를 끊고 난 후에도 미안한 기색은 보이지 않았다.

나는 나름대로 사업하는 자들의 무례함에 익숙해져 있었다. 그럴싸한 직업과 지위를 가진 로랑스의 친구들은 나의 부득이한 무위도식을 은근히 부러워하면서도, 무시하였고, 또 공공연히 그런 태도를 보였기 때문이다. 단지, 얼마 전부터 내 덕택에 호강하는—사람들의 말에 의하면—팔라수에게 자주 드나들면서부터, 나는 그런 태도는 좀 지나치다고 생각했다.

— 그리고 매력적인 당신의 부인께서도 안녕하신가요?

그는 속물처럼 물었다—결국 그가 드러내고 싶은 가장 속물적인 태도로.

— 물론, 그 사람도 잘 지내고 있습니다. 코리올랑 씨를 아십니까?

— 아, 안녕하세요! 뱅상 씨, 스페인 친구랑 같이 오셨군요. 그렇죠? 절대로 혼자 다니지 않으시나 봐?

게다가 그는 농담까지 하고 있었다. 나는 신경질이 났다.

— 코리올랑은 내 매니접니다! 당신이 왜 지급을 늦추는지에 관해 이야기하려고 내가 부탁해서 함께 온 사람입니다.

— 그만, 그만, 그만!

코리올랑은 호탕하게 웃으며 말했다. 나는 눈짓으로 그의 말을 막았다.

무일푼은 난처한 표정이었다.

— 매니저라고요? 아시다시피, 매니저는 하나의 직업이죠……. 죄송합니다만 저는 댁의 이름을 몰라서……. 이 분야에 종사하는 사람들은 모두 서로 알고 지내지요……. 여하튼 이 직업은 경험이 필요합니다, 인내심도 있어야 하고, 더구나 웬만큼 상식도 있어야…….

— 내가 상식이 없어 보입니까?

코리올랑은 재판관 같은 침착한 목소리로 물었다. 나는 앞으로 나의 재정상의 전망이 어떤 결과를 가져올 것인가에 대해서는 완전히 무관한 듯 고개를 돌렸다.

반면, 다른 한편으로는 괴로웠다. 도대체 내가 무슨 일을 했단 말인가. 물론 코리올랑을 매니저로 삼겠다는 것은 그를 경제적으로 돕기 위함이나 로랑스가 어떻게 생각하겠는가? 그녀가 7년 전부터 완전히 무책임한 사람이라고 비난했던 사람을 내가 재정 담당자로 채택한 것이었으니.

그녀가 보기에는, 분명 이 사실이 치욕스러울 것이고, 또 한 번 내가 그녀의 판단을 완전히 무시했다는 증거가 되는 셈이었다. 그녀는 내가 충동적으로, 심심풀이로 그랬다고 생각지 않으리라. 무일푼에 대한 격분, 그리고 코리올랑을 돕고 싶어서 그렇게 했다고는 절대로 생각하지 않을 것이다. 또 그녀는 내 쪽에서 그런 경솔한 행동을 했다고도 생각하지 않을 것이다. (요컨대 사람들은 모두가 그렇다. 망각, 그들이 준 고약한 충고에 대한 순수하고 단순한 망각이 그들에게는 우리가 그 충고를 따르지 않는 데에 대한 충분한 이유로는 절대로 보이지 않으니까).

유리창 너머 샹젤리제 거리에서 떨고 있는 마로니에와 나 자신 사이에 문득 초라한 로랑스의 화나고, 고통스런 얼굴이 끼어들었다.

나는 무일푼 쪽으로 눈을 돌렸다.

그는 소파에 깊숙이 몸을 파묻은 채 눈을 크게 뜨고 코리올랑의 말을 듣고 있었다.

— ……뇌이 지구에 있는 장외 마권 판매소에서 당신 같은 고객을 본 적이 있죠. 자기가 진 빚을 갚으려 들지 않는 분이었는데 그 점만 빼면 호감이 가는 사람이었죠. 오페라가에 멋진 사무실도 있었고, 믿을만한 은행에 예금 통장까지 있었어요. 그런데 그분은 새 프랑으로 50만 프랑의 빚을 지고 있었습니다. 그래서 나는 오늘 이렇게 샹젤리제에

왔듯이 그를 만나러 오페라가에 갈 수밖에 없었지요. 그런데 말입니다. 나는 파리16구 같은 부자 동네만 좋아해요. 그러니 뱅상 씨에게 진 빚을 갚으셔야 합니다. 달리 말하자면…….

그러면서 코리올랑은 몸을 숙였고 목소리도 낮췄다. 나도 공연히 귀를 기울였다.

— 하지만 보세요…….

무일푼은 말을 더듬거렸다.

— 보세요 코리올랑씨, 당신도 작곡가 협회가 지급을 연기하고 있다는 사실을 모르시지는 않겠죠?

그는 큰 소리로 말했다. 코리올랑은 다시 몸을 숙이고 작곡가 협회에 관한 얘기를 몸짓으로 묵살해버렸다. 그러고는 다시 낮은 목소리로 제 할 말을 시작했다. 사이사이에 무일푼은 말을 멈추게 하려고 했지만 결국 목소리는 속삭이듯 더욱 작아졌고, 자기 서랍을 열어 서류들을 꺼냈다. 코리올랑은 내게 승리의 눈길을 보냈고 나는 감격한 듯한 미소로 응답했다. 결과야 어찌 되었건, 바로 이러한 순간에 사람들은 자기 친구의 장점에 대해 가장 민감해지는 것이다.

간단히 말해서 나는 말할 수 없이 기뻤고, 코리올랑도 기뻐했다. 그런데 이상하게도 무일푼은 안심한 듯한 눈치였다. 우리 셋은 '델타블루' 소속인 어떤 록 음악 그룹과 유명한 여가수 한 명과 같이 점심을 먹으러 나갔다. 나는 점심때 집에 들어가지 않는다는 전화를 로랑스에게 해달라고 부탁했다. 깡패 두 명이 부추기는 바람에 나의 소심증이 용기와 구실을 얻게 된 것이다. 오래전부터 그들이 나를 조롱한다는 것은 별로 중요하지 않았다. 때문에 그들은 나를 더는 조롱하지는 않았지만, 대신 치사하다고 몰아세웠다. 그들은 내가 점심을 사야한다고 단호히 말했다. 어찌 말하면, 나는 이미 코리올랑을 매니저로 채택한 그 발상에 대해, 로랑스와 싸우게 될 거라는 생각에 말려들고 있었지만, 두 시간 후에나 있을 일에 대해서 더는 개의치 않기로 했다.

결국 식당 물품보관소 여직원에게 대신 전화를 하게 했다. 왜냐하면 내가 점심 때 집에 못 들어간다고 직접 알리면 로랑스는 욕설이라기보다는 가시 돋친, 그러나 관대한 말로 그렇게 하라고 할 테니까. 그래도 나는 기분이 좋았다. 더없이 기분이 좋았다. 평온하게 반짝이는 코리올랑의 두 눈을 쳐다보기만 해도 내 행복에 드리운 어두운 그림자를 지우기에 충분했다. 나라고 이따금 이기주의자가 되지 말라는 법은 없으니까…….

내 마지막 은신처

두 시간 후 나는 코리올랑과 헤어졌다. 그는 '니스 출신 도둑놈'이라고 불러대던 델타블루 제작소의 회계사와 마주해야 하는 새로운 임무에 대해 불안해하면서도 한편으로는 꽤 자랑스럽게 생각했다. 아마도 돈에 대한 특유의 거만한 태도가 다른 사람에게는 아주 훌륭한 재정 담당관처럼 비칠 수도 있을 것이었다. 그렇지만 나는 집으로 가자마자 그 사실을 로랑스에게 알릴 생각은 없었다. 굉장한 액수의 수표 한 장이 우리의 지갑 속으로 들어올 때를 기다릴 참이었다.

거의 네 시가 다 되었을 무렵 나는 조용히 아파트 문을 열었다. 아름다운 선율이 나를 사로잡았다. 그것은 슈만의 협주곡이었는데, 마치 나를 자극하려고 준비한 듯 로랑스의 방에서 흘러나오고 있었다. 순간 나는 피아노 연습을 할 수 있는 작업실로 곧장 갈까 하는 생각이 들었다. 그러나 작업실은 아파트 안쪽 구석에 있어서 거기에 가려면 안방, 말하자면 우리의 침실을 거치거나 아니면 내 비서인 오딜의 방을 지나야만 했다.

오딜은 아내의 동창으로, 로랑스를 부러워하며 따르는 친구 중 한 사람이었다. 로랑스는 내가 갑자기 유명해지자 그 전보다 더 잦은 전화와 우편물을 그녀에게 전담했다.

착한 아이 같고, 건강하며, 평범한 얼굴을 지닌 오딜도 한물간 나이 때문에 꼼짝달싹 못하는 그런 여자 중 한 명이 되었다. 그런 여자들은, 평생 희망과 실수로 뒤범벅된 생활 속에서 자기에게 주어진 처녀 역할, 그다음 젊은 여인의 역할, 그다음 성숙한 여자 등등의 역할을 해내지만, 실제로 그 역할에 따라 보이는 모습은 자기 자신은 물론 어느 누구에게도 결코 확신을 주지 못하는 법이었다. 오딜은 일찍 출근하고 늦게 퇴근하면서 나를 대신해 대부분 별 볼 일 없는 금전 청구서를 처리했다.

그것은 히트곡을 낸 작곡가에게 흔히 날아오는 전형적인 우편물이라고 로랑스는 말하곤 했다. 물론 내가 음악의 대가로 성공했더라면 좀 더 세련된 내용의 우편물이 배달되었을 테고, 그러면 로랑스도 영광스럽게 여겼을 것이다.

남편의 연주회가 끝나고 난 후, 게오르그 솔티와 몽셰라 카바예와 함께 잘츠부르크나 베이루트에서 저녁을 먹고, 유로비전 페스티벌에 참석하기 위해 몬테카를로에서 다시 만나는 장면 등을 상상하면, 지금의 내 지위는 실망스러울 것이다. 그 잘난 남편은 연미복 차림으로 무대 앞에서 열광하는 관중과 마주하고 있는데, 동시에 무대 뒤에서는 한심한 남편이 본인의 음반을 몇 천 부씩이나 팔아줄지 모를 창백한 혹은 거세된 목소리의 가수들을 격려하는 모습을 상상해본다면 그 실망감은 더욱 더 커질지도 모른다. 그러니까 말하자면 이런 거다. 음악가로서의 나의 경력에 관해 7년 전부터 느껴왔을 그런 자극적인 비교는 이제는 다소 줄어들었어야 했다.

무엇보다도, 그 누가 그녀에게 나 자신이 그러한 로맨티시즘의 매력에 무감각하다고 말해줄 수 있겠는가? 그녀가 마리 다구가 되고 싶다는 것이나, 내가 프란츠 리스트가 되고 싶다는 것이나 마찬가지다. 그렇지만 나는 베토벤과 뱅상 스코토 사이에 어떠한 차이가 있는지에 대해 알고 있었다. 그러니 아침부터 저녁까지 그녀가 나를 비난하는 의미로 귀가 따갑게 슈만의 음악을 내게 들려주면서 측은함을 나타내거나 다른 지혜를 짜낼 필요가 없었다. 언젠가—오늘이 아닌 다른 날에—그녀에게 이 모든 것을 설명해주리라. 오늘은 뜻하지 않게 무일푼과 점심 식사를 하게 된 것만으로도 벌써 그녀를 불쾌하게 할 테니까. 다시 말하지만 나는 로랑스를 괴롭히는 일은 하고 싶지 않았다.

그래서 나는 작업실로 가기 위해 부엌의 복도 쪽, 그러니까 오딜의 사무실 쪽으로 조용히 지나갔다. 작업실은 나의 은신처이자, 피난처였다.

— 도대체 이게 무슨 피난처야?

내 스튜디오를 본 코리올랑은 이렇게 말했었다.

— 이곳에 숨으려면 보초 두 명과 마주쳐야 하는데, 이걸 피난처라고?

늘 그랬듯이 그의 말은 과장이 심하다. 나는 오딜이 나를 좋아하고, 내가 바보 같은 짓을 해도 눈감아주리라고 확신했다. 그녀 역시 나를 아무짝에도 쓸모없는 호인으로 생각하고 있는지를 나로서는 알 수 없었다. 그러니까 결혼 초에, 로랑스의 여자 친구들—대체로 부잣집에 시집 간 여자들—사이에서는 내가 아무짝에도 쓸모없는 호인으로 정평이 나 있었다. 나는 그러한 평판이 부당하다는 것을 그 여자들에게 증명해 보이려고 애썼고, 그러기 위해 로랑스가 나와 결혼한 몇 가지 이유를 공개하려고 했다. 물론, 이 모든 것은 아주 조심스럽게 행해졌다. 비록 로랑스 주변의 남자들은—불행히도 모든 부류의 남자가 다 그렇지만—자신의 외도를 감추려는 최소한의 수고마저 하지 않았지만 말이다. 로랑스는 남편인 나의 정절에 대해 의심을 했지만 의심의 타당성을 입증할 만한 증거는 아무것도 없었다. 새디즘이나 허영심으로 더럽혀진 부부 간의 성실성을 핑계 삼아, 서로의 실수를 알려주는 것을 미덕으로 여기는 그런 부부들을 나는 혐오했다.

— 뱅상? 어머, 반가워요!

마치 수십 명의 남자가 대낮에 발끝을 세우고 사뿐히 그녀의 사무실 안으로 줄지어 지나가기라도 하는 것처럼 오딜이 놀란 음성으로 소리를 질렀다.

— 뱅상, 로랑스를 만나 봤어요?

— 아뇨. 그랬으면 내가 왜 이쪽으로 지나가겠어요?

— 하지만……. 하지만…….

애처롭게도 오딜은 어리둥절한 채 그대로 서 있었다. 왜냐하면 로랑스가 들려준 얘기로는, 그녀에게 우리는 완벽한 부부로 묘사되었기 때문이었다.

— 로랑스가 기다리고 있어요……. 당신을 기다리고 있다니까요!

그러면서 오딜의 눈, 손, 목소리 그리고 그녀의 온몸이 내 발걸음을 로랑스의 방 쪽, 슈만 쪽—더 정확히 말하자면 부부 간의 행복과 위대한 음악 쪽—으로 돌리게 하려고 애쓰고 있었다.

— 로랑스를 방해하고 싶지 않아서요.

이렇게 대답하고는 나는 다소 황급히 작업실 안으로 들어갔다. 결국 이 집에서 지켜야 할 정신적 질서를 위배한 셈이었다. 그 일로 벌을 받게 되겠지만 거울 속에서도 역력히 보이던, 그 죄인 같은 모습으로 그대로 서 있을 수는 없었다. 나는 바바리코트를 벗어 침대 위에 내던진 다음 힘찬 발걸음으로 다시 방을 나왔다.

— 아, 당신이세요, 그럼……!

오딜은 "정말 싱거운 사람이군요!"라는 말은 덧붙이지 않았는데, 그것은 단지 자신이 없어서였을 것이다. 내가 오딜에게 윙크를 하자 그녀의 얼굴이 붉어졌다. 불쌍한 오딜! 그녀와 같이 자는 것도 선심을 쓰는 일이겠지만 그러기에는 나 또한 지나친 이기주의자였다. 그러다가도 로랑스가 그녀의 친한 친구 중에서도 가장 못생긴 오딜을 내 비서로 택했다고 생각하니 웃음이 나왔다.

나는 방 안—우리의 침실 안—으로 슈만의 곡을 휘파람

으로 불면서 들어갔다. 로랑스는 벽난로에 불을 활활 지펴 놓고 그 앞에서 옷을 벗은 채 나를 기다리고 있었다. 5년 전 어느 가을날 저녁이 생각났다. 그날 저녁 나는 프레이엘 홀 오디션을 보러 갔다가 낙오자가 되었다는 치욕스러운 패배감에 사로잡혀 집으로 돌아왔다. 난생처음 더는 나 자신이 가능성이 있고, 또 있을 것 같은 청년으로 보이지 않았다. 그저 능력 없는 놈으로 보였다. 그날 밤 나는 그 생각에 몸서리쳤고, 어깨를 축 늘어뜨린 채 눈물을 흘렸다. 나는 의기소침한 상태로 로랑스와 마주치고 싶지 않았지만, 그녀는 내가 아파트에 들어서자마자 나를 불러댔다. 그래서 그때도 지금처럼 이 어두운 방 안에 들어왔고, 지금처럼 벽 위에는 불빛이 반사되고 있었다.

— 오, 뱅상 이리 와요!

그녀가 여러 번 나를 불렀다. 나는 기진맥진하고 초췌한 모습으로 어둠 속에서 그녀 옆에 앉았고, 그녀가 프레이엘 홀에서의 오디션에 관해 물어볼까 봐 고개를 돌리고 있었다. 그러나 그녀는 아무런 질문도 하지 않았다. 대신 내 윗도리를 벗겨 넥타이를 풀고는 자신의 스카프로 내 머리를 말려주었다. 그녀는 아무 말도 하지 않고 아주 부드럽게 내게 키스하면서, 이따금 낮고 부드러운, 모성애로 가득 찬,

내게 꼭 필요했던 그런 음성으로 “가엾은 당신!”이라고 말했다. 그래, 그때 그녀는 나를 사랑했었어!

그래, 로랑스는 나를 사랑했었다! 바로 이런 추억 때문에 내가 버릇없는 아이 같은 그녀의 자질구레한 요구를 들어주었던 것이다.

오늘 오후에도 그녀는 내가 한 점심 식사에 관해서 아무런 질문도 하지 않았다. 그와는 반대로 그녀는 매우 유쾌해 보였고, 두 눈이 반짝였다. 그녀가 내게 들려줄 반가운 소식이 있다고 말했을 때, 내 가슴은 덜컥 내려앉았다. 그녀가 임신을 한 것일까? 하지만 로랑스는 아이를 원하지 않았다. 그녀가 실수를 했을까? 그러나 그 반가운 소식은 아이가 아닌 부모에 관한 것이었다.

— 당신 방금 내가 누구한테서 전화를 받았는지 알아 맞춰봐요. 우리 아빠예요!

— 그분이 웬일이지?

— 아빠에게 심장 쇼크가 일어났었대요. 그래서 아빠는 그동안 우리와의 나쁜 관계에 별 의미를 두고 싶지 않으셨던 거예요. 자신의 태도가……. 결국 우리의 불화가 우스꽝스럽다는 생각이 든 거죠, 뭐.

— 간단히 말해서, 그분이 나를 사위로 맞아들이신다는

거군!

나는 웃음이 나오려고 했다. 참 희한한 하루로군! 정오에는 매니저, 5시에는 장인이라! 인생이 모든 행운을 내 가슴 속에 던져주고 있었다.

— 당신은 어떻게 생각해요?

나는 로랑스를 바라보았다. 그녀의 표정에서 내가 읽을 수 있었던 것은, 그녀가 몹시 감격해 있다는 것이었다.

— 글쎄, 당신은 행복해 보이는군. 당연하지, 뭐 당신 아버지니까.

그녀가 신기하다는 듯한 눈길을 내게 던졌다.

— 만약 내가 공포에 떨었다면요?

— 그 역시 당연했겠지. 당신 아버지는 변하지 않았을 테니까.

나로서는 내 답변이 꽤 절묘한 것 같았다. 그러나 로랑스가 그 말을 별로 탐탁지 않게 여겼기에 나는 거기에 주석을 붙이기 시작했다.

— 당신이 당신을 낳아주신 분의 귀환을 기뻐하는 건 당연해. 하지만 그 당신을 낳아주신 분이 당신 아버지 같은 강한 성격을 가졌으므로 당연히…….

— 아, 제발 그만해요! 당신의 그 끝없는 농담! 그건 그

렇고, 당신 점심 때 그 예술가들, 음악가들과는 재미있었나요? 페르디낭 팔라수 씨의 음악가들 말이에요. 당신의 새 친구들이 그렇게도 마음에 들던가요?

그녀의 음성은 경멸로 가득했고, 나도 이번만은 참을 수가 없었다. 내가 작곡한 음악이 히트를 쳐서, 내 인생이 성공 가도에 접어들면서 나도 나 자신에 대해 자신감을 갖게 되었다. 말하자면 내가 완전히 무능한 인간이 아니라는 기분 좋은 감각을 얻게 된 것이다. 아니, 오히려 이제까지 돈을 벌지 못할 것 같았던 확신이 〈소나기〉의 성공으로 흔들리기 시작한 것이다. 물론, 내가 앞에서도 말한 것처럼, 이번 성공이 완전히 우연일 수도 있다. 그렇지만 궁극적으로 그것을 단정 지을 만한 이유도 없었다. 어떤 음악가들은 오히려 정반대로 나를 전망 있는 음악가라고 생각하고 있었으니, 그래서 나는 아주 당당하게 대답해 주었다.

— 여보, 그 사람들은 내 동료야! 그래서인지 난 조금도 지루하지 않았어.

그녀가 나를 쳐다보다가, 갑자기 울음을 터뜨렸다. 나는 깜짝 놀라 그녀를 껴안았다. 무엇보다도 로랑스가 눈물을 흘리는 것을 자주 보지 못했기 때문에 놀랐고, 그다음으로 그녀를 울린 것은—내가 자부하는 바—결코 내가 아니었기 때문이었다. 그래서 나는 내 가슴에 그녀를 꼭 껴안고 용서해 달라고 속삭였다. "여보! 내 사랑! 제발, 울지마! 점심 내내 당신이 보고 싶었어." 등등……. 그래도 계속 그녀가 흐느끼자 나는 점점 세게 그녀를 껴안아서 육체적 고통이 그녀를 진정시켜 주기를 기다렸다. 그녀는 몸부림치다가 마침내 헐떡거리며 내게서 빠져나왔다.

— 당신은 이해 못해요. 정말 흉측한 부류의 사람이에요! 어떻게 식당 직원을 시켜서 내게 전화를 걸 수 있느냐 말이에요. 비겁한 사내들이 집에서 아무도 기다리지도 않는 것처럼 친구들에게 보이려고 말하듯이 말이에요. 그 위선적인 자유, 그 어중간하고 무례한 짓! 전 싫어요! 그건 형편없는 사람들이나 하는 짓이에요! 어떻게 당신이 그럴 수가 있어요?

그녀는 양손을 가슴에 얹고 말했다. 그러고는 조금씩 흐느끼기 시작했고, 숨을 헐떡거렸다. 나는 그녀의 말이 옳다고 인정했다. 그리고 다시 축축해진 그녀의 눈물, 내 뺨을 따라 흘러내리는 뜨거운 눈물, 그녀의 몸에서 나는 가벼운 열기, 이마에 착 달라붙은 그녀의 머리칼, 떨고 있는 그녀의 육체, 이 모든 것이 내 마음을 아프게 했다. 나는 다정하고 인간적인 동정심이 솟구쳐 올랐다. 그래서 그녀가 한 손을 내 와이셔츠 속으로 밀어 넣고, 다른 손으로는 내 손을 잡으며 나를 침대 쪽으로 끌고 갔을 때는 놀랄 수밖에 없었다. 놀라고 당황했다. 한마디로 그녀는 10분 전에는 비난을 퍼부었고, 3분 전에는 눈물을 쏟았으니, 아마 오후에는 내내 경멸을 퍼붓게 될 텐데, 어찌하여 지금 이렇게 급하게 나를 간절히 원할 수 있을까? 불행하게도 나의 기질은 어처구니없을 정도로 단순했다. 말하자면 내 몸과 마음은 언제나 함께 행동하기 때문에 나의 요구는 친밀감과 유대감을 느낀 후에야 뒤따르게 되는 것이다. 그래서 불화가 있었을 때는 욕구마저 사라지고 마는 것이었다. 나야말로 강간이라는 것과는 거리가 먼 사람이었다. 그래서 나는 수많은 문학작품의 소재가 되는 감정과 감각을 분리해서 생각해 본 적이 단 한 번도 없었다. 간단명료하게 말해서 로랑스가 토라져서 이런 장면을 연출할 때마다 나는 주눅이 들었다. 나는 이 분야에서는 초보자이거나 아니면 뒤떨어진 사람이어서, 융통성이 없는 나 자신을 원망도 해보았지만 어쩔 수 없었다.

어쨌든 그날 오후에도 로랑스는 오랫동안, 아주 오랫동안 그렇게 하지 못했던 것처럼 내게 몸을 맡겼다. 그녀가 간간이 내지르는 신음과 몇 가지 몸짓들은 다소 억지 같았을 뿐만 아니라, 마치 나 아닌 다른 남자, 더 정열적이고 더 열광적인 또 다른 뱅상을 향해 해 보이는 것 같았다. 나 스스로 그렇게 되지 못함을 자책하고, 어떤 순간에는 그렇게 될까 봐 두렵기도 하며, 오로지 허영심만이 훌륭하게 그 역할을 해낼 수 있는 그런 뱅상 말이다.

잠시 후 나는 응접실에서 차를 마셨고, 로랑스는 빈정거리는 눈빛으로 나를 쳐다보고 있었다. 사실 나는 머리부터 발끝까지 완벽하게 다시 옷을 입은 반면, 로랑스는 상앗빛 실내복을 입고 피곤한 눈을 하고 있어서 우리가 방금 무엇을 했는지 금방 알아볼 수 있었다. 그녀는 장난기 어린 목소리로 나를 새침데기라고 놀렸고, 나는 거의 들리지 않을 목소리로 그녀가 평범한 여자라고 빈정댔다.

요즘 부부들이 사랑의 행위가 끝나자마자 그들의 행위에 대해 다른 사람에게 알리는 것을 점점 더 의무라고 생각하는 것이나, 그 어떤 포유동물이건 그만한 정열과 정력을 쏟아놓는 그 행위가 그들에게 쾌감 어린 허영심을 부여한다고 생각하는 것, 이 모든 것이 내게는 우스꽝스럽기도 하고 비정상적으로 느껴졌다 ……. 또한 포식한 사랑은 절박한 사랑에 비하면 아무것도 아니니까! 서로 간의 다양한 접촉과 동요로써, 상대방의 기쁨과 자신의 기쁨을 나누어

갖거나 추측하기를 우리에게 바라는 사람들은 종종 그러한 즐거운 언약에 만족하는 것이다—그런 부류의 얘기를 나는 백번도 더 들었고, 확인했었다. 이것은 내가 보기에는 아주 논리적이었다. 왜냐하면 오직 성적 무능함만이 그들이 열정을 훼손하는 고통스럽고 결정적인 그 유예기간을 설명하기 때문이다.

그러나 그런 일반적인 상념들은 로랑스가 벌인 촌극으로 끝났다. 기분은 좋아졌지만, 기운은 나빠진 로랑스가 직선적이고 욕구불만형인 오딜에게 차 심부름을 시켰기 때문에 나는 불쾌해졌다.

— 하지만, 오딜인데 어때요! 오딜밖에 없잖아요! 당신은…….

그때 오딜이 와서 애교를 떨면서 앉았고, 내가 말했다.

— 참, 오늘 델타블루 제작소에 있는 녹색 머리 아가씨가 나더러 자기 편지를 받았느냐고 묻더군요. 지난달에 그녀가 내 사진과 사인을 부탁했다더군요. 생각나는 게 없나요, 오딜?

오딜의 얼굴이 새빨개져서 나는 매우 놀랐다. 그러자 로랑스가 재빠르게 대답했다.

— 당신도 알다시피 오딜은 당신에게 오는 우편물을 추

리고 있어요! 그러기 위해서는 모든 우편을 다 읽고 그나마 덜 유치한 편지만을 골라 우리에게 넘겨주잖아요. 요즘은 내가 우편물에 대해 살펴볼 시간이 없었어요. 답장이 지체된 것은 내 탓이에요.

나는 우선 그 말에 놀랐고, 그다음에는 불쾌했다. 전혀 모르는 사람들이 내게 편지를 쓰리라고는 상상도 못 했는데, 그들이 내게 서신을 보냈던 것이다.

그러니까 내 앞으로 온 편지를 오딜과 아내가 호기심에 읽어보고는 내게 전달하지도 않은 것이었다. 그래서 두 여자는 죄지은 사람 같은 표정을 짓고 있었고 나 또한 그들의 태도를 만끽했던 것이다. 그들의 수법이 충격적인 것은 아니었다. 물론 내가 연애편지라도 기다렸다면 그녀들의 행동을 비열하게 여겨 노발대발했을 테지만, 그런 게 아니었기에 나는 예의범절도 모르는 여자들이라고 호통을 쳤다. 부도덕한 행동이란 그 결과를 통해서만 드러난다. 그리고 나는 로랑스와 그녀의 친구들이 나를 비난하기 위해 주장해온 추상적이고 굳어버린 몇 가지 원칙을, 있는 힘을 다해, 장기간에 걸쳐서 반박할 생각은 없었다. 그렇지만 이번이야말로 불만을 터뜨리고, 프라이버시를 존중해달라고 간청하고, 과거의 점잖음을 되찾아달라고 부탁할 좋은 기회라고 생각했다.

그러나 이미 말했듯이 나는 우울하거나 고민에 빠지는 것과는 거리가 멀다. 게다가 더욱 심각한 것은 일부러 그렇게 할 줄도 몰랐다. 사실 내가 로랑스를 심판하는 자로 자처한다는 것은 그 반대의 경우만큼이나 무의미하게 느껴졌다.

왜냐하면 표면상으로는 항상 내가 죄인이었기 때문이다. 예를 들면, 장인의 눈에 비친 나는 아무짝에도 쓸모없는 인간이었다. 그런가 하면 내 눈에도 역시 그런 인간이었으니까. 장인은 내가 무명 음악가로 남겠다고 체념한 것과 출세를 해보겠다든가 생활비를 벌어보겠다는 생각을 포기해버린 것을 내가 가진 예술가적 기질 탓이라고 생각한 것 같았다.

마케팅이나 상업에 종사했더라면 나는 내 능력을 훨씬 더 오랫동안 착각했을 것이다. 물론, 식품 가게에서는 보잘것없는 실력이 연주 홀에서만큼 분명히 드러나지 않기 때문에 그렇다. 말하자면 내가 오랫동안 피아노 연습을 소홀히 한 것이나 별로 도움이 되지 않은 피아노 교습에 매달리지 않는 것도 나 스스로 정직했기 때문이다. 이러한 각성이 제아무리 견디기 힘든 것이라 해도, 나로서는 그 덕에 시간을 벌 수 있었다. 내가 그것 때문에 쓰디쓴 맛을 느낀 것도 전혀 아니었다. 나는 인생을 즐길 줄 알았다. 그래서 나는 이따금 자문해 보았다. 내가 이처럼 꿋꿋한 것이 내 정신—실패를 정신적으로 견딜 줄 아는—의 능력 때문인지 아니면 로랑스—실패를 물질적으로 견뎌낼 줄 아는—의 능력 때문이었는지 하고. 아마도 둘 다였을 것이다.

오딜이 쿠키를 가지러 나가자, 로랑스는 내 우편물 얘기가 유쾌하지 않다고 판단했는지 화제를 바꾸기 시작했다.

— 그 양복, 당신에게 기막히게 잘 어울리는군요!

그녀는 나를 머리끝에서 발끝까지 훑어보면서 말했다.

— 우리가 녹회색이 아닌 청회색을 택한 것은 참 잘했어요, 안 그래요? 당신의 눈 색깔과 더 잘 어울려요!

나는 무겁게 머리를 끄덕였다. 그녀가 내 옷에 관해 말할 때 '우리'라는 단어를 사용하는 것을 나는 매우 좋아했다. '우리'가 이 천을 택했다느니, '우리'가 그 모양을 결정했다느니, '우리'가 격에 맞는 와이셔츠를 골랐다느니, '우리'가 모든 종류의 와이셔츠와 어울리는 장식 단추를 샀다느니, '우리'가 어떤 양복과도 어울릴 수 있는 이태리제 단화를 가졌다느니, 이 줄무늬를 돋보이게 하기 위해 푸른색 바탕의 넥타이를 또 하나 장만했다느니 하는 말들을. 그랬는데도 어쩌다 '우리'가 불만이라면, 그건 도저히 어떻게 해볼 수 없는 거라고……. 여기서 말하는 '우리'는 모두 로랑스를 대표하고 단지 마지막 '우리'만이 나 자신을 의미하는 것이었다. 이 말은 즉 7년 전부터 나는 남자로서 할 수 있는 활동 범위를 몇 가지로 제한 받고 살아왔다는 뜻이었다. 예를 들면 나는 내가 담배와 내 머리 스타일, 나의 스포츠클럽 등등 몇 가지 남성 용품은 직접 선택했었다. 그러나 옷만큼은 마음대로 입을 수가 없었다.

로랑스는 젊고 정열적인 남편을 얻으면서 옷을 입혀야 할 커다란 인형 하나도 얻은 셈이었다. 그녀는 그러한 계획과 권리에 대해서는 누구에게도 양보하지 않았는데, 내가 그 사실을 알기까지 무던히도 싸웠다. 그래서 해마다 가을에는, 아니 이따금 봄철에도 그녀의 양복점으로 갔고, 내게 최신 유행의 양복을 입혀주었다. 그녀는 옛날에는 빈정거리더니 요즘은 무감각해져 버린, 항상 같은 재단사와 같은 수선공이 보는 앞에서 최신 유행의 괴상망측한 옷들을 입혔는데……. 일반적으로 거만을 떠는 그녀의 옷 가게 사람 중에서 그 두 사람만은, 혹은 사라지기라도 한다면 내게는 진짜 낭패일 것이었다.

— 당신 무엇 때문에 아래위로 다시 옷을 입었어요? 오

딜 때문인가요? 오딜이 의심이라도 할 것 같았나요?

— 아냐, 그건 아니고……. 아마 노스탤지어 때문이겠지…….

로랑스는 웃음을 터뜨렸다.

— 노스탤지어라고요? 당신 참 속이 다 들여다보이는군요!

— 그녀가 부러워할 사람은 내가 아닐 테지, 하고 내가 바보스럽게 대답해 주었다.

— 뭐라고 할까……. 글쎄……. 우리 두 사람의 이미지가…….

하지만 나쁜 짓은 이미 저질러버렸고, 그래서 오딜이 되돌아왔을 때는 그 사라진 편지에 관한 화제는 이미 잊힌 후였다. 나는 프랑스말의 반역 행위를 한탄하느라 족히 10분을 보냈다. 오딜은 떠났고, 로랑스와 단둘이 남았다. 요즘에는 저녁이면 거의 우리 둘뿐이었다. 내게 친구라고는 코리올랑밖에 없었다. 로랑스의 친구들은 어찌나 지루한 족속들인지 그녀도 그것을 알아채고 스스로 진저리를 쳤다. 그래도 나는 걱정되지 않았다. 왜냐하면 로랑스는, 특히 지금 같은 순간에 고독을 즐기는 그런 여자가 아니라는 것을 알고 있었기 때문이다. 이 순간은 바로 내가 창문을 통해 빗

속에서 반짝이는 라스파유 대로를 내다보는 순간이요, 또한 오딜에 관해 얘기하다가 나오게 된 그 노스탤지어라는 단어가, 새롭게 생기와 빛을 발산하는 몽파르나스의 네온 불빛에 휘감긴 많은 간판과 대문에 부딪치는 것 같은 순간이었다.

그동안 로랑스는 시각적으로도 청각적으로도 정성들여 꾸며진 우리의 보금자리를 잘 정리했다. 그녀는 텔레비전 수상기 맞은편에 놓인 카펫 위에 그녀가 요새라고 부르는 것을 만드는 습관이 있었는데, 그것은 사각형으로 된 긴 의자의 쿠션들이었다. 거기에서 그녀는 요술 손잡이로 우리의 몽상을 따라 동화를 만들어가는 것이었다. 이 채널에서 저 채널로, 동화에서 진짜 방송으로 그녀는 자신의 작은 세계를 지휘하고 있었다. 그녀 자체가 텔레비전이었기 때문에 나는 그녀가 최근에 불러온 요리사가 준비한 식사가 끝나면 곧 잠들어버렸다. (로랑스는 매주 요리사를 바꾸는데 언제나 형편없는 사람들이었다).

그날 저녁, 나는 자리를 지키지 못했다. 텔레비전에서 흘러나오는 문장들이 평소보다 더 참을 수 없게 느껴졌고, 내 팔과 다리는 나도 모르게 그 빌로드 쿠션 요새에서 빠져나왔다. 그러자 로랑스는 점점 더 내게 파고들었다. 로랑스는 자기가 먼저 상대방에게 사랑의 행위를 해야 한다는 것을 상기시키기 위해 선수를 치는 여자인가 하면, 하고 난 다음에는 사랑을 했다는 것을 연상시키기 위해 선수를 치는 그런 여자였다. 이런 여자들은 남자에게 생각할 시간을 주지 않으며, 특히 남자가 어떤 위치에 있는지조차 알지 못하게 했다. 만일을 생각해서 나는 로랑스를 껴안고 키스해 주었다.

— 아, 싫어요! 당신은 그 생각밖에 안 하는군요! 우리 아빠 생각 좀 해봤나요? 어떻게 결정했죠?

— 그건 당신이 결정한 그대로지 뭐.

로랑스는 고마움의 표시로 내 뺨에 입을 맞추었다.

— 당신, 원한 같은 것을 품은 것은 아니죠, 그렇죠?

— 그럼. 나는 원한 같은 것은 정말 치사하다고 생각해. 분노라면 몰라도! 어쨌든, 할 수 없지 뭐! 그렇게 된 게 잘된 것 아니겠어?

나는 그녀가 이 말을 절대적인 원칙으로 삼아 그대로 따라주기를 바랐다.

— 당신 말이 옳아요! 아빠가 내일모레 사무실에서 만나자고 하셨어요. 우리를 만나서 할 이야기도 있고, 또 당신한테만 잠시 얘기할 것이 있대요. 당신에게 미안하다고 사과

를 하려는 것 같은데, 내 앞에서는……. 좀 거북한가 봐요.

— 그것 참 안 됐군.

나는 미소를 지었지만, 꽤 기뻤다. 왜냐하면 내 수법을 알기 시작한 로랑스 앞에서보다는 혼자서 은근히 장인을 골리는 편이 더 수월했기 때문이었다.

— 당신도 알다시피 아빠는 훌륭한 사업가예요. 당신이 그……. 그……. 노래에서 번 돈을 꺼낸다 해도 그건 당신의 용돈 정도밖에 안 될 테니까…….

그 말을 하고 그녀는 별안간 말을 멈추었다. 용돈이라는 말은 우리 둘 사이의 금기, 뭐라고 할까 미묘한 표현이 되어버렸는데, 그것은 그녀의 공증인 집에서 저녁 대접을 받았을 때부터였다. 그날 저녁 공증인의 부인은 자기 아들이 저지른 수많은 비행을 열거하고 난 후 이렇게 결론지었다. "그래도 나는 그 애에게 한 달 용돈으로 '이만큼이나' 준답니다." 그 '이만큼'은 로랑스가 내게 매달 주는 금액과 완벽하게 일치했다. 즉시 나는 냅킨을 줍기 위해—실은 이성을 되찾기 위해—식탁보 밑으로 사라졌다 다시 나타났고, 로랑스는 일그러진 내 얼굴에 새겨진 거짓 웃음의 흔적을 엿볼 수 있었다.

그다음 날, 거기에 대해 한마디 언급도 없이 그녀는 내

용돈을 정확히 두 배로 올렸다. 나로서는 그 이유를 알 수 없지만……. 아마 그 집 아들은 열여섯 살이고 나는 서른두 살이라서가 아닐까. 어쨌거나 나로서는 그 별나고 돈에 궁했던 젊은이 덕을 한참 본 셈이었다.

그날 저녁, 로랑스가 좀 지나치게 굴어서인지, 텔레비전에 나오는 장면들이 역겨웠고 빌로드 쿠션 때문에 숨이 막혀서인지 나는 처음으로 밀실 공포증이 엄습했음을 느꼈다. 평소에는 안정을 되찾기 위해 벽장이나, 내가 살아야 했을 정신장애 청년요양소 같은 곳을 연상하는 것으로 족했다. 그런데 그날 저녁에는 그렇지 않았다. 코리올랑의 단호한 태도와 무일푼이 갑작스레 아첨해오는 태도에 이끌린 나는 문득 내가 돈을 내는 아파트에 들어가는 상상을 하게 되었다. 그 아파트에는 한 여자가 나를 기다리고 있었다. 그녀는 나와 삶을 공유하는 여자이지, 나의 존재를 완전히 자기의 것이라고 주장하면서 때로는 나를 자신의 일부나 신체의 일부인 양 내팽개치는 여자가 아니었다. 또 한편으로는, 내가 그럴 수 있는 형편이 되는 즉시 로랑스와 헤어지겠다고 생각하는 것은 세상에서 가장 비열한 짓인 것 같았다. 아무리 내가 진정으로 원하고, 실제로 그럴 능력이 있다 하더라도 나는 반드시 그다음에 나를 에워싸게 될 혐오감, 오래 지속되지는 않겠지만 틀림없이 다른 사람들의 의견과 마찬가지로 내가 느끼게 될 나 자신에 대한 혐오감을 깊이 생각해야만 했다.

○

아무도 아닌

다른 사람의 꿈 이야기는 권태로운 것이기에, 내가 밤새도록 눈송이와 피아노 그리고 밤에 관한 달콤한 꿈을 꾸었고, 여느 때보다 심한 질식 상태에서 깨어났다고만 하겠다. 방 안은 향수와 정사의 냄새를 풍겼는데, 그 유혹적인 냄새에도 불구하고 새벽부터 나는 전신이 마비되는 것 같았다. 다행히도 로랑스가 외출하고 난 뒤라, 창문을 열어젖히고 파리의 아침 공기를 길게 들이마셨다. 기름과 먼지로 절여졌다고는 하지만 나에게는 이 공기가 언제나 세상에서 가장 신선하고 건강하게 느껴졌다. 나는 부엌으로 들어가 네스카페 한잔을 미지근하게 탔다. 로랑스는 오후 세 시 이전에는 가정부를 집에 들이지 않았기 때문에 내가 직접 그런 일을 해야 했다.

이때 맨발로 타일 바닥과 양탄자 위를 돌아다니면서 정

돈된 집을 어지럽히기도 하고 또 아파트의 안온함을 즐기기도 했다. 하지만 머지않아 아파트가 넓긴 해도 무위도식하는 나 같은 사람에게는 충분치 않다는 걸 깨달았다. 왜냐하면 분주한 여자들과 끊임없이 부딪힌 다음에야 작업실—이따금 내가 혼자라고 느끼는 곳도 바로 이곳이었다—에 틀어박히곤 했기 때문이다.

나로서는 플레이엘 피아노 회사 제품인, 천식이 있어서 땅속으로 꺼지는 소리를 내는 피아노 앞에 앉아 있는 것보다는 오히려 집안의 대소사에 참여하고, 잠옷 바람으로 아파트를 거닐면서 바보 같은 소리나 지껄이는 편이 더 나았는지도 모른다. 고맙게도 피아노 역시 내가 한손에 책을 들고 길게 드러눕곤 하던 긴 의자 옆에서 졸곤 했다. (지난 7년 동안 나는 문학에 심취해서 보낸 젊은 시절을 통틀어서보다 더 많은 책을 읽었음이 틀림없다).

그 전날부터 나는 작품 〈소나기〉의 감독인 자비에 보나와 그의 프로듀서와 함께 점심 식사 약속이 되어 있었다. 자비에 보나는 약속 장소를 자기가 실패를 거듭할 적에 매일같이 즐겨 찾던 식당으로 정했는데, 그곳은 그가 홈이라고 부르던 장소로 지저분하기 짝이 없었다. 최근 들어 생긴 유명세에도 불구하고 자비에는 줄곧 그곳에서 끼니를 때웠다. 로랑스의 표현을 빌리면, 그가 그렇게 하는 것은 성공이 자신의 머리를 돌게 하진 않겠다는 것을 보여주기 위해서였다. 하지만 성공은 그를 완전히 돌게 만든 것 같았다. 그렇지 않고서야 굶주림에 허덕이거나 외상값이 밀린 것도 아닌데 그 누구도 찾지 않을 싸구려 식당에 가서 배를 채울 리 만무하니까.

그 홈은 둥근 천장의 커다란 홀이었는데, 아침부터 저녁까지 연기를 내뿜는 초들이 타들어가고 있었고, 모든 신경을 자극하는 가냘픈 피리 소리가 간간이 섞여나오는 중세풍의 음악이 끊임없이 울려 나왔다. 자비에 보나와 그의 프로듀서 J.P.S는 작은 테이블에 앉아서 나를 기다리고 있었다. 나는 성공이 그의 머리를 돌게 만들지 않았다는 것을 그가 입은 옷을 보고 알았다. 그는 여전히 목까지 올라오는 진회색 스웨터 위로 벌어진 베이지색의 후드가 달린 상의를 입고 다녔고, 반면에 J.P.S는 진짜 프로듀서 냄새를 풍기는 새로 맞춘 스리피스 양복을 입고 있었다.

자비에 보나는 격식차리는 것을 끔찍이 싫어했기 때문에 나는 쳐다보지도, 악수를 청하지도 않고 자리에 앉았다. 로랑스가 자비에를 알게 된 것은 열여섯 살이었다. 로랑스의 말에 의하면, 줄곧 그녀를 흠모해왔다는 그는 격이 높은 사람이었다. 그만큼 괴팍한 점도 많았다. 키가 크고, 갸름한 얼굴의 그를 사람들은 서른으로 보기도 하고 쉰으로 보기도 했는데, 그 자신은 어느 쪽인지를 밝히지 않았다. 그가 마흔이라는 것이 마침내 밝혀진 것은 그가 유명해지고 난 다음에 실린 신문 잡지에서였다. J.P.S는 그와 동갑이었지만 얼굴과 신체, 성격, 특히 정신적인 면에서 그보다 훨씬 원만해 보였다. 그가 나에게 활짝 미소를 짓자 나는 조금 당황했다.

사실 나는 이 초대에 관심이 많았다. 중고등학교 시절부터 지적으로 보나에 매료당한 J.P.S는 그 후부터 줄곧 상당한 경제적 손실을 감내하면서 그의 영화를 모두 제작해왔다. 그런데 이번만은 제작을 끝까지 해낼 수 없어서 도중에 전문 프로듀서들에게 나머지 4분의 3을 넘겨주었다. 새 프로듀서들은 여러 수정사항 중에서도 알반 베르크의 신비스러운 곡에서 끌어낸 긴 악절을 넣지 않겠다고 단호히 거절했다. 그 후 보나가 불평을 늘어놓았을 때 로랑스가 내 이름을 대면서 도움을 받는 것이 어떻겠느냐고 언질을 주었다. 그 말에 그는 내가 음대를 나왔으니 뮤직 세리얼을 만들 수 있을 거라 생각했는지 그녀에게 달라붙었다. (내가 다소 선율적인 뮤직 세리얼의 첫 부분을 연주하자마자 그는 냉정하게 음향 편집실을 나가버렸다).

그 이후부터 그와 나는 선천적으로 화해할 수 없는 사이와 다름없었다. 그의 영화가 히트를 쳐서, 정신 나간 비평가들의 관심을 끌었다면 그것이 다른 비평가들, 그중에서도 그가 성경처럼 생각하는 『옵세르바퇴르』지와 잡지 『시네마 노트』의 관심도 끌었을 테니까. 보나의 영화를 끔찍이 싫어하는 코리올랑은 내가 발트 연안에서 돌아오자 두 신문을 보여주었다. 『옵세르바퇴르』지에는 젊은 두 배우와 주제 음악이 없었다면 자비에 보나의 영상들은 지리멸렬을 면치 못했을 것이라고 씌어 있었다. 한편 『시네마 노트』에서는 어째서 그처럼 황홀한 주제곡을 표현하기 위해 그처럼 형편없는 영상을 선택하게 되었는지 그 이유를 모르겠다고 써 있었다. 결과적으로, 그것이 보나를 격분하게 하진 않았으니 참 잘된 일이었다.

— 이봐, 이번 성공에 대해 어떻게 생각하지?

그의 음성은 피곤과 멸시로 가득했다.

— 글쎄요, 로랑스가 발트해 연안의 섬들을 보러 가고 싶어 했어요. 그래서 우린 한창 시끄러울 때 떠났다가 완전히 조용해졌을 때 올라왔지요. 어쨌거나 당신이 만든 영화가 계속 상영되고 있는 건 사실 아닌가요?

나는 재빨리 말한 다음 J.P.S에게 덧붙여 말했다.

— 당신한테도 참 잘된 일이고.

— J.P.S가 바보 같은 자식들에게 제작권의 4분의 3을 팔지 않았더라면 더 좋았겠지만!

자비에가 말했다.

— 우리가 그들이 내놓은 조건을 다 따랐다면, 아마 그 바보들은 영화를 낚아챘을지도 몰라!

그 강제 조약에는 나도 포함되어 있었기에 나는 거북한 표정으로 J.P.S에게 말을 걸었다.

— 어쨌거나 그런 평이 나왔으니 자비에를 위해선 참 잘된 거죠. 대단하군요, 안 그런가요?

자비에는 약간 냉소적인 목소리로 대답했다.

— 그건, 그래. 냉혈 동물 같은 그 인간들이 내 영화 중 하나가 상영되고 있는 동안에, 두 눈을 뜨고 있었는데도, 혹평하지 않은 건 이번이 처음이라네. 믿을 수 없는 일이야! 잠깐만……. 내가 기억을 해볼 테니! 대충 이런 거였어! 그러니까……. '루비치와 스테른버그의 중…….' 그리고 또……. '위대한 영화인이 있어, 훌륭한 영화로 만들어 놓은 그러나 아주 빈약한 주제…….' 아냐, 그게 전부가 아니라네. 잘 들어보게……. '보나는 온갖 모험을 감행하여

온갖 승리를 거두었다. 그래서 우리는 행복에 겨워 넋을 잃었다' 그 외에도 더 좋은 문구도 있지만 이쯤 해두자고.

— 잠깐만, 잠깐만!

J.P.S가 말했다.

— 여기 내가 좋아한 표현이 있으니 잠깐 들어봐요. '지리멸렬한 그의 동료들, 구름을 태우는…….'

— 뒤죽박죽 말하지 말게.

자비에가 가차 없이 그의 말을 잘라버렸다.

— '그의 동료들과는 반대로 보나는 우리를 진흙 구덩이에 빠뜨리지도, 구름을 태우지도 않았고, 오직 불안하기 짝이 없는 상태로 몰아가고 있다.'

— 그래 맞았네. '불안하기 짝이 없는 상태!' 난 그 표현이 아주 훌륭한 것 같아! 진실해! 어쨌든 이상할 정도로 진실한 것 같다고.

— 자네도 알아듣겠지? 자네에게는 다 열거하지 않겠네만…….

보나는 계속 빈정거리는 투였지만 그의 눈과 목소리에는 경멸보다는 행복에 가까운 기운이 섞여 있었다. 나는 사람들이 자기 자신에 관한 말들을 이처럼 혐오감을 가지고 기억할 수 있다는 것이 수상하게 여겨졌다.

— 그 영화가 성공하는 데는 주제 음악이 지대한 공헌을 하였다는 것은 부정할 수 없는 사실이지!

J.P.S가 말했다.

— 논.의.할.여.지.가.없.다.라는 말이겠지!

자비에가 힘차게 되받았다.

— 하지만 너무 과장하진 말아요!

내가 말했다.

— 음악이란……. 물론……. 하지만 결국, 그렇지 않을 수도…….

불행히도 나는 자비에만큼 정확하게 그 비평들을 기억해낼 수가 없었다. 그래서 이런 경우에 가장 적절하다고 생각되는 겸손한 태도를 해 보였다.

— 이런 좋은 결과가 자네에게 돌아가서 나도 정말 기쁘다네!

J.P.S가 말했다.

— 나도 그래.

자비에가 말했는데 그의 어조가 내가 반사적으로 '결국'이라는 말이 나올 것이라고 기대하게 했다. 그런데 그는 "어제도 로랑스에게 그런 말을 여러 번 했다네"라고 말끝을 맺는 것이었다.

— 어제 로랑스를 만났다고요?

— 커피를 같이 마셨다네. 로랑스는 자네가 프로듀서, 그 무일푼이라는 멍청한 자식 때문에 어려움이 많다고 하더군. 자네가 분발해야지 뭐, 뱅상!

— 이백만이나 되는 돈이 사무실에 그냥 남아 썩지는 않겠지!

J.P.S가 주석을 붙였다.

— 이백만이라고? 나는 그를 쳐다보면서 셈을 해보았다……. 이백만? 새프랑으로?

— 달러로 이백만이지. 내가 돈 이야기를 할 때는 항상 달러로 말하는 거야.

J.P.S는 새로 산 스리피스의 조끼를 잡아당기면서 거드름을 피우며 말했다.

— 그러니까 지금 그 말의 뜻은……. 내가 한 계산으로는 무일푼이 내게 옛프랑으로 육백만 프랑을 지불해야 한다는 의미 같은데…….

— 실제로 그는 자네에게 이백만 달러, 그러니까 육백만 프랑을 지불해야 한다는 말이라네. 미국 돈에 합당하게끔! 난 농담하는 게 아냐. 진짜 농담이 아니라고! 블라맹크 사무실에서 자네에게 돌아가게 될 몫을 계산해봤다네. 블라

맹크 그는 매니저로서 그런 일에 더 밝은 사람이니까.

나는 기가 막혀 멍하니 그를 쳐다보았다. 그 돈의 액수(나에게는 동그라미가 몇 개 이상만 되면 동그라미 하나가 더 붙으나 마나 별다른 의미가 없었으니까) 때문이 아니라 감히 그가 어떻게 그런 친절한 행위까지 할 수 있었을까 하는 생각 때문이었다.

— 블라맹크네 사무실에서 내 몫을 계산했다니 참 고맙군요…….

J.P.S는 얼굴이 새빨개졌다. 자비에가 그에게 차가운 시선을 보내더니 갑자기 웃음을 터뜨렸다. 그에게서 보기 드물게 호탕하면서도 우정 어린, 순조롭게 남에게로 옮겨지는 웃음이었다.

— 좋았어, 뱅상. 우리 진지하게 얘기를 하세! 내가 자네에게 점심을 같이 들자고 한 것은 그 평론가들의 찬사를 비꼬기 위해서가 아니라네.

그때 나는 그 비평가들이 그의 편에 붙은 비평가여서 다른 사람이 아닌 바로 나를 비웃은 것이라고 분명히 밝혔어야 했다. 어쨌든 그건 내 잘못이었다. 그런 평이 있다는 것을 알고 있었어야 했는데.

— 뱅상, 그렇다고 내가 자네의 경제적 가능성에 대해

알려주기 위해 불러낸 것도 아니라네……. 자, 이제 본론으로 들어가세. 자네 그런 비평 기사들을 읽었지? 오늘날의 스턴버그 아니면 루비치라고 불리는 영화인이 다음 영화를 위해 같이 일할 제작자를 찾아내질 못했다네.

— 왜요?

— 잘 들어요! 그분이 작품 〈말벌들〉의 프로듀서를 못 찾고 있다네.

J.P.S가 자비에의 말에 수정을 가했다. 그러자 자비에가 그의 말을 가로막았다.

— 나는 오래전부터 아리스토파네스의 〈말벌들〉을 찍고 싶었어. 로랑스의 말로는 자네가 독서를 많이 한다고 하던데, 그래도 〈말벌들〉은 읽지 않았겠지?

— 그건 우리 집 정원의 돌멩이 같은 거죠…….

— 많은 사람의 정원에 있는 돌멩이 같은 것이기도 하지.

자비에가 너그럽게 내 말을 받아넘겼다.

— 요즘에는 파리에 정원 자체가 없을 수도 있잖아!

가련한 J.P.S가 그의 말에 수정을 가했다.

— 자네가 말하는 그 〈말벌들〉이라는 작품을 읽는 사람은 단 한 사람도 없을 거야, 알겠나?

— 그 작품은 정의와 금전을 다룬 아주 훌륭한 희곡이

거든.

자비에는 그의 말에 귀를 기울이지도 않고 말했다.

— 한데, 난 단 하나의 무대장치에 신인배우들을 데려다 흑백으로 찍고 싶어. 그런데 내겐 돈이 없다는 말일세.

— 뭐가 걱정이죠? 당신이 걱정할 필요는 없겠는데요.

나는 머리에 떠오르는 대로 말하다 말고 재빨리 말을 이었다.

— 다른 프로듀서들을 쓰면 되잖아요! 생각해 보세요, 신인배우에 무대장치도 하나고, 또 흑백으로 찍는다면서요! 유성일 테죠?

그 두 사람은 똑같이 반쯤 경계하고, 반쯤 경멸하는 듯한 시선을 서로 주고받았다.

— 웃어야지 뭐! 글쎄, 〈말벌들〉이라니까! 그런데 〈말벌들〉이 무성이라고 상상이나 할 수 있어?

J.P.S가 신음하듯이 말했다.

— 그러니까 붕붕거리는 소리 말인가요?

나는 끝없이 생각하며 물어보았다. 하지만 나 또한 그들과 똑같은 표정을 지을 수밖에 없었다.

별안간 자비에가 엄숙해지면서 식탁 위로 몸을 숙였다.

— 문제는 내가 그 작품 〈말벌들〉을 찍는다는 것이라네.

이건 내가 사느냐 죽느냐 하는 문제라니까! 이건 자존심, 내지는 평판에 관한 문제가 될 테지만 나로서는 이번과 같은 성공이 있고 난 뒤에는 〈말벌들〉 같은 작품을 꼭 찍어야 하겠네!

— 나는 그 이유를 모르겠어.

J.P.S는 큰 소리로 말하기는 했지만 자기 생각을 다 말하지 못하고 입을 다물었다. 그의 생각이란 '난 무엇 때문에 자네가 성공한 다음에 그런 실패를 하려는지 알 수가 없어.'였을 것이다.

자비에가 그의 말을 가로막았다.

— 난 그 이유를 알아. 자네도 이해할 텐데! 자네도 눈치챘겠지만 J.P.S는 돈이 없어. 입장료 수입의 4분의 1밖에는! J.P.S는 입장료 수입에서 4분의 1밖에 못 가지는데, 게다가 그는 그것을 나와 나눠 가져야 한다네. 〈소나기〉인세 8분의 1로 〈말벌들〉을 제작할 수는 없지. 그래서 난 자네 생각을 한 거라네. 우리 힘을 합쳐 보세! 내 아이디어와 J.P.S의 경험, 그리고 자네의 자본을 합쳐서 그 사람들의 도움을 받지 않고 자유롭게 〈말벌들〉을 만들어 보세! 수익금이 생기면 우리 셋이 나누고, 또 영화평론가들이 퍼붓는 비판이나 증오도 셋이서 감당하는 거야. 내가 '증오'라는

말을 쓴 것은 바로 증오, 그 자체를 말하는 것이라네. 왜냐하면 영화의 주제가 강력하고 현실성을 띠고 있으니까 말일세.

나는 놀라서 그들을 쳐다보았다. 난생처음으로 누군가가 내게 돈을 요구했기 때문이었다. 그것이 어쩐지 이상야릇하다는 생각이 들었다.

— 그것이 무모하고 바보 같은 계획이라는 것은 나도 인정하네. 하지만 해볼 만한 가치가 있다네. 로랑스도 나와 같은 의견이었고! 내가 어제 그 이야기를 했다네.

자비에가 단언하듯 말했다.

— 내가 원하는 것은 아내에게 지금까지 진 빚을 좀 갚는 거예요……. 내가 하고 싶었던 것은…….

— 자네는 결코 그렇게 할 수 없을 거네! 절대로!

자비에는 담담한 미소를 띠고 확신하듯이 절대로라는 말의 음절을 끊어서 말했다.

— 왜냐하면 자네가 로랑스에게 진 빚은 계산할 수 있는 것도 아니고 보상할 수 있는 성질의 것도 아니기 때문이라네. 자네도 잘 알면서 그래.

— 게다가 백만 달러, 그것만 있으면 영화 한 편 찍는 데 충분해.

J.P.S가 한층 속물처럼 설명을 늘어놓았다.

— 그렇게 해도 여전히 돈이 그만큼 남아 있어서 로랑스를 호강시킬 수 있잖아요. 로랑스 말고 또 다른 여자가 있는지는 모르겠지만!

J.P.S는 여유 있고 유쾌하게 덧붙여 말했다.

그러자 자비에의 시선이 다시 한번 그를 차갑게 쏘아보았고 그는 두 눈을 내리깔았다.

— 뱅상이……. 그런 마음을 먹는 사람이 아니지.

자비에는 음산하고도 미더운 J.P.S의 저속한 표현 앞에서 더는 말을 잇지 못했다.

— 그런 것이 아니고, 뱅상, 우리 진지하게 얘기 좀 하자고! 로랑스가 〈소나기〉에서 나온 돈을 원하지 않는다는 것은 알고 있겠지? 로랑스가 내게 그렇게 말했다네.

— 정말 난 그 이유를 모르겠어…….

내가 갑자기 화를 내자 그가 내 말을 가로막았다.

— 로랑스는 정말 까다로운 여자야!

— 그래요, 까다롭지, 자네 마누라는……!

J.P.S는 두 눈을 하늘로 치켜뜨면서 한술 더 떴다. 마치 자기가 까다로움을 담당하는 심판관이라도 되는 듯이 여러 번 고개를 끄덕였다.

나는 식당에 들어오고부터 내내 힘이 빠진 채 의자에 쭈그리고 조심스럽게 앉아 있었다. 그때 나는 갑자기 몸을 곧추세우고, 호주머니에 양손을 찔러 넣고는 남자답게 말했다.

— 자, 우리 이야기를 요약해 봅시다. 첫째는 나에게 이백만 달러가 생긴다는 것이고, 둘째는 사람들이 보기에 지나치게 까다로운 로랑스는 그 돈을 원하지 않는다는 것이고, 셋째는 그녀가 그 돈을 받지 않는 대신에 당신의 다음 영화, 즉 아리스토파네스의 〈말벌들〉을 찍는 데 투자하기로 승낙한다는 이야기인 것 같은데, 그런가요?

두 녀석은 서로를 의심하듯 쳐다보다가, 내 말이 분명하다는 것을 감지하면서 점점 그 눈빛이 사그라졌다. 그러고는 둘이서 이부 합창 하듯이 동시에 대답했다.

— 맞아요, 거의 그런 셈이지!

— 그런데 나는 찬성할 수 없습니다! 돈에 대해 지나치게 까다롭지 않은 나는 이른 시일 내에 그 돈을 써버릴 테지만, 당신들이 만들려는 〈말벌들〉을 돕진 않겠어요. 당신들이 세운 계획에서 실망스러운 게 뭔지 알겠어요? 그건 당신들 중 단 한 사람도 〈소나기〉에서 버는 8분의 1의 수입을 〈말벌들〉에 투자하지 않겠다는 것이죠! 나를 속이려

들다니 어림도 없지! 잘들 있어요!

식당에서 나오는 내 등 뒤로 J.P.S의 목소리가 들렸다. 소곤거린다고 하기에는 어쩐지 크고, 당황스러우면서도 의기양양한 말투로 그는 자비에 보나에게 이렇게 말했다.

— 그것 봐. 내가 그렇다고 했지! 그렇게 어리석은 사람은 없어……. 있을 수 없다니까. 있다면 얼마나 좋겠어! 그리고 또 곧 탄로가 날 걸……. 내가 말했잖아…….

보도로 나온 나는 족히 이 분 동안 깔깔대고 웃었다. 나를 지나치는 사람들도 웃었다. 소문과는 달리, 내가 경험한 바로는 파리 사람들은 무엇이든 재미있는 광경을 보면 즉시 호기심을 보였다.

어쨌든 나는 말할 수 없이 기분이 좋았다. 무엇보다 J.P.S가 내게 알려준 돈 때문이었는데, 그 액수는 틀림없이 정확했다. J.P.S에게 믿을 수 있는 것이라고는 아무것도 없지만, 숫자에 있어서는 철저한 사람이니까. 더군다나 이번 숫자는, 그가 나에게서 빼앗을 궁리까지 했으니 얼마나 신중하게 계산했겠는가. 동전 한 푼까지도 계산에 넣었을 테니까. 이삼백 달러! 나는 완전히 도취되어 버렸다. 축하해야 할 일이야. 그렇지만 로랑스는 까다로운 여자니까. 그녀가 내 돈이 적절하다고 생각하게 될 때를 조용히 기다려야지. 내가 아는 바로는 그러는 데 몇 년씩 걸리지는 않을 테니까.

나는 서둘러 양복점으로 갔다. 7년 동안 로랑스는 어떨 때는 나를 낭만주의 시대 음악가의 의복으로, 또 다른 때는 1930년대 외교관들이 입던 양복으로 입혔기 때문에 나는 약간은 헐렁하고 편안해 보이는 코르덴 양복이 정말 입고 싶었다. 그런 양복을 나는 금방 찾아냈는데, 내게 아주 잘 맞았다. "손님, 머리 색깔과 눈 색깔과도 똑같은 색이군요!" 하고 판매원이 큰 소리로 솔직하게 말했다. 나는 깃에 단추가 달린 미국식 와이셔츠와 그것에 어울리는, 양모로 뜨개질을 한 넥타이 하나를 사면서 그 값을 수표로 지불했다. 로랑스가 자기의 거래 은행에 열어준 예금 통장의 수표였다. 로랑스는 매달 초 바로 그 예금 통장 안에 용돈을 넣어주었다. 딴에는 통장에 넣어주는 것이 현금을 건네는 것보다 덜 쑥스럽다고 생각한 모양이었다.

그래서 나는 그 예금 계좌로 식당, 호텔 또는 디스코텍 등등 그녀가 나의 자존심—사실은 그녀의 자존심이지만—이라고 부르는 것이 거슬릴 만한 장소에서 드는 비용을 계산해주고 있었다(예기치 못한 큰 비용이 들었을 때는 다음 날에 그녀가 갚아 주었다).

그때가 월말이었으니 지금 내 예금 통장은 텅 비어 있었다. 그렇지만 거만한 내 친구 코리올랑은 전날 밤 무일푼으로부터 상당한 액수의 수표를 받아냈으니 같이 은행에 넣으러 가자고 했다. 그 말을 듣자 은행장의 얼굴이 떠올랐다. 착하게 생긴 그자가 내 용돈이—다 아는 처지에—두 배로 불어난 걸 보고 내가 무슨 소문날 만한 일이라도 한 것처럼 친절히 나와 악수하는 모습이 떠올랐다. 7년 동안 내가 고정적으로 적은 금액을 써왔고, 식도락을 즐긴 식사가 몇 번 있었지만, 그때마다 사분의 삼의 액수가 즉시 환불되던 것을 보아온 그는 수백만이라는 숫자가 들어오자 어지럽기도 하고, 실망하기도 했다. 그로서는 나처럼 겸손하면서도 먹는 걸 즐기는 고객이 많아봐야 좋을 것이 없었기 때문이었다.

양복점을 나오려던 참에 충동적으로 바바리코트를 하나 더 샀다. 그리고 내가 벗어버린 그 헌 양복이 든 쇼핑백을 한쪽 팔에 끼고 라스파유 대로를 향해 성큼성큼 걸어갔다. (내 양복이 무연탄 색깔과 갈색이 섞인 바둑판 줄무늬였는지, 아니면 스코틀랜드산 모직으로 된 줄무늬였는지 더는 기억해낼 수도 없었다). 지나가던 여자들이 나를 쳐다보는 것 같아서 나는 턱을 치켜들어 넥타이를 풀고 걸음을 재촉했다. 그때 내 기분은 아주 어리석게도 내가 나의 주인이 아니라 파리 시내를 다스리는 시장이나 된 것만 같았다.

라스파유 대로는, 우리가 생제르맹 대로로 해서 리옹 드 벨포르 카페가 있는 데까지 올라가면 만나게 되는 긴 언덕길인데, 약 1킬로미터 떨어진 곳에서 몽파르나스 언덕으로 연결되는, 보행자가 걷기에 나쁘지 않은 길이었다. 그런데도 나는 숨을 헐떡이며 우리 집 문 앞에 도달했다. 렌스가를 지나오면서 수많은 상점의 유리창에 비친 내 모습을 볼 수 있었는데, 새로 산 양복 탓에 너무 젊어 보이기도 하고, 너무 노티가 나는 것 같기도 한 것이, 어쨌든 좀 괴상했다.

아파트에 들어서면서 나는 점점 더 자신감이 빠져나가고, 생기마저 잃어갔다. 그러니 로랑스가 없는 조용한 집안 분위기가 그처럼 고마울 수가 없었다. 한결 안심이 된 나는 곧장 작업실로 걸어가면서 비굴하게도 바로 옷을 갈아입어야겠다고 생각했다. 오딜의 사무실에 들어갔을 때, 그녀가 내지른 비명은 그녀만큼이나 나를 겁에 질리게 했다. 책상 뒤에 서서 그녀는 놀라서 튀어나온 두 눈을 나를 향해 굴리고 있었다.

— 누구세요? 누구세요? 어머나, 뱅상, 당신이군요! 당신을 못 알아봤어요.

— 내 양복 때문이겠죠. 생제르맹에서 샀어요.

양팔을 수평으로 펴면서 나는 발뒤꿈치로 팽이처럼 돌면서 그녀의 평가를 기다렸다. 그녀는 얼굴이 하얗게 질린 채 놀랄 뿐이었다.

— 넥타이를 매지 않은 모습은 처음 보거든요. 아마 습관이 나를…….

— 하지만 내가 잠옷 바람으로 있는 건 보았잖아요?

— 그건 다르죠! 넥타이를 매지 않는 모습을 못 보았다는 것과는 다른 얘기죠……. 내가 말하고 싶은 건……. 양복에는……. 난 다른 사람을 보는 것 같았거든요!

— 말하자면 훤히 드러낸 내 목덜미 때문에 얼굴이 안 보였단 말이로군요?

— 그게 아니고……. 말하자면……. 다른 사람 같았어요……. 풍기는 것이 달랐다고요. 뭐랄까……. 더……. 더 스포티해 보였어요.

나는 소리 내어 웃었다.

— 더 스포티해 보였다고? 내가? 날 비웃는 거죠?

새빨개진 그녀의 얼굴을 보자 재미있으면서도 신경질이 났다. 내가 그녀에게서 바랐던 것은 어디까지나 질적인 평가, 말하자면 여성스러운 판단이었다. 욕구불만형 여성이든 순결한 처녀이든 간에 그녀는 여성의 입장에서 평가를 해주어야 했다.

— 이봐요, 오딜, 뭐라고요? 그러니까 이 옷이 내가 입던 모직, 아니 그 혼색나는 스리피스 양복보다 더 잘 어울린단 말인가요? 내가 두 손가락 너비에, 세 가지 색이 섞인 넥타이를 영국식 깃 아래에 매다는 것이 더 보기 좋다는 얘기에요?

— 전 잘 모르겠네요, 모르겠어요! 결정하기가 쉽지 않군요.

그 불쌍한 여자는 기어들어가는 목소리로 말했다. 그녀는 내 뜻을 따르자니 친한 친구인 로랑스를 배반하는 것 같아 두려웠을 것이다.

— 그런 일을 어떻게 금방 결정하라고 하세요?

그녀가 신음하듯 말했다.

— 내 옷을 평가해 달라고 한 시간을 끌고 싶지만, 그건 좀 지나친 것 같군요. 그러니 선택을 좀 해봐요! 결국 내가 이렇게 입는 게 더 섹시하단 거죠?

— 섹시요? 더 섹시하냐고요?

그녀는 거의 비명을 질렀다. "더 섹시하냐고요?"라는 그녀의 음성은 마치 나 같은 인물에게 적용된 '섹시한'이라는 형용사가 일종의 모욕이라도 되는 것처럼 격하고 날카로

웠기에 난 웃음이 터져 나왔다.

— 그래요, 더 섹시하지요! 육감적인 면에서 더 매력적이라는 말이지.

— 나도 잘 알아요. 하지만 그 말이 우리 두 사람 사이에는 좀 어색하다는 뜻이죠, 그게 전부에요, 뱅상.

그녀는 손등으로 안경을 벗고, 경멸하는 투로 말했다. 그런데 그녀가 자기 사무실 뒤쪽 벽에 찰싹 달라붙은 채, 두 손으로 의자를 꽉 쥐고 있었기 때문에 경멸하고자 하는 그녀의 의도가 어설프기 짝이 없어 보였다. 안경을 벗어 초점이 없는 그녀의 아름다운 눈은 나를 쳐다보지도 않으면서 내 쪽을 향해 방황하고 있었다. 그런 모습이 느닷없이 나를 자극시켰고, 나는 두 발짝 다가가 그녀의 입에 난폭하게 키스했다.

제비꽃에 든 감초즙을 빨아대는 모든 여자들처럼 오딜에게도 아침부터 저녁까지 제비꽃 냄새가 풍겼는데, 전혀 불쾌하지 않은 향기였다.

— 이게 무슨! 기가 막혀서!

내가 그녀를 풀어주자 그녀가 몸을 비틀거리며 말했다. 나는 그녀가 똑바로 서게 균형을 잡아주고는 어린 계집아이에게 하듯이 머리를 쓰다듬었는데, 그때 누군가를 상기

시키는 제비꽃 향기 때문에 눈시울이 시큰해졌다. 도대체 누구란 말인가? 나는 할머니를 굉장히 무서워했다. 지금은 할머니를 생각할 순간이 아니었다.

— 내가 목을 드러내는 클로딘 깃을 하고 키스해 주는 것이 더 좋지 않나요?

— 그렇지만…….

나는 집요하게 캐물었고 그녀는 왠지 모르지만 속삭이듯이 말했다.

— 클로딘 깃은 당신 생각과는 전혀 달라요. 클로딘 깃은 여자들이나 다는 거예요!

그녀는 당황한 표정으로 말을 끝냈다. 나는 몸을 구부리고 천천히 그녀의 코, 입, 이마 그리고 머리칼에 계속 입을 맞추면서 속삭였다. 그녀에게서 좋은 냄새가 났다. 향수가게에서 볼 수 있는 샹탈이라는 3프랑짜리 비누 냄새도 났는데, 무엇보다도 제비꽃 향기가 풍겼다.

— 그러니까 남자들은 클로딘 깃을 달지 않는다는 말이네요! 그렇다면 내가 선입견을 벗어 던진 셈이로군. 이 제비꽃 향기, 참 좋군요. 우리 할머니하고 같이 있는 것 같은 느낌이 든다고요. 정말 그래요. 틀림없어요!

— 할머니라고요?

그녀는 내 키스를 되돌려 주면서 질겁한 목소리로 되물었다.

— 우리 할머니는 제비꽃 향내가 나는 사탕과자를 빨아먹곤 하셨지.

나는 그녀를 안심시킬 생각으로 정확한 설명을 했다.

— 내가 우리 할머니하고 나쁜 짓을 한 건 전혀 없어요. 당신 농담하는 거요?

— 하지만 우리는 지금 나쁜 짓을 하고 있다고요.

그녀는 아기 같고, 약간 바보스러운 목소리로 말했다.

— 뱅상, 당신도 알고 있잖아요? 로랑스는 나와 제일 친하다는 것, 당신도 알고 있잖아요?

나는 마지막으로 그녀를 포옹한 다음, 꽤 흐뭇해져서 몸을 똑바로 세웠다. 결과적으로 그 밤색 양복을 멋지게 개시한 셈이었다. 가엾은 오딜은 아름답진 않았지만, 키스를 할 때 감미로운 표정으로 자신을 내맡겼다. 그런 모습은 여섯 명의 귀여운 어린 창녀의 몫을 해내는 것이었다.

— 다시는 그러지 않겠다고 약속해줘야 해요.

그녀는 두 눈을 내리깔며 말했다.

— 그건 약속할 수가 없어요! 하지만 노력은 할게요. 노력하겠노라고 약속할 수는 있지. 오딜, 당신도 알다시피 난

로랑스를 사랑해. 그녀는 내 아내, 내 신부지. 우리가 어떤 관계인지 잘 알면서 뭘!

나는 온갖 예의를 다 갖추어서 되받은 뒤 작업실로 돌아갔다. 오딜이 내 입술에 남긴 립스틱 자국을 열심히 닦았지만 잘 지워지지 않았다. 거울에 비친 나를 쳐다보면서 밤색과 검정색—손님, 바로 손님의 색깔이에요!—의 그 인물에 대한 동정심 아닌 연민의 정을 느꼈다. 거울에 비친 그 생소한 인물이 아주 멀게 느껴지기도 하고 또 아주 가깝게 느껴지기도 했다. 많은 밤을 같이 잤지만 같이 산 시간이 적은 것처럼 느껴졌다.

그 거울 속의 인물과 나는 함께 재미있게 놀기는 했지만, 결코 한 번도 그와 말을 나눈 적은 없었다. 오딜의 대답이 간신히 내 귀에 들렸다.

— 뱅상, 당신 말이 옳아요. 로랑스는 정말 훌륭한 사람이에요. 그리고…….

나는 피아노 쪽으로 가서, 나의 문장 하나하나를 반올림한 화음, 즉 내가 막 생각을 해낸 아주 근사한 파와 레 단조로 박자를 맞추어 피아노를 쳤다.

— 내가 아내를 존경한다고 믿나요, 오딜! (파) 내가 그녀의 지붕을 소중히 여긴다고! (또 하나의 파) 내가 그녀를

숭배하고, 미친듯이 그녀에게 애착을 느낀다고 믿나요, 오딜! (파) 오딜, 당신도 알다시피, 난 언제나 그녀에게 애착을 느낀다고!

나는 동시에 두 개의 파를 치면서 말을 했다. 그러다가 로랑스의 음성이, 그 명랑한 음성이 바로 옆에서 들리자 하마터면 뒤로 넘어질 뻔했다.

— 아, 한 여자에게 바치는 참 달콤한 반복음이로군요! 여보, 오딜을 괴롭히면서도 어째서 나한테는 그런 고백을 하지 않는 거죠?

나는, 마치 운명에 감사하기라도 하듯이 피아노 건반을 아주 부드럽게 누르며 마지막 파를 쳤다. 그런 감상적인 성격 때문에 현장에서 붙잡힌 사람 같은 얼굴을 하고서 밖으로 나갔다. 나 자신이 순하다 못해 바보 같아 보였고, 로랑스의 음성, 이제는 완전히 달라진 그녀의 목소리가 들렸을 때는 깜짝 놀랐다.

— 자비에가 당신더러 알 카포네 역이라도 해달라고 하던가요?

나는 새 양복을 깜박 잊고 있었던 것이다. 다시 한번 그 양복을 훑어보려고 고개를 숙였으나 로랑스는 이미 연극을 하듯이 가엾은 여비서 오딜 쪽으로 몸을 돌렸다.

— 오딜, 뱅상이 입은 양복 구경했니? 내가 꿈을 꾸고 있는 건 아니니? 아니면……. 그 양복 구경했느냐고?

— 오딜에겐 벌써 내 양복을 보여주었지.

내가 마지못해 말하자 그녀의 얼굴이 새빨개졌다.

— 하지만 난 오딜의 의견을 듣진 못했다오.

— 그런 끔찍한 꼴을 하고서 오딜을 괴롭힐 필요는 없어요. 당신의 그 양복은 흉측해요, 불쌍한 뱅상. 흉측하고 저속해요! 그런 옷을 도대체 어디서 샀죠? 정신 나간 짓이지! 하여튼 당신이 알아서 하라고요!

격분한 듯이 등을 돌리고 로랑스는 그 방을 나갔다. 나는 어깨를 으쓱하고는 오딜이 있는 쪽을 돌아섰는데 그녀는 낭패스러운 표정을 짓고 있었다. 나는 그녀에게 미소를 지었다.

— 실은 내가 다른 일에 너무 몰두해서 옷을 갈아입을 시간이 없었던 거지. 오딜, 내 말을 믿어줘요. 난 조금도 후회하지 않아요.

나는 그 말을 극적인 음성으로 읊조렸다. 그러자 그녀는 자기도 모르는 사이에 루주를 바른 입술에 모호한 웃음을 머금었는데, 황급히 다시 칠한 그녀의 립스틱은 아주 새빨간 색이었다. 뭐랄까 아주 끔찍한 빨간색! 어떤 귀신에 홀려 내가 저런 빨간 루주에 초점을 잃은 두 눈을 가진 매력 없는 여자를 포옹하기에 이르렀을까? 나는 이따금 괴상한 생각이 들어도 그것을 후회한 적은 거의 없었다. 그 이후로 오딜은 나에게 있어서만큼은 매혹적인 제비꽃 향기와 연관될 것이다. 그래서 이후부터는 그녀와 나 사이에는 언제나 남몰래 포옹을 한 두 남녀가 나누는 애정이 존재할 것이었다. 그녀도 그런 것을 느꼈는지 내가 그 방을 나오려는 순간 조심스럽고도 나지막한 목소리로 내게 말했다.

— 뱅상, 어쨌든 그 양복은 당신에게 아주 잘 어울려요…….

희랍에 없는 말

— 내가, 진정 이 양복을 입은 내가, 더 좋아 보인다면, 수염 깎는 것을 그만두지 못할 이유도 없지 않나요? 즉시 뛰어가 이 윗옷에 어울리는 누르스름한 색깔의 티셔츠를 사지 못할 이유도 없지 않겠죠. 또 이처럼 바지 무릎에 달린 호주머니를 좋아한다면, 같은 색깔의 베레모를 쓰고 교회당 문전으로 가서 무릎을 꿇고 앉아 동냥이라도 못할 이유도 없겠네요, 뭐. 그것이 바로 이 옷을 입은 사람이 외관상으로 그러려니 생각해 볼 수 있는 유일한 일자리가 아니겠어요?

나는 한 손을 들어 올렸다.

— 자비에 보나가 한 말을 믿는다면, 내게 관계되는 모든 것을 생각해 볼 수 있는 다른 일자리도 있다더군.

그렇지만 로랑스는 이미 말문을 열고 있었고, 그 순간에는 내 말을 듣지 못했다.

— 쇼에 나오는 칠면조처럼 머리끝에서 발끝까지 쫙 빼입지 그랬어요? 왜 그러지 못했어요?

그러고는 말을 끊었다.

— 자비에 보나요? 자비에 보나가 이 이야기와 무슨 상관이 있다고 그래요? 그 사람도 당신과 똑같은 양복을 입었다는 건 아니겠죠!

로랑스는 우리 부부 사이에 긴장이 지속되는 동안이면 높임말을 쓰는 버릇이 있었다. 그래서 나도 자연히 그렇게 했고, 그러다가 나에 대한 그녀의 감정이 호전되면 다시 평소 습관대로 '자기'라는 말로 되돌아왔고, 나 또한 그녀를 따랐다.

— 그건 아냐. 그런데 그자가 당신이 수락한 듯한 여러 제안을 내게 하더군.

로랑스는 고개를 흔들었다. 그러자 그녀의 긴 검정 머리카락들이 마치 아마존 여자에게 덮어씌운 올가미처럼 휘파람소리를 냈다. 그러나 그녀는 자기의 작은 응접실에 있는 것을 야생의 아마존 여성들이 거대한 지상에 있는 것보다 훨씬 더 불편해하는 것 같았다.

— 무슨 말이죠? 아, 그거요? 그 사람이 내게 묻더군요. 당신이 그 사람의 다음 영화, 아리스토파네스의 『파리떼』

에다 당신의 노래에서 번 돈을 투자할 생각이 있냐고요.

— 〈말벌들〉이야.

— 실은 좋은 생각 같다고 말했어요. 하지만 나로서는 그 결정은 당신에게 달려 있고, 그것은 어디까지나 당신 돈이니, 당신 마음대로 할 수 있다고 말할 수밖에 없었어요.

그녀는 자기 자신을 기만할 때나 하는 반쯤은 멍청하고 반쯤은 날카로운 모습을 해 보였다. 그녀가 말을 이었다.

— 난 여태껏 당신 돈이 내 돈이고, 내 돈이 당신 것이라고 생각하면서, 우리 두 사람이 모든 것을 나눠 가졌다고 믿었거든요. 여보, 내가 너무 고지식했다면 용서하세요.

그녀는 아름다운 몸짓으로 돌아섰다.

— 이봐! 그건 물론이지! 당신도 말했듯이 당신에게 속한 모든 것이 내 것이고……. 아니지, 그 반대지……. 내가 말하고 싶었던 건 그 반대요……. 단지 내게 속한 모든 것이 곧 당신의 것이고, 또 그 반대라고 칩시다. 그렇다고 우리에게 속한 모든 것이 곧 자비에와 J.P.S의 것도 된다는 얘기는 아닐 테지!

— J.P.S? 그게 뭐예요?

— 자비에의 프로듀서, 사르달이오.

나는 자비에가 아리스토파네스에 관한 이야기를 하고

있을 때 사르달이 짓고 있던 표정이 생각나 나도 모르는 사이에 웃음을 터뜨렸다.

— 그 가련한 녀석이 신인배우들을 데려다가, 중부 산악지대 깊숙한 곳에서 흑백으로 〈말벌들〉을 제작하기로 했다더군. 당신도 생각 좀 해봐요!

로랑스는 웃지 않았다.

— 난 그럴 수 있다고 생각해요. 당신이 〈말벌들〉이라는 작품을 읽지 않은 것이 유감이에요.

그녀는 냉랭하게 이렇게 덧붙였다.

— 너무나 아름다운 작품이어서요……!

우리 두 사람 사이에는 공공연하게 확립된 하나의 약속이 있었다. 그것은 음악이 나의 영역이라면 문학은 그녀의 영역이라는 것이었다. 그런데 불행하게도 나는—라스파유가에서 중고등학교 시절과 군대 시절 동안에—책을 읽을 시간이 없었던 로랑스보다 더 많은 책을 읽었다. 거의 십오년이라는 세월 동안 좋던, 나쁘던 문학을 읽는 데에 실컷 시간을 보낸 셈이다. 사적이건 공적이건 우리 두 사람이 동행한 저녁 식사 자리에서 항상 로랑스는 박식함을 과시하고 나는 무지함을 가장하지 않으면 안 되었다. 필요한 경우에는, 내 모든 것을 걸고 그녀가 아리스토파네스에 대해서는 완전히 무지하다고 내기를 걸었을 것이다. 왜냐하면 그 순간 아리스토파네스의 시대와 그 시대 사람들 그리고 그의 연극에 등장한 인물들, 더욱이 매우 어렴풋하나마 작품 〈말벌들〉의 주제까지 내 머리에 떠올랐기 때문이다. 나는 장난을 좀 치고 싶었다.

— 내가 알기로 〈말벌들〉의 주제는 후회이고, 그 주제를 소위 실존주의 작가라는 자들이 그대로 베껴먹었거든. 안 그래?

— 다른 작가들도 그랬지만 특히 실존주의자들이 그랬죠.

로랑스는 퉁명스레 말했다.

— 모든 이가 그 주제를 묘사했죠. 물론 낭만주의 작가들도요.

— 그렇다면 자비에가 아주 기발한 아이디어를 가졌군. 그래! 하여튼 당신에게만은 그 사람이 내가 만지게 될 돈이 삼 프랑이 아니라 삼백만 달러라고 알려주었어야 했소! 그 사람이 당신하고 나한테만은 더 정직했어야지! 그 사람 또 나만 보면 내 얼굴에 침이라도 뱉고 싶은 듯이 멸시하는 표정이란 말이야……. 내 뺨이라도 후려칠 것 같은 그런 녀석에게 내 저작권을 내줄 순 없지……. 난 그러고 싶은 기분이 안 난다니까……. 사람은 누구나 자신의 괴벽이 있으

니…….

로랑스는 내 말에 귀를 기울이지 않은 채 약간은 걱정스러운 표정을 짓고 있었다. 그녀는 작품 사전을 어디에 두었는지 생각하고 있음에 틀림없었다. 그 유명한 아리스토파네스의 작품 〈말벌들〉을 찾아보고 싶었던 것이다. 그녀는 더 차갑게 말했다.

— 여보, 당신이 원하는 대로 해요. 이미 말했잖아요. 난 당신의 저작권에 손대지 않을 거예요. 난 당신의 작업, 당신의 재능, 거장으로서의 당신의 수입이 가져다준 결과를 당신과 함께 나누고 싶지만, 요행을 바라는 선전이나 쇼 같은 것은 나누고 싶지 않다고요. 난 그럴 수가 없어요! 계속 그런 흉측한 옷이나 사 입어요! 그러고 싶지 않거든 좀 더 지적인 일을 하세요. 예를 들면 『파리떼』 같은 작품에 돈을 대던가. 두고 봅시다.

— 〈말벌들〉이라고.

나는 기계적으로 제목을 고쳐주었다.

— 자기가 그렇게 고집한다면 〈말벌들〉이죠!

그녀가 신경질을 내면서 또다시 자기라고 말했다. 그래서 나는 웃음보가 터졌다.

— 아리스토파네스가 그렇게 고집하는 거요. 그 가엾은

아리스토파네스가, 그 시대에, 『파리떼』 대신에 매번 〈말벌들〉이라고 고쳐야 하는 것이 얼마나 귀찮았을까 생각 좀 해봐요!

로랑스는 호기심에 이끌려 우두커니 서 있었다.

— 그건 왜요? 왜 매번이에요?

— 그런데, 여보, 그 시대 희랍에는 말벌이 없었다오. 파리밖에 없었다고. 말벌은 한 마리도 없었고! 말벌은 후회의 상징이었고, 당신도 알다시피 아리스토파네스의 주인공들은 후회할 줄 모르는 사람들이라오. 유럽에서와 마찬가지로 노동하는 말들은 일의 상징이라오. 그런데 우리는 그런 말들을 본 적이 없소. 당신도 그 사실을 고백하게 될 거요. 어쨌든 나 개인적으로는 그런 말을 본 적이 없소.

나는 냉정하게 말했고, 멍해진 로랑스는 몸을 움직이지 않고 고개만 끄덕였다. 기분이 매우 좋았다. 우선, 나는 그녀의 머릿속에서 불길한 보나의 제작 계획을 없애버려야 했다. 왜냐하면 내가 그렇게 하지 못하면 빈정거림이나 비난을 받을 수밖에 없다는 것을 잘 알고 있었기 때문이다. 영화가 잘 되면, '거기에 참여했어야 했는데' 또 영화가 실패하면 '내가 좀 관대했었더라면' 같은 비난 말이다. 어쨌든 로랑스의 머릿속에 든 보나 그자를 꼼짝 못 하게 공격할 수밖에 없었다.

— 여보, 난 자비에랑 참 희한한 시간을 다 보냈소. 자비에라는 그 이상한 친구, 당신도 잘 아는 사람이오?

— 꽤 잘 알죠…….

로랑스는 여자들이 과거에 자기를 사랑했던 남자들—그 남자들이 바치던 사랑에 대해 여자 쪽에서 반응이 전혀 없어서 괴로움을—(그것도 호되게까지) 당했었는데, 그 당시에는 거들떠보지도 않던 그 남자의 애정을 이십 년이 지난 후에 이번에는 여자 쪽에서 흘러간 추억까지 들먹여가며 되살려 보고 싶어 하는—에 관한 이야기를 들을 적에 해 보이는 멍청하면서도 감미로운 표정을 짓고 있었다.

— 가엾은 자비에! 정말 감상적인 사람이었는데……. 어째서 그 사람이 이상하다는 거예요?

— 글쎄, 그자는 나에게서 당신을 빼앗지 못한 게 원망스러운가 봐. 나 같은 놈한테서 말이지. 그는 자기가 적절한 때에 좀 더 빨리 결심하고, 마지막에 후퇴하지 않았다면 그렇게 할 수 있었다더군. 얼마나 약이 올랐는지 몰라!

— 뭐요? 뭐라고요?

그녀의 분노가 일종의 헐떡임으로 터져 나왔다.

— 어떻게요? 적당한 때에 결심을 해요? 그게 도대체 무

슨 뜻이에요? 자비에가요? 그 사람은 5년 동안이나 내 뒤꽁무니를 졸졸 따라다녔는데도 난 거들떠보지도 않았다고요. 그런데 어떻게 적절한 때에 결심을 해요? 정말 그럴 수가 있어요? 그래서 자비에가 나를 당신하고 결혼하도록 내버려 두었다고요?

로랑스는 신경질을 내면서 한쪽 발을 다른 발 위에 올려놓고 펄쩍펄쩍 뛰며 내게 말을 놓았다.

— 자비에가! 좀 더 빨리 결심해? 몇 달 동안, 아침부터 저녁까지 내 발밑에 붙어서 애원하고 울부짖던 그가? 아, 그럴 수가. 난 믿을 수 없어! 믿을 수 없다니까! 그자가 당신에게 그런 말을 했다고?

그녀는 집요하게 그 말을 반복했다. 나는 확고하면서도 근엄한 표현을 사용했는데, 그것은 이상야릇하게도 아주 잘 들어맞았다.

— 더는 당신에게 할 말이 없소. 내가 잘못 이해했을지도 모르니까. 그 사람이 자기 사랑에 관해서 이야기하지 않고 '당신의' 사랑에 관해서만 이야기했지만, 뭐 그것이 그리 중요하겠소.

— 중요해요. 중요하고말고요!

그녀는 격분해서 소리를 질렀다.

— 그자가 질투하는 거요. 그게 전부겠지.

— 하지만 그가 당신을 질투하는 건 아니에요.

로랑스는 화가 치밀어 불쑥 소리쳤다.

— 당신을 질투하는 게 아니라니까요. 그가 질투하는 것은 소위, 그가 말하는 편안히 잘 먹고 잘사는 당신의 생활 전체에요! 그에게 필요한 것이 바로 그런 생활이거든요, 그렇다니까요! 게다가 그 사람은 끔찍한 구두쇠여서 당신 호주머니 속에 든 쥐꼬리만 한 돈만 보아도 괴로운 거예요. 바로 그거에요. 정말이지!

나는 이처럼 자연스러운 로랑스를 보는 게 얼마나 좋았는지 모른다. 그녀의 목소리도 자연스럽고, 격분한 그녀의 표정은 거의 속되기까지 했다. 나는 이처럼 그녀가 뻔뻔스럽고, 격분하고, 자연스럽고, 냉정할 때가 아주 좋았다. 그런데 그녀는 항상 그런 자신을 내보이고 싶어 하지 않았고, 그런 표정을 지으려고 하지 않았다. 그녀는 자기 자신이 절대적이고, 비물질적이고, 저속함을 초월하고, 지적이고, 순진하고, 꿈 많은 여자이기를 바랐고, 또 그렇다고 믿고 있었다. 간단히 말해서 그녀는 자신과는 정반대의 여성상이 자신이라고 믿고 있었고, 다른 사람들도 그렇게 생각하는 줄 알고 있었다. 내가 보기에는, 자기 자신에 대한 거부, 정성껏 감추어도 항상 되살아나는 자기와는 정반대되는 모습에 대한 동경, 바로 이것이 인간이라는 종족 사이에 번져 있는 가장 큰 불행 중 하나였다. 그러니 문제로 삼는 것이 자아 전체인 경우, 난폭하고 위험한 지경까지 이르지 않을 사람이 어디 있겠는가. 나처럼 사소한 일도 생각하지 않는 경우라면 말이다. 내 경우에는 좀 더 신중하거나 근면해 보이고 싶고, 좀 더 경박하고 멍청해 보이고 좀 더 이렇고, 좀 덜 저러고 싶은 정도였으니까. 그게 전부였다. 왜냐하면 나와 정반대되는 사람이 꼭 되었으면 하고 바랄 정도로 분명하고 불쾌한 단점이나 장점을 내 속에서 찾아내지 못했기 때문이었다. 정말 그랬다. 게을러서 그랬건, 겸손해서 그랬건 간에 궁극적으로 평가할 만했다.

우리는 둘 다 기진맥진해서 그 논쟁에서 빠져나왔다. 우리 두 사람은 외부에서 들어온 의혹에 대해 던져진 질문으로 지친 것보다는 우리가 서로 내뱉지 않은 의심쩍은 질문에 의해 더 지쳐버린 셈이었다. 나는 옷을 갈아입으러 돌아와 그 양복을 벗고 다시 라발리에르 깃이 달린 옷을 입었다. 그러고는 내가 로랑스에게 아리스토파네스 시대의 곤충들의 생태와 말벌들의 부재를 강의했던 그 토론의 순간을 상기하면서 혼자 낄낄대고 웃었다. 그 강의를 두고 아마

다른 어느 날 그 형편없는 자비에 보나와 보기 좋게 한판 벌일 것이었다. 그 싸움판에는 내가 나타나진 않을 테지만, 나로서는 생각만 해도 벌써 즐겁기만 했다.

휘파람

그때는 세 시가 좀 지났고, 우리는 네 시에 장인의 집에 도착해야만 했다. 그런데 코리올랑이 전화로 나를 당장 만나고 싶다고 말했다. 나는 아무에게도 알리지 않고 계단을 내려가 리옹 드 벨포르 카페까지 달렸다. 나를 기다리던 코리올랑은 내가 들어서자 거의 품 안에 뛰어들었다. 그의 얼굴에는 귀족에게서 보기 드문 두 가지 감정, 말하자면 만족과 공포가 서로 엇갈려 나타났다. 그는 호주머니 속에서 내 이름이 적힌 채로 사인은 델타블루 프로덕션으로 된 십만 프랑짜리 수표 한 장을 꺼내 보였다.

— 알아보겠어?

그가 소리쳤다.

— 알아보겠느냐 말이야. 그 지저분한 자식은 너에게 이 돈을 몇 달 전에 주었어야 했어! 어제저녁에 아주 우연히

그 자식 집에 다시 쳐들어가 고래고래 소리를 질렀더니, 이걸 내놓더군! 이걸 어떻게 하지?

그는 몹시 놀란 듯한 시선으로 주위를 살피면서 말했다.

— 이봐, 그렇다고 이 돈을 땅바닥에 묻을 수는 없잖아. 네가 가서 내 은행에 예치해 둬. 창구 뒤에 앉은 녀석이 좋아하겠군, 그래. 그리고 너에겐 내가 네 이름으로 다른 수표를 한 장 끊어줄게. 현금을 좀 찾아서 봉투에다 넣은 다음 수위실에 좀 맡겨둬. 난 장인에게 가야 해. 로랑스가 사방으로 날 찾고 있을 거야. 좀 있다 전화할게.

— 잠깐만 기다려! 수표 뒤에 네 사인이 있어야 해!

코리올랑이 소리를 질렀다. 나는 재빨리 서명을 해주고 아파트 건물 쪽으로 다시 달렸다. 이따금 꼭 필요할 때 행운의 여신이 도와주었던 것처럼, 다행히도 계단에서 웃고 있는 로랑스와 마주쳤다.

— 난 당신이 차 안을 훈훈하게 해두려고 시동을 걸고 있다고 생각했어요!

그녀는 재미있다는 듯이 말했다.

— 피아노방에서 당신을 찾고 있던 오딜에게도 그렇게 말했죠.

— 내 차가 얼마나 잘 달리는지 몰라! 이 차가 망가지면

난 죽고 싶을 거요.

— 참 당신은 어린애 같아! 자기 장난감을 잘 돌보는 아이랄까…….

— 당신 아버지에게나 뱅상은 자기 장난감들을 잘 돌봐요라고 말씀드려서 그분을 기분 좋게 해드리지 그래.

로랑스는 소리 내어 웃기 시작했고, 아주 따뜻해진 자동차는 저절로 움직이듯이 포르트 도테이유를 향해 달렸다. 빨간 신호에 걸렸을 때, 로랑스는 나를 머리끝에서 발끝까지 훑어보았다.

— 그렇게 차려입으니까 훨씬 보기 좋군요.

나는 어두운 청색 바탕에 네 번째 줄에 가는 회색이 쳐진, 그녀가 제일 좋아하는 양복에, 마찬가지로 회색 바탕에 청색 무늬가 교차하는 넥타이를 매고 있었다. 양복의 바탕과 같은 청색이었다. 내 모습은 낙천주의자에, 최근에 벼락부자가 된 젊은 이탈리아 사업가 같았다. 7년 동안 나는 다른 사람들의 시선에 아랑곳 하지 않고 지내왔지만, 그래도 그것 때문에 몹시 괴로웠다는 점을 이 모습이 말해주고 있었다. 특히 나의 첫 번째—아니 '우리'의 첫번째—양복을 가봉하러 갔을 때는 끔찍이 괴로웠다. 왜냐하면 로랑스는 내 남성적인 자존심을 제외하고는 간섭하지 않는 것이 없었기 때문이다. 하지만 그녀가 양복값의 영수증까지 해결해 주었기 때문에 나로서는 못마땅해할 수도 없었다.

불로뉴 숲에 자리 잡은 그녀 아버지 소유의 이 개인 저택은 1930년대 양식의 건물이었다. 네모반듯해 차가운 느낌을 주는 큼직큼직한 방 속에는—미학적인 애착이라서기보다는 투자할 가치가 있어서라고 장인 자신이 말했듯이—루이 15세 때 가구들로 가득했는데, 코리올랑의 말에 의하면 모두 진품이었다. (코리올랑은 음악만큼이나 가구에도 정통해 있었다). 코리올랑이 우리 결혼식에 참석해 이 저택에 대해 깊이 연구하게 된 것은 신랑의 증인 자격으로서였다. 그날 저녁, 사람들이 발견한 그는 술에 잔뜩 취한 채로 손님 방 안에서 그 집 하녀랑 자고 있었다. 이 일 때문에 코리올랑은 우리 처가 사람들 눈에는 평판이 형편없는 사람이 되었다. 처가 사람들은 그가 아무리 어린 소녀와 놀아났다 해도 그녀가 좋은 집안의 아가씨였다면 이보다는 덜 창피한 추문이라고 생각했을지도 모르겠다. 그날부터 나 역시 따돌림을 받는 신세가 되자 내가 격분했고, 결국 장모가 흐느껴 운 덕에 그녀의 외동딸 결혼식이 경찰서에서 끝나는 것만큼은 막을 수 있었다.

식당 지배인 같은 복장을 한 낯선 이가 문을 열어주었

다. 참 이상야릇하다고 생각했는데, 로랑스는 나보다 더 놀란 눈치였다. 그녀는 즉시 걱정스러운 목소리로 물었다.

— 그런데 토마 아저씨는 어떻게 됐나요?

— 토마는 이 년 전에 세상을 떠났습니다. 부인!

남자가 몸을 아래로 숙이면서 슬픈 듯이 말하자, 로랑스는 한 손으로 내 팔을 꽉 잡았다.

— 불쌍한 토마……. 가엾은 토마 아저씨!

그녀는 속삭이듯이 중얼거리면서 슬픈 시선으로 나를 쳐다보았다. 우울해진 나는 속눈썹을 두 번 깜박였다. 그때 쾌활하고도 정력이 넘치는 남자 목소리에 우리는 눈을 돌렸다. 장인이 한 손으로 난간을 잡고는 우리 앞에 있던 대리석 계단을 내려오고 있었다. 그는 아래서 두 번째 계단까지 내려와서 우뚝 섰다. 나보다 키가 작았기 때문에 신경 쓰였던 것이다. 대신 우리가 가까이 다가섰다. 그 잠깐 사이에 장인과 나, 우리 두 사람은 8년 전 잠깐 만났을 적에 던졌던 바로 그 시선을 서로 주고받았다.

각자가 하나의 풍자화 앞에 서서 서로에게 던진 그 시선 말이다. 즉 그에게는 내가 아무짝에도 쓸모없는 건달의 풍자화요, 나에게 그는 떼돈을 번 비열한 인간의 풍자화였다. 침묵의 순간이 지난 후 우리는 서로 상냥하게 웃어 보였다.

그러자 로랑스가 여느 때 같은 우아한 몸짓으로 우리 두 사람의 팔을 잡아당겼다. 결국, 나는 장인의 손을 잡고, 장인은 내 손을 잡고 감동적인 악수를 했다. 우리는 쓸데없이 두세 번 팔을 흔들었고, 보기 싫은 사람과 악수할 때처럼 목을 뒤로 젖히는 짓은 서로 하지 않고 악수를 끝냈다.

— 자! 우리 이날을 축하하세!

장인이 호탕하게 제안하면서 우리를 그가 '바'라고 부르던 방으로 밀어 넣었는데, 그 집에서 가장 유쾌한 장소이기도 한 그 방 안에는 요란한 루이 15세 시대의 안락의자 대신 가죽으로 된 더 편안한 안락의자가 놓여있었다. 식당 지배인 복장의 집사가 문을 닫고 나가자 로랑스가 자기 아버지에게 물었다.

— 아빠, 불쌍한 토마 아저씨 이야기를 난 모르고 있었어요. 그에게 무슨 일이 있었나요?

— 그 착한 토마가 죽었단다! 몹쓸 허리병에 걸렸었지. 하루하루 힘들어하더니 나중엔 쟁반 하나도 못 들더구나, 불쌍한 것! 하지만 시몽이 아주, 아주, 잘 해주고 있지!

그런 추도사를 나누면서 우리는 자리에 앉았다. 장인은 그 자신이 나에게 불러일으키는 것과 똑같은 불신의 눈빛으로 나를 뜯어보고 있었다. 그는 감정을 억제하기 위해 애를 쓰고 있었다.

— 믿을 수 없는 일이야! 벌써 7년이라니! 얘들아, 너희들은 전혀 변하지 않았구나! 참 기쁜 일이로군!

— 행복해서 그렇죠.

로랑스는 그 말을 하면서 두 눈을 내리깔았다.

— 그리고 조신하게 사니까요!

내가 덧붙이자 장인의 얼굴이 새빨개졌다. 로랑스는 내 말을 듣지 못했거나, 이해하지 못했다.

— 아빠도 혈색이 좋아 보여요! 아빠한테 그런 일이 있고 나서, 난 아빠가……. 걱정되었어요…….

— 난 무쇠같이 건강해. 사업을 하려면 그래야만 하거든! 요즘 같은 시절엔 파리 광장에서 재미있게 노닥거려서는 안 돼. 사업은 끊임없는 전쟁이지. 여보게, 자네가 그런 일들을 피할 수 있어서 나도 참 기쁘다네.

그는 내 쪽으로 몸을 돌리면서 덧붙여 말했다.

— 저도 그렇습니다.

나는 아주 솔직하게 대답했다. 그랬더니 이번에는 그가 두 눈을 내리깔았다. 집사가 샴페인 한 병을 들고 와서, 장인이 신경질적으로 안절부절못하는 동안에 우리에게 술을 따라주었다. 그가 방문을 나서자마자 장인이 로랑스에게 이렇게 말했다.

— 얘야, 우리 둘만 좀 있게 해주겠니? 네 남편과 남자 대 남자로서 얘기를 좀 해야겠다.

로랑스가 웃으면서 일어났다.

— 좋아요. 하지만 신사답게들 구세요! 서로 싸우지 말고요. 이 문짝 뒤에서 조금이라도 큰 소리가 오가는 것은 듣고 싶지 않으니까요.

그녀는 뒤돌아보며 미소를 지었고, 손바닥 키스를 공중에 날려 보내는 시늉을 해서 우리 두 사람을 당황하게 하고는 황급히 어디론가 사라졌다. 나는 안락의자에서 꼼짝도 하지 않았고, 장인은 그가 늘 좋아서 하듯이 바 앞에서 가로 세로로 왔다 갔다 하기 시작했다. 불행하게도 그가 신은 구두가 너무 새것이라 약간 삐걱거렸는데, 특히 그가 방향을 바꿀 때마다 그랬다.

— 내가 심장발작 증세를 일으켰다고 내 딸이 자네에게 말하던가?

나는 고개를 끄덕였다.

— 대동맥이 기형이라는데 별것 아닌 것 같아도 위험한 증세야.

그는 마치 군대에서 딴 훈장이라도 얘기하듯이 감동이

섞인 근엄한 자만심을 내보이며 말했다. 그는 자기의 건강 얘기를 하면서 내 마음을 돌려볼까 아니면 계속 나쁜 관계를 유지할까 망설이는 것 같았다. 나는 그가 선택할 수 있도록 도와주었다.

— 로랑스가 어딘가 안 좋아졌다고는 말했지만, 구체적으로 말하지는 않더군요.

그 말을 하며 나는 관대하면서도 거북한 표정을 지었는데, 그것이 장인을 격분하게 했다.

— 대동맥이라니까! 심장 말이야! 내가 죽을 뻔했어!

그가 다시 말을 이었다.

— 그제야 내가 잘못했다는 생각이 들더군, 그럼, 잘못했지…….

그러고는 앞가슴을 내밀면서 황홀한 표정을 짓더니 또박또박 말했다.

— 내가 자네에게 지나치게 엄했다는 사실이 정말 미안하더군…….

— 그런 일은 모두 잊어버립시다!

내가 큰 소리로 말했다.

— 모두 잊어버리자고요. 그게 무슨 중요한 일이겠습니까? 아실 테지만 저는 장인을 원망해본 적이 한 번도 없습

니다. 로랑스가 무척 좋아했겠군요…….

내가 자리에서 일어나자 이번에는 그가 신경질을 냈다.

— 젊은이, 내 말이 아직 다 끝나지 않았네.

— 뱅상요! 저를 뱅상이라고 불러주시면 더 좋겠습니다.

나는 쌀쌀맞게 그의 호칭에 수정을 가했다. 그는 그 말에 발끈해져서, 얼굴이 새빨개지며 발꿈치를 들어올리기까지 했다.

— 더 좋겠다고? 그래, 그러자고! 근데 왜?

— 그게 제 이름이니까요. 그리고 슬프게도 저는 더는 젊은이가 아니니까요.

— 그래, 알겠네!

그는 다시 발꿈치를 땅바닥에 내려놓았다.

— 좋아, 뱅상!

그는 천천히 말했다.

— 친애하는 뱅상—지금까지 그처럼 싫어하던 이름 앞에 애정을 나타내는 형용사를 붙인다는 것이 좀 걱정스러웠는지, 그는 망설였다.

그는 처음 보는 사탕을 입속에 넣고 빠는 사람처럼, 의심쩍은 듯이 다시 내 이름을 불렀다.

— 친애하는 뱅상, 우리 두 사람이 얘기를 좀 해야겠네,

심각하게 말일세. 편안하게 앉게나.

— 저는 아주 편합니다. 담배를 피워도 되겠습니까?

— 그럼, 그럼! 친애하는 뱅상!—이번에는 그의 어조가 조금 더 부드러워졌다. 입 속에 든 사탕이 좀 쓰기는 해도 먹을 만한 듯이.

— 그 당시에 내가 왜 그렇게 엄하게 굴었는지 이유를 모르진 않겠지. 난 자네에게 재능이 있다고 생각했기 때문에 자네가 일에 전념해 주기를 바랐던 거야. 자네가 내 딸의 지참금을 탕진하면서 허송세월하는 것이 나로서는 얼마나 안타까웠는지 모른다네. 그 지참금이 이제 바닥났다는 걸 자네도 모르고 있진 않을 걸세……. 로랑스는 거의 파산 지경이야.

— 파산이라고요? 할 수 없지요! 잘 아실 테지만 제가 돈을 보고 로랑스와 결혼하진 않았으니까요…….

그는 대놓고 거짓말을 하고 있었다. 왜냐하면 로랑스는 재산 관리인을 두고 있었고, 그가 3개월에 한 번씩 라스파유가 아파트로 찾아와 큰 소리로 그녀에게 보고하고 수익금을 전달해왔기 때문이다. 더군다나 내가 아는 로랑스는 파산이라도 했다가는 아마 미쳐버렸을지도 모른다.

장인은 나를 의심쩍은 눈초리로 쳐다보았다. 그러고는

마지못해 이렇게 말했다.

— 나도 알고 있네. 그래서 내 딸이 자네와 결혼하게 내버려 두었던 거지. 하지만 난 자네가 그 사실을 내 딸에게 증명해낼 줄은 꿈에도 몰랐다네.

내가 멍청한 표정을 짓자, 그는 앞쪽으로 몸을 기울였다.

— 여보게, 나도 신문에서 읽었다네! 자네의 그 영화까지도 봤는걸! 자네 음악도 들었고! 게다가 요즘 그 음악은 어디서나 들리더군! 솔직히 말하자면 난 영화를 잘 안다고 할 수는 없는 사람이야. 음악도 마찬가지지만!

그는 크게 웃으며 거의 애정 어린 표정까지 지으며 말했다.

— 단지……. 단지……. 내가 말하고 싶은 것은, 여보게. 내가 특별히 음악을 좋아하는 사람이 아니라는 말일세. 하지만 만약 음악이라는 것이 내게 백만 달러를 안겨준다면, 나라고 음악광이 되지 말라는 법은 없겠지! 하! 하! 하!

장인은 소리 지르듯이 말하고는 내 등을 툭툭 치면서 웃음보를 터뜨렸다. 어떤 면에서 나는 매우 즐거웠다. 나는 그가 말한 것을 전부 코리올랑에게 되풀이해서 전할 수 있도록 애쓰고 있었다. 애석하게도 로랑스에게는 그의 말을 반복할 수는 없을 테니까! 내가 로랑스에게 반복할 수 있는 농담은 아주 제한되어 있었다. 그만큼 그녀의 유머 감각과 나의 유머 감각에는 너무나도 큰 차이가 있었다. 좀 더 정확히 말하자면 나는 그녀의 농담을 알아듣지 못했고, 또 내가 하는 농담은 그녀의 신경을 곤두세웠다. 그러므로 장인이 하는 말을 들으며 나는 한편으로는 매우 기뻤고 또 한편으로는 약간 놀라웠다. 왜냐하면 7년 전에는 나의 가난함이 큰 소란의 씨를 뿌렸었다면, 지금은 내가 벌어놓은 재산이 그때보다 더 큰 소란을 야기하고 있다는 생각이 들었기 때문이다.

— 그리고 또.

장인은 또다시 내 등을 두드리면서 불쑥 말했는데, 나는 너무 깜짝 놀라, 마치 희극의 한 장면처럼 입안에 들어 있었던 샴페인까지 토해내 버렸다. 나로서는 참 잘된 일이었다.

— 이제부터 자네 생활도 변할 걸세, 그래야지 뭐! 나도 내 딸을 잘 아니까! 그 애가 주는 용돈이 가소로운 것이 되어서는 안 되겠지, 안 그런가? (세 번째로 그가 내 등을 치자 나는 바보처럼 기침하고 코를 훌쩍거리며 자리에서 일어날 수밖에 없었다). 우리끼리 이야기지만, 돈 한 푼 없이 파리의 젊은 여자들을 낚아채기는 힘들다고. 안 그런가!

아, 여보게, 내가 자네 나이라면! 아 정말이지, 난 자네가 부러워!

그가 계속 남자 대 남자로 네 번째 내 등을 두드릴 자세를 취했다. 바로 그때 내가 옆으로 한 발짝 피했기 때문에, 그가 바 카운터에 부딪혔다. 그래도 그는 화를 내지 않았다.

나는 연거푸 기침을 하면서 중얼거렸다.

— 그런데, 어떤 여자들 말인가요? 장인께서는 내가 로랑스를 속이고 있다고 생각하시는 건 아니겠죠?

그가 소리 내어 웃기 시작했는데, 그 음흉하고 간사한 너털웃음이 나를 소름 끼치게 했다. 별안간 내가 아내의 속물적인 여자 친구들과 재미를 본 것이 겁났다.

— 확실히 말씀드리겠는데요…….

내가 말을 꺼냈다. 놀랍게도 분노가 내 목소리의 힘을 잃게 하고 말의 억양까지 바꿔놓았다. 갑자기 어린 계집아이 목소리가 나오자 나는 말을 뚝 멈췄다.

— 나에게 단언할 게 아니네, 여보게! 내가 아니라고! 내가 단언할 일이 아니지! 로랑스는 제 엄마하고 똑같아. 아름답고, 영리하고, 안목이 높고, 예쁘고, 나무랄 데 없는 여자지(내 딸이니까!). 하지만 재미있는 여자는 못 되지. 아, 여보게, 내가 밖에서 적당히 즐길 줄 몰랐다면 집안이 제대

로 돌아가지 않았을 거야! 난 나름대로 요령껏 해결해 나갔다네. 언제 조용하게 자네에게 모든 얘기들을 털어놓음세!

옛일을 상기하면서 유쾌해졌는지, 아니면 새로 굴러 들어온 수백만 프랑이 안겨준 희열 때문인지 그는 깃과 넥타이를 풀어 제쳤다.

— 자네에게 말해두겠는데, 내가 그런 일을, 그러니까 자네가 히트를 한 일 말일세. 그걸 알았을 적에 난 두 가지 생각을 했다네. 하나는 자네가 계속 내 딸과 살던가, 아니면 그 돈을 가지고 금발 계집 하나 꿰차고 줄행랑을 치든가 할 거라고, 기다려 보자고…….

— 농담이시겠죠! 전 그런 금발 여자들은 끔찍해요.

— 하! 하! 하! 고맙군, 남아 있어 주어서! 실은 자네가 멀리 갈 수는 없었을 걸세. 내가 바로 로랑스의 아버지니까. 자네가 결혼할 때 체결해 놓은 계약이 있지……. 확실하게 말일세! 여보게, 자네는 재산 공동 소유 계약법에 따라서 결혼을 했던 걸세! 자네 그것이 무엇을 의미하는지 알고 있나?

— 아뇨, 모릅니다…….

나는 흥겨움과 불쾌감이 뒤섞인 심정으로 그를 쳐다보았다. 7년 전에 이 늙은이가, 내가 보여준 멸시감과 내가 큰 도둑이라는 증오 섞인 그의 확신에도 불구하고, 언젠가는 내가 도적질을 당하는 쪽이 될지도 모른다는 작은 희망을 품고 있었다는 게 나에게는 환상인 것만 같았다. 발자크적인 환상이랄까…….

— 그게 무슨 의미예요?

그는 다시 껄껄대기 시작하더니, 팔로 내 어깨를 어루만졌다.

— 자네가 7년 동안 로랑스와 함께 살면서 차지한 모든 재산을 자네와 그 애가 같이 공유한다는 거야, 그게 전부지! 자네가 원한다면 로랑스에게 진 빚을 한 푼도 갚지 않아도 되지만, 자네가 번 돈은 모두 그 애가 절반씩 나누어 소유한다는 뜻이라네.

나는 어깨를 으쓱했다.

— 전 모든 것을 아내에게 주기로 결심했으니까…….

장인은 내 팔짱을 끼더니 이렇게 속삭였다.

— 아 그건 안 돼, 그건 정말 바보 같은 짓일세! 꼭 한 가지 해야 할 것은, 두 사람 명의로 계좌를 개설해서, 반드시 두 사람의 사인이 있어야 돈을 꺼낼 수 있게 하는 걸세. 내가 자네에게 설명하지. 로랑스가 그런 식으로 자네의 돈을 원하는 건 아닐세, 그 이유야 누가 알겠나! 그 애는 자네를

피아니스트로만 알고 있거든! 그래서 내가 이렇게 말해주었다네. "얘야, 무엇보다도 사람은 각자 자기 취향이 다르단다. 나 개인적으로는 항상 바흐보다는 린 르노를 더 좋아했지. 그건 어디까지나 나와 상관없는 일이니까. 안 그래? 둘째로, 그 돈은 말이다. 네 남편이 번 것이니 그 사람의 돈이야! 그렇지? 안 그래?"

나는 반쯤은 정신이 나간 채로 그를 쳐다보았다. 그때 나는 우리 두 사람이 꼭 한 가지 점, 즉 양식이라는 점에서 서로 닮았는데, 그것이야말로 최악일지도 모르겠다고 생각했다.

— 셋째, 그 공동 계좌에서 로랑스가 직접 돈을 꺼낼 수는 없다네. 그 애가 수표 한 장을 끊으려면 뒷면에 자네 사인이 필요하다는 거야. 왜냐하면 그 돈은 자네 것이고, 자네의 소유니까! 잘 됐지 뭐!—이 말은 물론 자네도 돈을 꺼낼 때는 형식상 그녀의 서명이 필요하다는 말이야!—하지만 예를 들어, 어느 날 그 애도 돈에 눈이 뜨여서, 자기의 돈, 그러니까 자네의 돈 절반을 시시껄렁한 인텔리 영화에다 투자하고 싶어 하는 일이 생겨도 자네의 사인 없이는 어림없지……. 그런 것이 자네에게도 그 애를 설득할 시간을 주기도 할 걸세. 내 말 알아듣겠나? 나로서는 더는 어

떻게 할 수가 없군. 그 애가 내 딸이긴 하지만 내가 후원하는 쪽은 자네야. 왜냐하면 난 돈을 경멸하는 사람들은 옹호할 수는 없으니까! 돈 없는 그 가련한 인간들을 보면, 이러쿵……. 저러쿵…….

나는 더 이상 그의 말에 귀를 기울이지 않았다. 그러나 그의 추리 속에 재미있는 부분이 있다고 생각했다. 그것은 로랑스가 직접 은행 창구에 가서 현금을 달라고 은행원에게 부탁했는데, 그 은행원이 수표에 내 서명을 받아오라고 요구하면서 거절하는 것이다. 그건 어쩐지 나에게는 목가적인 환상처럼 느껴졌다.

드디어 장인이 우레와 같은 목소리로 로랑스를 불렀는데, 로랑스는 문 뒤에 있었기 때문에 큰소리칠 필요가 없었다. 두 사람은 잠시 옥신각신 다투더니, 결국 우리는 곧장 은행으로 향했다. 나는 그를 뒤따랐고, 거기에서 수많은 사인을 했는데, 정확히 로랑스가 한 만큼이나(그것이 나를 안심시켜주기도 했다). 서명을 한 셈이었다. 나는 웃으면서 사인을 했고, 그녀는 뾰로통한 표정을 지었다. 내가 그곳에서 만난 은행가들은 소기의 목적을 달성하기 위해서는 아첨과 술수의 극치를 보여주는 선수들이었고, 나는 그들을 쳐다보며 아주 재밌어했다.

아주 재미있었지만, 두 번 다시 상대하진 말았어야 했다.

우리가 은행에 들어간 것은 다섯 시였다. 그리고 은행에서 나온 시간은—이런 은행은 업무 시간을 철저하게 지키는 것으로 알고 있었건만—아주 늦은 시간이었다. 우리가 라스파유가로 돌아왔을 때는 거의 여덟 시였다. 로랑스는 돌아오는 길에, 아니 그보다 훨씬 전, 그러니까 은행에 도착하면서부터 한마디도 하지 않았다. 혹시 그녀가 나와 똑같은 상상을 했다면 나로서는 그녀를 이해하고도 남을 만한 일이다.

조금 전에 내가 상상한 그 장면, 말하자면 로랑스가 은행 출납계원에게 거절당하는 모습이 내 머릿속에서 큰 사건으로 점점 확대되어 갔다. 처음에 로랑스는 샤넬 투피스(엄청나게 비싼 옷이지만 유행을 타지 않는)를 입고 은행에 도착한다. 성가신 듯한 몸짓으로 은행의 자동문을 밀고 들어가 곧장 그녀의 창구계원에게로 걸어간다. 다른 많은 사람처럼 로랑스도 그녀의 단골 창구계원, 그녀의 미용사, 그녀의 매니큐어 손질사, 그녀의 공증인, 그녀의 세리, 그녀의 소송대리인, 그녀의 변호사, 그녀의 치과의사 등등을 거느리고 있었다. 극소수의 직업들—택시 운전사, 카페 종업원 같은 내가 일종의 찬사를 보내게 된 그런 직업의 사람들—이 그와 같은 광란적이고도 소리 없는 소유에서 제외되었다. (굳이 말하자면, 내 소유의 깃발 아래에는 아무도 없었다. 나의 양복 재단사는 로랑스가 선정한 사람이고, 리옹 드 벨포르 카페 주인은 말 그대로 리옹 드 벨포르에서 군림하는 존재였고, 7년 동안 두 번 갔었던 치과의사 역시 로랑스의 주치의였으니……. 그리고 또 나는 수위 아주머니까지도 그냥 수위 아줌마라고 불렀는데, 만약 로랑스가 몹시 단호하게 나의 수위 아줌마라고 계속 불러대지 않았더라면, 난 적어도 우리의 수위 아줌마라고 했을지도 모른다).

우연한 기회에 그녀가 종처럼 부리는 사람 중의 하나, 예를 들면 미용사나 구둣방 주인을 한 친구와 나눠 소유할 경우가 있다면, 그때 그녀는 그 사람들의 성을 붙여 불렀다. 말하자면 나의 미용사와 나의 구둣방 주인이 월로 씨, 그리고 패랭 씨가 되는 것이었다. 사실 이와 같은 사소한 습관은 소유의 가장 사악하고 음흉한 형태 중 하나이기 때문이다. 로랑스의 버릇이나 마찬가지였다.

지금까지 내가 상상한 장면은, 그러니까 로랑스가 샤넬 투피스를 입고 은행으로 들어가 여느 때처럼 그녀의 창구계원이 있는 쪽으로 걸어가 그에게 이렇게 말하는 것이었다.

— 안녕하세요, 바라 씨? 현금으로 좀 주세요. 제가 굉장히 바쁜 일이 생겨서요—고객들에게 즉흥적으로 서두름을 부추기는 장소와 직업이 있다(아예 뛰어다니게끔 만드는 백화점은 말할 것도 없고, 은행, 미용실, 자동차 정비 공장 등이 그런 곳이다).

— 물론 빨리 해드려야죠, 부인.

내가 한 번 만나본 적이 있는 창구계원 바라 씨가 말한다. 그는 창백한 얼굴에, 키가 크고, 털이 없는 매끈한 피부에, 안경을 쓰고, 억지로 악의 있게 보이려고 표정을 짓는 사내였다.

— 물론이죠, 샤……. 아가씨……. 아니, 죄송해요……. 페르작 부인…….

그는 마치 그녀의 외모에 홀려서, 그녀의 처녀시절의 이름을 부를 뻔한 것처럼 다시 말을 이었다.

— 얼마짜리 지폐로 드릴까요?

— 오백짜리로요!

그동안 로랑스는 핸드백을 열었고, 장갑을 벗은 뒤, 그녀의 수표책, 아니 우리의 수표책을 꺼냈다. 그러고선 빠르게 삼천 프랑이라고 갈겨쓴 다음, 신경질적이고 몹시 빠른 몸짓으로 서명했다. 내가 이해할 수 없는 것은, 가장 중요한 인물들—그리고 가장 별 볼 일 없는 인물들—은 자기들의 수표에 사인할 때마다 마치 만년필에 불이라도 붙은 것처럼, 아니면 서명하는 데 시간을 들이는 것이 몽매함이나 일자무식의 증거라도 되는 듯이 서두른다는 점이다. 로랑스도 그렇게 사인을 해서 자기 수표를 거만한 손짓으로 상대방에게 내민다. 그 상대는 철망 뒤에 죽치고 앉아서 그녀에게 자신의 신속함과 효율성을 과시하고 싶어 안달한다. 그래서 그는 수표를 받아 건성으로 쳐다본다. (페르작 부인은 염려할 필요가 없었다). 그러다가 그자가 갑자기 하던 일을 멈추고, 의심쩍은 눈초리로 로랑스를 쳐다보자 그녀 자신도 무슨 일이냐고 묻는 것처럼 눈썹을 치켜올리고 우두커니 서 있다.

— 무슨 일이에요?

그녀가 오만하고도 짜증스러운 목소리로 그에게 묻는다.

— 왜 그래요? 이 은행에 내 돈이 다 떨어지기라도 했나요?

또한 그녀는 거의 있을 수 없는 이러한 돌발상황 앞에서 믿을 수 없다는, 게다가 빈정대는 웃음까지 짓는다.

— 물론, 그런 것이 아닙니다. 페르작 부인.

회계 직원도 웃는다.

— 단지, 아실 테지만……. 문제는 공동 계좌에서, 제가 걱정하는 것은……. 이중 서명이…….

— 뭐라고요? 네, 뭐라고요?

로랑스가 짜증을 내면서 나무로 된 계산대를 손가락으로 툭툭 치는 동안 회계 직원은 난처한 듯이 양손을 벌리고 있다.

— 부인, 정말 죄송합니다만……. 보시다시피 이건 특별 계좌에요. 부인께서도 모르고 계시진 않으셨겠죠. 그래서 페르작 씨의 사인이 꼭 필요합니다.

로랑스는 계속 얼이 빠져 있다.

— 페르작 씨의 사인요? 그러니까 남편의 서명 말인가요? 내 수표에다가요? 삼천 프랑을 찾는데도요?

— 페르작 부인, 중요한 것은 액수가 아니라 원칙입니다. 잘 아실 텐데…….

— 아뇨, 모르겠어요. 하여간 내 돈을 찾는 데 남편의 사인이 필요하다는 것은 이해할 수가 없어요. 이건 말도 안 돼요.

나는 꽃분홍색 투피스를 입고 새빨개진 로랑스와, 그녀와 마주한 적갈색 머리의 회계 직원, 그리고 어찌할 바를 몰라 연보라색이 되어 달려오는 은행장, 한 마디로 분노와 위엄의 숭고한 단색화를 상상하며 환희를 맛보았다. 하지만 나의 이러한 광적인 상상은 내가 로랑스에게 설명할 것을 잊게 했다기보다는 늦게 만들었다. 내가 꼭 해야 할 것은 그녀를 안심시키고, 그녀의 걱정을 덜어주고, 이미 상처를 받았을지도 모르는 그녀의 자존심을 가라앉히는 일이었다.

아파트 문턱을 넘자마자 로랑스가 자기 방으로 달려갔다.

— 맙소사, 오늘이 목요일이었군요! 브리지 시합이 있는 날이에요! 미안해요!

그녀는 도망치듯 달아났다. 나는 그녀의 팔을 움켜쥐었다. 그러자 그녀가 반짝이는 두 눈과 몹시 창백한 얼굴로 나를 돌아보았다.

— 여보, 당신은 내가 은행과의 이런 계약을 좋아한다고 생각하진 않겠지?

나는 차분히 가라앉은 음성으로 말했다.

그녀는 두 눈을 크게 뜨고 나를 바라보았다.

— 당신에겐 다른 방법이 없었겠죠!

나는 소리 내 웃으면서 그녀를 놔주었다. 그러나 그녀는 차가운 눈초리로 힐끗 쳐다보고는 자기 방으로 들어가, 방문을 사분의 삼 정도로 닫았다. 그래서 나는 그녀를 보지 않고도 그녀에게 얘기를 할 수 있었다.

— 당신은 나를 잘 몰라. 아니, 당신은 돈 많은 사내를 알지 못하고 있어. 난 이제 옛날의 내가 아냐. 돈이 생기면 사람은 변하는 거야!

— 나하고는 상관없는 일이에요!

그녀의 목소리는 차가웠다.

— 상관없다고요! 난 당신의 돈을 한 푼도 원하지 않는다고 이미 정확하게 말했다고요. 그리고 난 당신이 그 계약서에서 점 하나도 바꿀 수 없는 사람이라고 생각해요!

그녀는 도가 지나쳤지만 그럴만한 이유가 있었다. 7년 동안 나를 먹여 살린 여자로서 생각지도 않은 어리석은 일을 당하니 참기 힘든 시련일 수밖에.

— 여보, 내 말을 들어봐요. 내일 내가 은행에 가겠소. 그러면 당신이 이 모든 일이 장난에 불과하다는 것을 알게 될 거요. 내 말을 믿어요. 그 사람들은 내가 원하는 대로 해 줄 테니.

— 당신이 그 사람들을 설득한다면 놀라운 일일 테죠.

나는 은행 직원들을 설득해 모든 돈을 로랑스의 계좌에다 넣는 것이 전혀 나쁜 일이 아니라고 생각했다. 또 그렇게 하는 것이 제일 간단하고, 무엇보다도 가장 타당한 일이었다. 그래서 내가 코리올랑에게 줄 큰 액수의 수표만 로랑스에게 설명하면서—아니면 설명하지 않든가—그녀의 사인만 받아내면 될 테니까. 그래도 나에게는 방금 은행에서는 언급하지 않았던 악보 제작권이 남아 있었다. 거기에다 또 코리올랑이 무일푼에게서 긁어내온 십만 프랑까지 합치면, 형편이 나쁜 편은 아니지!

— 내기를 해볼까? 당신이 여느 때처럼 혼자 가서, 내 사인 없이도 수표를 발행할 수 있을지 내기를 할까?

침묵이 흘렀다.

— 하지만 당신도 내 사인이 필요할 텐데요 뭐.

그녀는 방을 나서면서 이렇게 내뱉었다. 이 분 동안 그녀는 화장을 고치고 검은색 옷을 갈아입었다. 그녀는 정의와 분노의 여인상 같았다. 그녀에게는 그런 모습이 아주 잘 어울렸고, 나에게는 그녀의 끝없는 교태로 보였다. 내가 그녀에게로 한 발짝 다가서자, 그녀는 재빨리 뒤로 물러서면서 방어하는 태세로 그녀의 얼굴 앞으로 한쪽 팔을 들어 올리기까지 했는데, 그러한 태도가 나를 깜짝 놀라게 했다. 왜냐하면 나는 한 번도 로랑스를 때려본 적도 없고 또 때릴 생각을 해본 적도 없었으니까.

— 나 늦었어요.

그녀는 휘파람 소리를 내며 말했다.

— 나를 가게 해줘요! 내가 늦었다는 걸 모르세요?

로랑스는 매달 첫 번째 목요일에 고등학교 때 친했던 친구들과 브리지 놀이를 했는데, 아주 엉뚱한 경우에는 그녀가 백 프랑을 잃거나 아니면 따는, 고작해야 브리지 놀이에 불과했다. 때문에 그녀가 그처럼 미친 듯이 서두르는 것이 내게는 이상해 보였다.

— 그래, 가봐. 어서 가봐! 노름에서 알량하게 번 돈을 우리 공동 계좌에 넣진 않겠지?

이미 그녀는 문을 열고 나가, 승강기를 타지 않고 종종걸음으로 계단을 내려가고 있었다. 나는 난간에 기대어 서서 그녀가 내려가는 모습을 지켜보았다. 그녀는 아래 층계참 앞에 이르러서야 고개를 들고, 눈을 반짝이며, 갑자기보다 경쾌한 목소리로 이렇게 말했다.

— 당신이 내일 어떤 식으로 그 은행 사람들을 굴복시킬지 설명해 주시겠어요?

다분히 빈정거리는 말투였다. 그녀가 거만을 떨며 말했지만 나는, 그녀가 오늘에서야 그토록 경멸하던 돈에 집착하게 되고 말 것이라고 생각했다. 돈에 있어서는 로랑스가 그렇게 오랫동안 경멸하면서 버틴 적이 없으니까.

— 내가 어떻게 하겠냐고?

나는 난간으로 몸을 기울이며 물었다.

— 여보, 내가 가진 달러를 모두 당신의 이름으로, 오직 당신 이름으로만 넣어두겠소. 그래야 당신 수표에 내 사인이 필요치 않을 테니까! 그랬다가 당신이 해주고 싶으면 가끔 수표에다 당신이 사인해서 내게 한 장씩 주라고.

그 말을 하자마자 그녀가 거절하는 소리를 듣고 싶지 않아서 재빨리 아파트 안으로 들어와 문을 쾅 하고 닫았다. 계단에서 뭐라고 외치는 소리가 들려왔는데, 그것은 항변의 외침이라기보다는 놀라움의 표현에 가까웠다.

우리의 상스브리나

그날은 파리에서는 보기 드문 감미로운 9월 하순의 저녁이었다. 하늘은 짙은 청색, 감색을 띠었고, 바야흐로 밤의 푸른색을 간직하고 있었다. 하늘의 푸른빛은 동쪽에서 서쪽으로 찬란하게 펼쳐져 있었고, 그렇지만 찬란한 만큼 큰 거리감을 느끼게 해주었다. 그런데 벌써 하늘의 언저리는 분홍빛—겨울철의 너무 낮게 내려앉은 하늘을 향해 도시의 불빛을 물들여놓는 그런 회색빛을 띤, 물기를 빨아들이는, 또 추워 보이는 그런 분홍빛—구름떼로 구멍이 뚫려, 포위되고, 너덜너덜 찢긴 천 조각 같았다. 하늘은 곧 구름으로 완전히 뒤덮일 참이었다. 그러나 겨우 안정감을 되찾은 저녁은 벌써 쌀쌀한 겨울 같은 느낌을 주었다. 그리고 정원사 아니면 어느 도로의 청소부가 여기서 멀지 않은 곳에서 낙엽을 태우고 있는 것이 틀림없었다. 역겨우면서도 감미로운 내음, 타는 낙엽의 썩은 듯 원초적인 그 내음은 우리에게까지 날아와 우리의 얼굴에 시골에 대한 향수를 일깨워주었고, 그 향수는 어린 시절을 시골에서 보낸 적이 없는 사람에게는 한층 더 가슴에 와닿는 것이었다.

나는—로랑스가 떠난 다음에 우리가 즐겨 찾는 카페에서 다시 만난—코리올랑과 대화를 나눈 후부터 몹시 시적 감흥이 그리운 심정이었다. 그에게 은행 계약서 사본을 보여주었더니 그는 이따금 내 쪽에서 크게 창피를 당해야 할 적에 늘 지어 보이던 그런 교만과 동정이 가득 찬 시선으로 나를 완전히 묵살해 버렸다.

— 내 말 잘 들어. 은행에서 내가 내 돈을 찾는데 로랑스가 서명하기를 거절할 수는 없잖아? 믿을 수 없는 일이야!

— 그랬으면 오죽 좋겠니!

— 로랑스가 응하지 않는다고?

— 그래, 그녀가 응하질 않아. 특히 너에게는 그렇게 해줄 수가 없단다! 로랑스에게는 네가 돈을 갖는다는 것은 곧 금발 미녀들, 너 혼자 즐기게 될 여행의 비행기 표 값, (그리고 그녀는 남겨놓고) 카지노에 가서 차차차를 춤추는 너의 모습과 동의어라더군. 이해가 안 되는 거야? 그녀는 이 돈을 증오해. 그러니 그녀가 너를 그 돈에 접근하지 못

하게 할 수 있는 지금에 와서…….

그가 머리를 휘저었고 나는 바보같이 발버둥 쳤다.

— 어찌 되었든……. 그녀가 내게 거절할 수는 없어…….

— 그녀가 원한다면 담배 한 갑 살 돈도 거절할 수 있지!

코리올랑이 단호하게 말했다.

— 너, 이 점을 알아야 해. 넌 그 돈을 한 푼도 가질 수 없다니까. 아, 그 사람들이 너를 꼼짝달싹 못하도록 조종했다고나 할까……. 잘했군!

나는 불신에 찬 분노를 터뜨렸다. 그러자 곧 장인의 기뻐하던 어조가 떠올랐다. 그리고 아파트에서 내가 때리기라도 할까 봐 겁먹은 척하던 로랑스의 몸짓도……. 그녀가 겁을 먹었다면 내가 그녀를 때릴 만한 이유가 있었던 것이다. 그리고 이제 나로서는 그것이 어떤 이유인지 정확히 알 수 있게 되었다. 그런데도 그런 일들이 나에게는 실제로 있을 수 있는 일인 것 같지 않았다…….

— 집사람이 이상해……. 그렇잖아? 너무하다고……!

코리올랑은 대답 대신 어깨를 으쓱해 보이고는 고개를 돌렸다. 그러고 나서 그는 손끝으로 내게 은행 서류들을 내밀었고, 내 어깨를 툭툭 치면서 피곤하고도 괴로운 표정을 지으며 의자 뒤로 몸을 한껏 젖혔다.

— 지금 몇 시야?

내가 물었다.

— 고분고분하게 집에 들어갈 생각은 하지 마!

그는 분개한 표정을 짓고 있었다.

— 내가 어떻게 했으면 좋겠어?

— 자넨, 정말이지 알아 둬! 난 알고 있었어. 그런 점에서 난 너를 잡을 수가 없어!

나로서는 그가 이상한 것 같았다. 코리올랑과 나, 우리 두 사람이 겨우 쾌적하고 안정된 삶을 갖게 된 이 순간이, 사실은 내가 가버려야 할 때라는 것이다. 그러나 지금은 도망칠 때가 아니라, 그 반대로 투쟁을 해야 할 때라는 것이었다. 나는 그가 무슨 말을 하고 싶어 하는지 잘 알고 있었다. 말하자면 그는, 자기가 내 입장이라면 싸움을 알리는 경종을 울리고 이민이라도 가는 척했을 거라는 것이다. 사실, 나도 물론 이 일의 중요함을 강조했어야만 했다. 하지만 나라는 인간은 현실적인 사내다. 그처럼 선전포고하고 나면 난 어디서 잠을 자지? 내 수중에는 기껏 백이십 프랑밖에 없는데, 이 근처 어떤 형편없는 여관방에서, 파자마도, 칫솔도, 아무것도 없이 자란 말이야? 이 시각에는 모든 가게가 다 닫혔을 테고, 또 이처럼 음산한 가을철에 끔찍한 여관방 안에서 눈을 뜬다면 내 꼴이 문자 그대로 얼마나 흉측할까? 아니다. 난 집으로 들어가서, 로랑스에게 내가 그녀의 그 천박한—거의 파렴치한—수작을 주시하고 있으니, 즉시 내가 마음대로 재산을 쓸 수 있도록 규정을 바꾸라고 따져야 한다. 이번 일에서 제일 하기 어려운 것은 내가 오랫동안 모욕을 당해온 남자 노릇을 장시간 참아내야 하는 것이리라. 그런데 나는 한 번도 지속해서 내 감정을 감추어 본 적이 없었고, 그런 식의 은폐된 감정과 기분이 있었다면, 그것은 바로 분개였으리라. 여하간 나는 한 번도 성공적으로 그런 실험을 해본 적이 없었다.

나의 그런 점을 코리올랑은 옛날부터 알고 있었다. 그는 자기라면 한 판 싸웠을 일을 내가 로랑스에게 시도하지 못하리라는 점을 알고 있었다. 항상 나에 관해서는 모든 사람이 먼저, 그것도 나 자신보다 훨씬 먼저 잘 알고 있었으니, 그래서 항상 나의 불확실한 행동을 그런 식으로 예측할 수 있고, 또 예측되어, 결국 다른 행동을 시도하지 못하게 만든다—아니면 오히려 내가 그런 생각을 하지 못하게 했다.

게다가 나로서는 로랑스의 곁을 떠나는 것보다 그녀가 휘두르는 권한을 보다 줄이고 싶었던 것이 사실이었다.

특히 그녀를 구슬려서 설득해야 한다고 생각하고 있었다. 내가 그녀에게 제발 내가 번 돈을 내놓으라고 대들면 그건 내가 그녀를 잘 모르는 것이고, 그리고 나에게 아뇨, 그 돈은 내가 갖겠어요!라고 대답하는 그녀를 보게 되면 내가 그녀를 아주 잘못 아는 것이었다. 그런 말은 이처럼 오랫동안 같이 살았고, 동침하였고, 또 사랑의 말들을 나누었던 두 사람 사이에서 오갈 수 있는 말들이 아니었다. 그와 같은 태도와 파렴치함이 실제로 있을 수는 없었다. 그리고 로랑스는 도덕주의자적인 자기 모습을 고수했다.

곰곰이 생각하니, 오늘 저녁 나는 이처럼 흥분한 상태에서 그녀와 이야기를 나눌 생각이 없었다. 그건 나에게 너무 벅찬 일이었다. 아니다, 오늘 밤은 작업실에서 자기로 하자. 그러면 내일 아침에, 새벽부터 그녀가 유혹을 할지도 몰라. 그렇게 하기로 하고 나는 발소리를 죽이고 집 안으로 들어갔고, 그녀가 외출 중임을 확인하고 한결 마음을 가라앉혔다. 이따금 그녀가 즐기는 브리지 놀이는 밤늦게까지 계속되었다. 나는 작업실로 자러 갔다. 어쨌든 로랑스는 내가 아는 것을 모르고 있었다. 그녀는 나를 멍청이라고 생각하기보다는 호사를 좋아하는 사람이어서 그녀가 나에게서 빼앗는 것을 내가 그녀에게 주고 싶어 한다고 생각했다. 나에 비하면 그녀는 지적으로 열등한 상태에 있었다. 내일이면 분노도 분개도 감추어서는 안 된다는 생각에 나는 즉시 잠이 들었다.

밤중에는 온몸이 땀에 흠뻑 젖은 채로 깨어났다. 꿈속에서 왜 내가 야단을 맞았는지 그 이유를 잘 알고 있었다. 단 십 분이었지만, 내가 호화로운 부자들에게 휘말려 한패가 되고 싶어 했다고 벌을 받은 것이다. 사실 내가 아주 점잖게 옷을 입고 은행에 갔을 적에, 한순간 장인이 보기에도 명예 회복이 되어서 그 은행가로부터 정중한 대접을 받은 것이다. 나는 그와 같은 체면과 안락함, 그리고 확실한 안전 속에서 한결 마음이 놓였고, 편안함까지도 느꼈다. 내가 다른 사람 편에 속한 것 같은 인상을 받은 것이다. 그리하여 그 뚱보 은행가가 자기 은행의 매미 같은 고객에게 개미 같은 고객의 돈을 벌어주기 위해 매미 고객에게서 갈취하는 의자에 대한 긴 설명을 늘어놓았을 때, 나도 관심이 쏠리는 것 같았다. 이 장사꾼들, 내가 그들에게 속했다는 느낌마저 가져보지 못한 채 7년 동안 살아온 이 부류의 사람들에게 그 어떤 매력을 느꼈던 것일까. 내가 돈, 다시 말하면 히트곡보다 훨씬 더 치사한 이 낱말 때문에 죄를 저질렀고, 또 바로 그런 점에서 벌을 받고 있었다. 그렇지만 나는 돈을 가지고 있었던 (아니면 가졌다고 생각했던) 그 짧은 순간을 믿었고, 그 순간은 더구나 내가 그 돈을 잃으려던 바로 그 순간이었다.

정오에 나는 로랑스의 방 안으로 들어갔다. 그녀는 자신의 침대, 아니 우리의 침대에 앉아서, 무릎 위에 쟁반을 올려놓고 비스킷을 먹고 있었다. 분홍빛 살결과 갈색 머리의 그녀의 모습이 관능적으로 느껴졌다. 무르익은 그녀의 육체는 그녀에게 잘 어울렸다. 갈색 머리를 가진 여성들은 그 나름대로 성숙해지면 중년에 가서 아름다움이 피어난다. 그런데 나는 조금 전의 그 광경(여하간 목격하지 못하도록 나를 방해한 것은 아무것도 없었지만)을 놓쳐버린 것이 후회스러웠다. 실은 내가 정확히 무엇을 원하는지 알지 못하고 있었던 것이다. 거기에서 정확하고 제한된 목표가 나에게 주어졌다.

— 여보, 잘 잤어요!

그녀는 두 팔을 내밀면서 말했다. 그녀는 내 머리를 보드랍고 향기로운 그녀의 어깨 위에 올려놓았다. 그녀의 감촉과 향기가 너무도 반갑고 정다워서 나는 그런 것들마저 적의를 품은 그녀에게 매수당했다고 생각할 수 없었다.

이런 모든 행동이 그녀에게는 내가 사라져버릴까 봐 두

려워서 저지르는 허영심과 어리석음에서 비롯된 바보 같은 짓에 지나지 않았다. 나는 그녀가 정말로 어리석고, 내가 며칠 동안 주시했던 것보다 더 어리석다는 것을 증명해 줄 증거물을 극도의 흥분 속에서 찾아내기를 바라고, 갈망했다. 그래서 나는 다시 몸을 일으켜 세우며 말했다.

— 그럼 당신 화는 풀렸어? 어떻게 당신이 카운터에 앉은 녀석에게 박대받도록 내가 내버려 둘 거라고 생각할 수 있었지?

탐욕스럽고, 당황하고, 경멸하는 듯하고, 그러면서도 약간은 걱정스러운 로랑스의 열정적인 표정이 얼굴에 감돌았다. 그녀도 무슨 생각을 하며 쓸쓸한 미소를 지었다. 나는 그녀가 자신을 가엾게 여기고 있다는 예감이 들었다.

— 이 길로 은행에 가야겠어.

나는 일어나 급히 나가려다가 잠시 발걸음을 멈추었다.

— 내가 잊고 있었어! 이 계좌를 정지시키기 전에 우리 두 사람이 함께 한 장의 수표를 만들자고. 내 사인이 필요한 단 한 장의 수표로……. 자 받아요…….

나는 그 전날, 은행이 내게 맡긴 대용 수표 중의 한 장을 그녀에게 내밀었다. 로랑스는 그것을 받아 읽으며 비틀거렸다.

— 십만 프랑! 십만 프랑짜리 수표요? 신프랑으로 십만 프랑요?

그녀는 그 말을 반복하면서 마치 내가 좋은 가문의 집안에서 몰래 숨겨놓은 경솔하고 시대착오적인 시골의 늙은 고모라도 되는 것처럼 신프랑이라는 낱말을 강조했다.

— 그럼, 물론 신프랑이지, 신프랑!

나는 웃으면서 확인해주긴 했지만, 이를 전부 드러낸 탓에 너무 과장해서 웃어 보인 것 같았다.

— 그래서 무얼 하려고요?

의심과 장난기로 뒤섞인 그녀의 어투가 내가 그녀보다 한층 더 꾸민 어조를 택하게 했다. 그래서 나는 우리 두 사람이 그 불행한 수표를 놓고 미친 듯이 웃어버리게 되는구나 하고 예감했다.

— 스타인웨인 피아노를 사겠어. 최신형 스타인웨이. 당신 그 피아노 소리를 상상해 보라고! 십년 전부터 난 그 피아노를 갖는 게 소원이었어.

나는 이런 식의 동사형이 그녀에게 설득력 있기를 바라면서 덧붙였다.

— 난 그 피아노 같은 것이 소원이었어(J'en aurai rêué).

이 동사형을 무엇이라고 불렀던가? 아, 그래, 전미래시

제야! 전미래는 사람들이 의식적으로, 과거에 미래라고 믿었던 것, 낙관적인 조건법을 지시하거나, 아니면 차라리 사람들이 어제에도 가능하다고 믿었고, 오늘에도 감미로운 광기를 불러일으키는 것이 아니었던가? 전미래, 맞다. 그러나 지금은 프랑스어로 희롱할 때가 아니었다. 로랑스의 얼굴이 비통해하고 그러면서도 너그러운 표정, 말하자면 그녀가 가장 좋아하는 무언의 몸짓이 섞인 표정을 짓고 있었다.

— 왜 내겐 그 말은 하지 않았죠?(Pourquoi ne pas me l'avoir dit?)

난 그녀의 문장에서 부정법 'avoir'의 무게를 주시했는데, 그것이 복합과거로 쓰인 왜 나에게 그것을 말하지 않았나요?(Pourquoi ne me l'as-tu dit?) 보다 훨씬 더 확언적이다. 나의 사고는 사방으로 흩어졌고, 나는 그것을 가눌 수도 없었다.

— 그 값 때문에 못 했지! 아, 그런데 당신 만년필이 없군, 미안해.

이윽고 기대하지 못한 유예 기간의 이유를 알아차린 누구처럼 나는 만족스러운 표정으로 내 만년필을 그녀 앞에 내밀었다. 로랑스는 만년필을 받아들고 그 수표를 백번 정도 다시 읽었다. 나는 그녀의 침대 앞에서 명랑한 표정과 동시에 시간이 없다는 표정을 해 보이면서 학처럼 한쪽 다리로 서 있었다. 나는 그녀가 그렇게 해줄 것이라고 안심했고, 또한 나에게는 시간이 없다는 것을 강조하려고 양손을 비비기도 했다. 순간적으로 나는 그런 짓들이 증오라는 것을 깨달았다. 그 무엇인가가 불쑥 내 속으로부터 치밀어 올라와, 얼굴을 후려치고 정신을 빼놓고 말았다. 게다가 그것은 내 마음속에 이중적인 충동의 자극을 새겨놓고 있었다. 그중 하나는 뒤쪽에 자리 잡고 있으면서, 가증스럽게도 나를 기다리게 하는 내 앞에 앉은 이 인간을 피하고 싶다는 충동이고, 또 한 가지는 내 마음 앞쪽에 자리 잡은 것으로, 그녀를 이 화려한 침대에 눕혀놓고 짓눌러 질식시켜버리고 싶다는 충동이었다. 두근거리는 마음으로 부동자세로 서 있었다.

이건 가볍게 쉬 사라져버릴 감정이 아니었다. 아니고말고! 두 팔은 힘이 빠져, 몸 양쪽에 중세적인 의미로 흥분을 가라앉힌 채 무력하게, 한가롭게 매달려 있는 것 같았다. 이윽고 나는 내 팔을 되찾게 되고, 나 자신으로 되돌아왔다. 그것은 마치 얼어붙었던 손가락이 녹아 다시 찾게 되는 손가락의 감각과도 흡사했는데, 말하자면 일관성의 결여,

자기 피부와 진정 불쾌한 자기 육체 사이의 이중적이고도 거짓된 접촉과도 흡사한 것이었다.

그러니 내가 가진 감각의 용도—지금까지는 애매하였으나 오늘에서야 이해하게 되는 낡아빠진 형식적인 표현에 의하면—를 되찾는 일에 너무 신경을 쓰고 있어서, 간단히 말해서 거기에 집착한 나머지, 나는 로랑스가 "안 돼요!"라고 말한 걸 듣지 못했다. 증오의 감정이 또다시 치밀었지만 나는 그것이 들통날까 두려워 얼굴을 돌렸다. 로랑스가 "안 돼요!"라고 한 다음에는 내가 체념해야 한다는 생각에 그녀에게서 등을 돌린 것이었다. 그때 내가 느낀 체념은, 외교관들이 온갖 노력을 다했지만 결국 전쟁이 터지고 말았을 때 "할 수 없지 뭐!"라는 말을 내뱉게 되는 것과 같은 것이었다. 그것은 체념인 동시에 객관적인 불신이었다. 어떻게 그녀가 내가 내 돈으로 작업 도구를 사겠다는 걸 거절할 수 있담? 뒤늦게 나는, 너무도 짧고 격했던 그 증오의 발작이 모든 나의 원한을 말끔히 씻어주기라도 한 것처럼 화가 나기보다는 점점 더 호기심이 생겼다.

— 안 돼요. 난 플레이엘 피아노가 뭐가 어때서 당신이 불평하는지 이해가 안 간다고요…….

로랑스의 목소리는 화가 나 있었다. 마치 그 용감한 과부 플레이엘이 하이에나 같은 구매자 두 명을 상대로 플레이엘 피아노를 옹호하기라도 하는 것 같았다.

— 미안해.

나는 위엄 있게 반박했다.

— 나는 당신이 트루와 카르티에 백화점의 옷보다 샤넬 의상을 더 좋아하는 이유를 묻지 않겠어. 그건 말로도 표현할 수 없으니까.

나는 경계선을 그어놓고 부차적인 말싸움을 벌이는 것에 지쳐 있었다. 그래서 그녀가 침대의 시트를 톡톡 건드리며 내게 말했을 때, 함정에 걸렸다는 것을 느꼈다.

— 뱅상, 여기 앉아 봐요. 이리 오세요!

나는 조심스레 그녀 앞에 가서 앉았고, 내 눈이 불안해하는 그녀의 아름다운 두 눈과 재빨리 마주쳤다. 그녀의 두 눈은 마치 야밤에 잘못 조정된 자동차의 헤드라이트같이 표정이 없었고, 초점을 잃은 묘한 모습이었다.

— 뱅상, 제발 나를 좀 쳐다보세요!

그녀는 양손으로 내 얼굴을 감싸 안고 깨물어도 좋다는 식으로 그녀의 얼굴을 가져갔다. 나는 그녀가 속임수를 쓰고 있다고 생각하면서 초인간적인 노력으로 자제했다. 거짓 정직성, 거짓 성실성, 사실 너무도 가깝고 또한 너무도 먼 우리 두 사람의 시선, 이 모든 것이 한 편의 코미디를 연출하고 있었는데, 너무도 부담스럽고, 너무도 저속하여 나는 처음으로 그런 유혹에서 재빨리 빠져나왔다.

— 그만해. 그리고 내 말 좀 들어! 저작권 수입으로 스타인웨이를 사든가, 아니면 우리가 그 돈에 대해 더 이상 말하지 않기로 합시다. 그 경우에는 당신이 아버지에게 지금까지 내가 진 빚을 청산하는 값으로 즉시 수표 한 장을 끊어드려요.

— 나에겐 그럴 권리가 없어요, 여보!

그녀는 애원하며 한숨을 내쉬었다.

— 난 당신이 누군지도 알지 못하는 인간들과 그 많은 돈을 함부로 쓰게 내버려 둘 권리가 없다고요. 당신이 사고 싶은 것은 스타인웨이가 아니고 당신 친구들을 궁지에서 끌어내 주고 싶은 것이라는 걸 당신도 잘 알면서!

— 그게 뭐가 중요해?

그녀의 말이 옳다는 것이 조금도 나를 거북하게 하지 않았다. 그러나 내 말이 항상 틀려야 한다는 것이 분명하게 보였고, 이제 그녀가 그 돈을 약속한다는 것이 완전히 비정상적인 것처럼 보였다.

— 그렇다고요! 당신은 결국 그 돈을 전부 탕진해버릴

거예요. 당신같이 순진한 사람에게는 당신에게 붙어서 먹고사는 기생충 같은 인간들이 달라붙어 다 빼앗아 가기 마련이고요. 결국 인간관계에서 신임까지 잃게 되고 말아요. 그래서는 안 돼요. 여보, 나는 당신이 세상의 쓴맛을 맛보게 하고 싶지 않아요…….

— 그건 내가 상관할 일이야, 안 그래?

— 더구나 이건 당신이 원했던 거예요. 여보! 무의식적으로 당신이 그 사람들과 담을 쌓고 살기를 원했던 거예요. 당신을 책임 있는 인물들이 보호해 주기를 바라고 있었던 거죠. 잘 생각해 보세요! 그렇지 않았다면 어떻게 당신이 우리 아빠의 도움을 받아들였겠어요?

— 당신 아버지가 내게 사기를 친 거야.

나는 나를 가지고 속였어라는 말을 막바지에 가서 사용하려고 보류해 두었었다. 왜냐하면 그가 내 재산을 그녀와 공유하도록 나를 속였노라고 점잖게 선포할 수는 없었다. 대신 덧붙여 말했다.

— 당신 아버지는 은행 규정도 다 설명해주질 않았지. 그리고 당신의 허락 없이는 담배 한 갑 마저도 마음대로 살 수 없다는 사실조차 알려주지 않았다고.

그녀가 거만하게 고개를 들었다.

— 당신, 이제까지 담배 한 갑 사는 데도 내 허락이 필요했나요?

그녀가 내 용돈을 저작권 권리금과 비교한다면……. 내가 의미심장한 눈길을 던지자 그녀가 얼굴을 붉혔다.

— 반면에 당신은 매달 당신이 가진 자금에 대한 이자를 받을 수 있어요. 그건 당신에게 단단한 유동 재산이 될 거고요. 그래서 제가 은행과의 모든 결정에 미리 사인을 한 거예요.

— 그러니까 나라는 사람은 당신이 거래하는 은행의 이자나 얻어 쓸 수 있지, 내가 일해서 번 소득은 쓸 수 없단 말이지? 잘 노는군!

— 여보!

그녀가 다정스럽게 미소까지 지으며 말했다.

— 여보, 당신 화났군요. 하지만 이건 어디까지나 당신을 위해서예요. 여보, 맹세해요! 당신을 위한 거예요! 내가 당신의 돈에는 한 푼도 손대지 않는다는 건 당신도 잘 알면서 그래요. 난 당신을 위해서 그 돈을 간수할 뿐이에요. 더구나 당신은 그 돈을 아무 생각 없이 무조건 요구하고 있어요(아무 생각 없이……. 이같이 하찮은 프로이트식 주석은 그녀가 자기 양심을 감추기 위해 쌓아놓은 건축물에 마지

막으로 올려놓는 돌멩이 하나라는 것을 분명히 드러내고 있었다. 어제저녁과 오늘 아침 사이에 세워진 이 건축물의 어리석음과 기만의 꺾을 수 없는 힘이 이 경우에는 그녀가 가진 소유욕과 합쳐져 불굴의 것이 되어 있었다).

나에게는 이처럼 지나치게 단순하고, 지나치게 격한 감정과 욕구에 대항해 싸운다던가, 그녀가 즐겨 애용하는 피할 수 없는 무기 앞에서 덤벼든다든가 하는 능력이 결여되어 있었다.

— 하지만 난 당신을 생각해서 그러는 거예요. 여보! 여보, 언제고 나에게 불행이라도 닥친다고 해 봐요…….

— 극한 상황까지 들추어내진 말아요.

내 속에 남은 마지막 빈정거림까지 다 토해내며 말했다. 그 무엇이 내 목구멍에 걸려서, 내가 사랑스러운 아내의 놀란 시선을 받으며, 새빨개진 얼굴로, 비틀거리면서 뒷걸음질 쳐서 그 방에서 나오게 하기 이전에 내뱉은 말이었다. 그 순간 나는 이것이 아주 어렸을 때 느꼈던 정신불안에 해당하는 증세라고 여겨졌었다. 그 이후로 나는 그런 정신질환에서는 완전히 벗어났다고 생각하고 있었다.

나는 내 작업실, 다시 말하면 나의 피난처로 되돌아왔고, 문을 열쇠로 잠그고 침대에 길게 드러누웠다. 그녀가 나를 마음대로 가지고 노는군! 7년 동안 그녀는 내게 창피만 주었고, 이 집 안에서는 화가 나도 그것을 감추고 살아야만 했다. 그녀의 소원은 자기가 나를 휘어잡고 있고, 또 나를 휘어잡았다는 것을 내가 느끼게 만드는 것이다. 나를 먹여 살리는 것이 한스러워 그녀는 오직 내가 그런 것 때문에 계속 자기와 살아주고 있으며, 그런 점에서 자기 아버지, 그 허풍쟁이 돼지영감을 닮았다고 생각하고 있음이 틀림없었다. 그자와 다른 점이 있다면, 내가 불쌍한 그녀의 어머니가 평생 당한 것 같은 그런 마음의 상처를 자기에게 줄 수 있을 정도의 위인이 못 된다는 것이었다. 로랑스는 어린 시절 내내 그러한 혼란스러운 삶을 보고 자라왔기 때문에 부정한 남편의 교만과 야비함을 피하며 살아야겠다고 작정했을지도 모른다. 바로 그런 이유에서 그녀가 가난뱅이인 나와 결혼했던 것이다. 그녀는 내가 연약한 남자여서 자기를 속이는 짓을 못 할 것이라고 생각했던 것이다. 그래서 항상 그녀가 소유자이고 나는 그 소유물이었다. 그녀는 나를 사랑한 적이 없었고 오로지 소유하고만 있었던 것이다. 내가 창피하게 여기는 이러한 실패에 대해 말하면, 그녀는 오직 그 실패가 자기를 만족시켜 주기 때문에 그 실패를 가지고 내 마음을 달래려 했다. 그녀는 내가 음악의 거장이 되기를 바라지 않았다. 내게는 그럴 재능도 없었지만, 그렇게 되려고 해도 내가 그런 사람이 되지 못하게끔 그녀가 별짓을 다 했을 것이다.

그리고 나를 위로해 주던 것, 내 마음속에 있는 시니컬한 감상주의자라는 나의 진정한 천성에 상처를 주던 것, 그것은 바로 내가 그녀를 조금은 사랑했었고, 행복해하는 그녀를 보면서 즐거워하던 순간—한 번도 존재한 적이 없는 순간—에 대한 추억이었다. 반면 그녀는 나를 속였고, 나를 이용해 먹었고, 나에게 기대어 살면서 명랑했던 나의 성격, 나의 남성적 기질, 내 선천적인 쾌활함에 얹혀서 살아온 셈이었다. 그녀는 그러한 나의 특성을 늘 감시하면서, 단 한 번도 풀어놓지 않은 긴장 속에서 이용해 먹었던 것이다. 그녀에게는 사랑이 하나의 수단이자 보너스라는 한 가지 이유로 수천번도 넘게 당신을 사랑해요라는 말을 반복해 왔는데, 나는 그것을 사랑이라고 믿었고, 또 그렇게 믿고 싶었기 때문에 그녀에게 사랑한다고 말해주곤 했다.

그렇지만 지금은 그녀가 지긋지긋하게 싫어졌다. 끔찍한 그녀의 친구들, 그녀의 허풍, 냉혹함, 어리석음, 속물근성을, 비난받아 마땅할 정도로 관대하게 참고 견뎠다. 오히려 그것은 죄의식, 말하자면 이따금 그녀가 나를 그런 식으로 붙잡아 둔다는 생각에서 느꼈던 죄의식이 영감을 불러 일으켰던 관대함이었다. 그러므로 나의 죄의식은 그녀가 좀 더 고상하고 자연스럽게 관대했더라면, 간단히 말해서 그녀가 나를 위하여 나를 사랑했더라면 결국 느끼지 못할 그런 죄책감이었다.

하지만 나는 포로가 된 신세이다. 나에게는 직업도 없고, 친구도, 돈도 없고, 특히 가난이라는 것에 익숙해 있지도 않은 채 다시 출발할 기력마저도 없다. 그녀는 마치 내가 여자이고 그녀가 남자인 것처럼 생활하면서 내 인생의 황금기를 앗아갔다. 그리고 잠자리에서 있었던 일들이 우리 생활에 어떤 변화를 가져다준 것도 없다.

그녀는 오로지 자기를 위해서만 나를 사랑했으니까. 그녀는 나라는 사람을 잘 알지도 못했고 또 나에게 관심도 없었다. 그녀가 얼마나 정력을 쏟아서 나에게서 자기 마음에 들지 않는 모든 요소를 교정해 나갔는지를 되돌아보기만 해도 충분히 알 수 있으리라. 그러자 나는 격한 오열 같은 것이 치밀었다. 처음으로 로랑스가 나를 울게 했다. 하지만 어디까지나 그녀가 나를 속였기 때문에 창피해서 눈물이 흘렀다.

그녀가 내 침대에서 보낸 그날 밤이 떠올랐다. 그날, 우리는 두 번째로 내가 묵고 있던 코티가의 허름한 여관방에서 같이 잤고, 바로 그 방 안에서 우리는 결혼하기로 결정했다. 그녀는 내가 자기를 사랑하는지 물어보지도 않았고, 단지 그녀가 나를 사랑하고, 나와 같이 살고 싶고, 나는 자기와 함께 살면 행복할 것이라고 말했다. 내가 그녀를 사랑하는지는 아직 잘 모르겠노라고 반박하자, 그녀는 그건 별로 중요하지 않으며, 그 언젠가는 자기를 사랑하게 될 것이라고 대답했다. 또한 그녀는 어설프게, 그러나 애교를 떨면서 "당신이 사랑하는 척이라도 한다면!"이라는 단서까지 붙였다. 그때는 우리가 사랑을 나눈 다음이라 나는 그녀를 믿었다. 말하자면 나 자신을 믿었던 것이다. 그런데 7년이 지난 다음, 나는 포로, 이기주의자, 무능한 자, 파렴치한 그리고 지금은 꼴불견이 된 것이다. 장하다, 장해! 뱅상, 처음으로 상황에 대한 총결산을 해보면서 즐거워하는군. 그 결산이 가상하다는 건 인정해야지! 뱅상, 정말 잘했군, 그래! 나는 속으로 말했다. 그런데 지나고 보니, 장래에 대한 걱정보다 나를 더 겁먹게 했던 것은, 나를 사랑한 적도 없으면서 오직 최악의 열정—그녀의 고집불통의 탐욕스러움을 이렇게 부를 수 있다면—만을 나에게서 느끼던 한 여자 곁에서 내가 7년 동안 함께 살면서 동침했었다는 것이었다.

나는 다시 잠을 자야겠다는 생각으로 이제 나의 은둔처가 되어버린 작업실로 돌아갔다. 오후 세 시밖에 되지 않았다. 그 한 시간 동안 나는 일주일 내내 받은 것보다 더 많은 우여곡절과 심리적, 감정적 충격을 삼켜야 했다. 외출은 해야겠는데, 도대체 어디로 간담? 이제 남편의 의무에서 벗어났다는 느낌보다는 기둥서방의 권리를 빼앗긴 것 같은 느낌이었다. 로랑스는 나를 사랑하는 것이 아니었다. 그리고 그녀가 정력이 넘치고, 외모가 그럴싸하고, 고분고분한 남자라면 아무라도 사랑했을 그 이상으로는 나를 사랑하진 않았을 때부터 나에게는 더 이상 아무런 권한도 없었던 것이다. 그러니 난 어떻게 한담? 척해야지 뭐! 그런 척하라고! 하고 어떤 목소리가 내게 날카롭고 조심스레 속삭였다. 전혀 알아듣지 못한 것처럼 처신하라고. 웃는 척하고, 잊어버린 척하는 거야! 척하라고! 항상 그런 척하면 돼!

나는 소지품을 챙겼다. 무일푼의 집으로 가서 그와 함께 처가의 불만에서 빠져나올 궁리를 해야 했다. 내가 반항하고 있다는 사실을 표현하기 위해 나는 로랑스가 싫어하는 새 양복을 입고 나왔다. 그 양복은 재단도 잘못되고, 천도 나빠서 그것을 입은 나라는 사람도 저질처럼 보였다. 계단에서 만난 오딜이 나에게 크게 웃어 보였다. 나는 윙크로 인사를 대신하면서 로랑스가 우리 이야기를 저 여자에게 어떤 식으로 들려주었고, 그녀의 허영심, 아니 그녀 특유의 도덕 지상주의가 어떤 해석을 강요했을까 하고 궁금했다.

외로이 나는 코리올랑이 목요일마다 마권업자 일을 대신 해 주고 있는 무일푼의 사무실로 갔다.

그는 델타블루에서 좀 기다리라고 했다. 마로니에 나무 뒤로 비가 내리고 있었다. 하루하루가 줄지어 지나간 그날들은, 격언처럼 서로 닮지 않았다는 사실을 실감 나게 해주었다. 내가 무일푼의 사무실에 들어서자 그는 시무룩한 표정으로 나를 맞았다.

— 당신이 왔군! 글쎄, 당신이 날 용서해줘야겠소. 오늘 아침에 당신의 거래 은행에서 편지가 왔더군. 하지만 나에게는 아직 당신의 몫을 합산할 시간이 없었소.

그가 중얼거렸다.

— 무슨 편지요?

— 당신이 어제 나에게 보낸 편지 말이요. 너무들 하는군. 누굴 교도소에 집어넣으려고 독촉장이라도 보내듯이 계산서 요구장과 위임장을 우송했더구먼. 당신이 그럴 수 있소? 당신 편지를 읽으면 마치 내가 사기꾼이라도 되는 것 같더군! 그건 그렇고, 당신 장인이 내일 전문가를 보내

서 내가 한 계산을 자세히 검토하겠다는데…….

— 이번 일은 나도 어쩔 수 없군요.

나는 참담하게 고백했다.

— 아, 그 일에 있어서는 당신이 크게 당하게끔 되어 있지요. 그건 나도 시인해요! 그건 또 사실이고! 당신은 〈소나기〉의 저작권에 관한 한 단 한 푼도 손댈 수 없게 되었소! 땡전 한 푼도!

— 정확히 그런 것은 아니고…….

— 글쎄, 잘 들어봐요.

격분한 무일푼이 계속 말을 이었다.

— 글쎄, 난 참 잘 됐다고 생각하고 있소. 왜냐하면 작곡가라는 직업과 히트곡, 그리고 성공. 이런 것들이 아마추어에게 주어지는 것이 아니거든요. 내 말 알아듣겠죠? 히트곡이란, 어느 날 아침, 우연히 피아노 한구석에서 찾아내게 되는 것이 아니거든!

— 하지만 난 그렇게 〈소나기〉를 찾아냈는걸요.

— 나도 그렇게 알고 있었소. 그렇게 알고 있고 말고! 연출가인 당신 친구 보나와 같이 저녁 식사를 한 적이 있소. 그가 진실을 털어놓더군!

— 그가 당신에게 무슨 얘길……?

— 글쎄, 그 곡의 멜로디 주제, 그러니까 '도, 시, 라, 파'는 그 친구한테서 나온 것인데, 당신이 그것을 다듬어서, 아니 그것을 서툴게 다듬어서 즉시 자기 소감을 이야기해 주었다더군요. 그다음에 그 친구가 제삼자를 시켜서 그 주제를 녹음시켰는데, 어디까지나 당신만 이롭게 해주었다더군요……. 잘됐소, 이보시오, 잘 됐다고!

아연실색한 나머지 나는 그의 말을 중단시켰다.

— 아니, 정말 보나가 그런 말을 했습니까?

— 그럼, 그럼요.

무일푼이 한술 더 떠서 힘차게 말했다.

— 그래서 난 그 말을 믿었다오. 자기가 좋아하는 직업을 택한 보나 같은 사람과 자기 아내, 아니 자기 아내의 거래 은행을 시켜서 위임장이나 우송하는 당신같이 무능한 인간 중에서 내가 누굴 더 믿겠소……. 당신에겐 미안한 일이지만 사실, 당신 아내, 그 여자가 가장 노릇을 해왔지 뭐요. 실은 기둥서방과 결혼하는 것도 재미있을 거요. 그건 또 인정해야 하고……!

— 그만해둬요.

나는 지친 어조로 말했다.

— 난 투쟁을 해야 해…….

이 말을 하면서도 속으로 어떻게 그 투쟁을 피할 수 있을까 하고 궁리했다. 그런데 두뇌보다 더 빨리 뛰던 신경이 선수를 쳐서, 이미 내 주먹이 무일푼의 턱을 놓치고 그의 뺨에 가 있었다. 그는 세 발짝 뒷걸음질 쳤고, 비틀거리면서 "조심해, 여보게! 조심, 조심하라니까!" 하고 소리 지르며 힘없는 위협을 해 보였지만 결국 둔탁한 소리를 내며 땅바닥에 넘어졌다. 두꺼운 양탄자를 깐 것이 그에게는 보람이 있었다.

— 자넨 큰 대가를 치를 거야. 큰 대가를 치르고말고!

땅바닥에 쓰러진 채, 그는 집게손가락으로 나를 찌르면서 고래고래 소리를 질렀다. 나도 따라서 검지로 그를 겨누었지만 웃으면서 그의 흉내를 냈을 뿐이다.

— 이제 와서 내가 무슨 대가를 치러야 하는지 모르겠어. 안 그래?

사무실에서 나오면서 직원들이 찬탄의 눈초리, 더욱이 그들의 상관을 녹다운시킨 데 대해 감사하는 눈길을 보내고 있다는 것을 느낄 수 있었다. 어떤 이유에서였던 간에, 이따금 내가 다른 사람들처럼 들러서, 나의 작업, 계획 등등을 상담하던 그 장소의 문을 닫고 나왔다……. 사무실! 나도 사무실을 하나 가질 뻔했잖아……. 무슨 뚱딴지같은 생각이람! 그 순간적인 격분 때문에 아직도 두근거리는 가슴을 안고, 어느 카페의 테라스에 앉아, 다 큰 사내처럼 위스키 한 잔을 시켰다. 자비에 보나, 그 녀석 만나기만 해 봐라, 잊지 않고 두들겨 줘야지……. 내가 잊지 않고 누구를 두들긴다는 문제에 대해서는 나도 나 자신을 경계했다. 왜냐하면 나에게는 순간적인 원한이 순간적인 분노와 같은 것이었으니까. 벌써 장인이 보낸 집행관에게 시달릴, 그 불쌍한 무일푼에게 동정심을 느꼈던 것이다.

경제적인 실패로 그와 같은 가증스러운 거짓말을 하게 만든 자비에 보나도 불쌍하다는 생각이 들었다. 그렇긴 하지만……. 불행은 계속 불행을 자초했고, 내 운명은 어둠 속을 달리고 있었다. 나는 손을 들어 카페 종업원을 불렀다. 두 번째 위스키 맛은 세 번째 것보다 덜 좋았고, 세 번째 잔은 네 번째보다 덜 좋았고……. 나는 오후 네 시에, 푸케 카페의 테라스에서 녹초가 되어버렸고, 또 그렇게 된 것이 매우 기뻤다. 조심은 해야 해. 그리고 집에는 들어가지 말아야지. 나도 호인답게, 술을 즐길 줄 아는 사람이고, 로랑스의 품속에 망각과 애정을 털어놓을 줄도 아는 사람이었다(그런데 그 무엇인가가 그래서는 안 된다고 말하는 것이었다). 나는 바로 코리올랑을 만나러 갈 수 있었지만,

아직 한 번도 그곳에 발을 들여놓은 적은 없었다. 말하자면 그가 그런 생각이 없었다는 것을 증명해 주었다. 다음에…… 글쎄, 다음에 가지……. 나는 길로 나왔다. 나에게는 남자친구는—로랑스가 다 제거해 버렸으니—물론, 여자친구도 없었다. 외아들에 부모님마저 돌아가셨기 때문에, 이럴 때 가서 숨어 있을 만한 가족도 없었다. 몇 명의 정신 나간 정부들—대개는 로랑스의 친구들이었지만—이 있긴 했어도 로랑스가 나에게서 모험에 대한 취향마저도 앗아가 버렸기 때문에, 그 여자들과의 관계를 이야기하자면 이삼 년 전으로 거슬러 올라가지 않을 수 없었다. 나는 노름은 하는 편이었지만, 발행인이 확실치 않은 수표를 담보로 적절한 금액을 빌려줄 사람은 한 사람도 찾지 못했다. 내 손으로 쓸 수 있는 돈이라고는 겨우 음료 값, 그게 전부였다. 그날 나는 위스키 값을 후하게 치렀다. 그런데 놀랍게도 호주머니 깊숙한 곳에서 천오백 프랑—코리올랑이 준 돈 봉투—을 발견했다.

그 돈에 대해 설명하자면 내가 부자가 되던 날로 거슬러 올라가야 했다. 내가 부자가 되었던 단 하루! 비록 부자가 된 기분을 오래 맛보지는 못했지만 그런 기회가 모든 사람에게 다 주어지는 것은 아니었다. 나는 조심스레 몸을 일으켰고, 내 몸이 알코올 기운을 잘 견뎌내고 있음을 확인했다. 고개를 약간 어깨 위로 수그렸지만, 진짜 알카포네처럼 똑바로 걸었다. 여기에 모자만 하나 썼더라면 영락없는 알카포네였다.

즉시 나는 상점으로 들어가 모자 하나를 샀다. 그랬더니 이제 7백 프랑밖에 남질 않았다. 그러고는 다시 나는 카페의 내 테이블로 되돌아왔다. 이 7백 프랑을 가지고 집으로 들어갈 생각은 추호도 없었다. 틀림없이 로랑스와 그녀의 아버지가 내가 들어가자마자 호주머니를 털어서 그 돈을 빼앗아 갈 테니. 안 돼, 이번에는 그렇게 안 될걸. 나는 중얼거렸다. 그건 너무 쉽게 생각한 거야! 이번에는 그렇게 되지 않아!

나는 눈을 들어 내 자동차를 찾아보았지만 보이질 않았다. 그러다가 마침내 차가 서 있던 방향에서 아주 귀여운 아가씨, 소위 말하는 거리의 여자와 눈이 마주쳤다. 술에 완전히 취해버린 나는 그녀가 값을 말하기도 전에 내가 가진 돈을 내보였다.

— 내겐 7백 프랑이 있지.

— 마침 잘 됐군요. 나에겐 그 돈이 없으니.

그녀는 꽤 상냥하게 내 말을 받았다. 그래서 나는 그녀를 따라갔다. 나는 자닌느와 함께 아주 즐거운 두 시간을 보냈다. 로랑스가 내린 금지령을 따라 육체적 방종이 가져다주는 쾌락을 잊어버린 지 오래되었다. 그런데 바로 그날 다시 그런 쾌락을 맛보았고, 거기에서 마음의 위안 같은 것을 얻어낼 수 있었다. 로랑스가 몇 가지 자유를 내게 허락하지 않았다는 것, 그것은 곧 내가 그녀에게도 그런 즐거움을 맛볼 수 있게 해주지 못했다는 의미가 되기도 하였고……. 알코올 덕분에 나는 여자와의 사랑을 만끽했고, 그녀는 나를 기분 좋게 대해 주었다. 대부분의 사람과는 반대로 사랑놀이는 나를 전혀 실망시키지 않았다. 그래서 내가 그녀 곁을 떠나야 한다는 것이 슬프기도 했다. 침침한 좁은 방, 밤색 양탄자, 알록달록한 예쁜 꽃들로 장식된 초록색 커튼, 같은 색조의 푸른색 병풍, 이 모든 것들은 라스파유가의 것들 보다는 덜 고상했지만, 적어도 나를 더 반겨주는 것임에는 틀림이 없었다. 그렇지만 나는 떠나야만 했고, 자닌느의 곁을 떠나 내 자동차를 다시 찾아 나서야 했다. 그렇게 하는 데 한없는 시간이 걸렸다.

코리올랑이 6시에 담뱃가게를 나왔기 때문에 나는 조금 일찍 와서 그 앞에 차를 세웠다. 그는 정각에 나왔고, 나는 차의 모터를 붕붕거리게 했다. 내가 모자를 한쪽 눈 위로 내려놓고 있어서, 그는 차 문까지 몸을 숙이면서 눈썹을 치켜올렸다.

— 너, 무슨 놀이를 하는 거야?

— 알카포네! 서 있는 나를 봐야 제맛이야!

— 너 좀 취했군, 그래!

그는 나무라듯이 말하면서 운전석 옆자리에 앉았다.

슬슬 술에서 깨어난 나는 코리올랑과 함께 리옹 드 벨포르 카페에 다시 들어가 축복받은 상태를 되찾기 위해 필요한 만큼의 술을 또 마셨다.

코리올랑은 쓴웃음을 지었다. 왜냐하면 내게 알려주어야 할 나쁜 소식이 있었기 때문이었다. 그러나 내가 그의 말을 듣지 않겠노라고 하자 그도 내 말을 따라 함께 농담했다. 코리올랑, 그는 진정한 내 친구였어! 이제 나에게는 여자친구 쟈닌느도 있고, 또 코리올랑도 있으니, 그 두 사람만으로도 내 마음은 훈훈했다. 그리고 또 카페의 주인, 세르쥬 역시 진짜 친구였다. 게다가 장인이 사는 저택의 집사였던 그 착한 토마는 벌써 저세상 사람이 됐으니 아 슬프도다! 그의 옛 주인이 그를 위하여 작시한 그 슬픈 장송곡이 기억이 난 나는, 그 노래를 코리올랑에게 들려주었다. 심술궂은 어린애처럼, 천치 같이 내 장인에 의해 파산이 되기

이전에 내가 그에게 보냈던 어리석은 몇 편의 글들을 그에게 들려주었다. 나는 아직도 이 카페 주변에서는 인기가 있었다. 말하자면 별로 욕심이 없는 네 명의 얼빠진 녀석들에게는 인기가 있었다. 저녁 식사 시간이 되자 완전히 원기가 회복되어, 집으로, 아니 그녀의 집으로 돌아갈까 하는 생각마저 들었다.

— 너도 알고 있지. 그 여자는 나를 사랑하지 않아! 한 번도 사랑한 적이 없어!

내가 코리올랑에게 고백했다. 코리올랑이 가진 매력 중 하나는 내가 너에게 확실히 말했어라는 말을 하는 데 마음이 끌리지 않는 점이다. 나와의 관계에서는 단 한 번밖에 그럴 기회가 없었지만.

— 그녀는 네게 집착하고 있어. 그건 다른 얘기라고.

— 너도 기억나지?

삼 년 전, 음악 신문사에서 받은 일해보라는 권유를 거절할 수밖에 없었던 일이 기억났다. 물론 그 직장이 내게 큰 재산을 안겨 주지는 않았겠지만, 밥벌이 수단은 되었을 텐데 말이다.

— 글쎄, 로랑스가 못하게 별짓을 다 했어.

나는 코리올랑의 기억을 되살리기 위해 구체적으로 설

명했다.

— 그녀가 어떻게 했기에?

이번에는 코리올랑이 취한 김에 모든 것을 다 알아볼 작정이었다.

— 맹장염! 그 맹장염 말이야! 내가 직장을 수락하려던 찰나에 그녀가 맹장염을 앓고 또 그다음에 복막염을 앓아 드러누웠지. 그래서 난 병원에서 자기까지 했지. 그런데 일자리가 다른 사람에게로 넘어가자 그녀는 기적적으로 벌떡 일어나 두 발로 걷질 않았겠어.

사실 그때 난 로랑스가 죽을까 봐 몹시 걱정했었다. 미리 끔찍이 슬퍼하기도 했다. 그녀의 죽음을 상상하면서 몹시 불안했었어……. 그랬건만……! 그 당시 그녀는 내가 직업을 갖는 것은 원하지 않았다. 그런데 인제 와서 내가 그렇게 하지 않은 것을 불평하다니, 이건 여하간 어처구니없는 일이야!

— 내가 직업을 갖는다면?

나는 주위 사람들에게 물었다.

코리올랑은 자기 손을 유심히 들여다보면서 딴생각을 하는 것 같았다. 나는 그를 흔들었다.

— 뭐 하는 거야?

— 너도 잘 알겠지만, 요즘은 실직자들의 수가 어마어마하대. 높은 사람 연줄 없이 직업을 구하는 건 어려울 거야.

— 여하간 노력은 해봐야지!

그것참 괜찮은 일이로군. 내가 아침마다 일어나, 종일 일을 하면서 보낸다면 로랑스는 뭐라고 반박할까? 아침부터 저녁까지 그녀가 가지고 놀던 장난감이 없어진다면 로랑스는 무얼 하며 시간을 보낼까? 한편 뱅상이라는 그녀의 커다란 장난감은 아침 일찍 일어나기를 힘들어했는데. 그런 사소한 일도 무시해서는 안 되었다.

— 내가 네게 들려줄 나쁜 소식이야. 잘 들어.

코리올랑이 말했다.

— 네가 만들어 준 매니저 계약서를 들고 나는 무일푼을 만나러 갔었어. 그랬더니 그자가 나를 비웃더군! 25퍼센트는 위법이라나. 감옥에 들어갈 일이라나. 첫 계약서가 그의 손안에 들어와 있는 지금에 와서 난 10퍼센트도 그에게 요구할 수 없다더군. 그러면서 나를 고소하지는 않겠다고 맹세한다고 했어.

— 그랬었군. 그건 그렇고, 내가 오늘 그 녀석을 주먹으로 한 대 갈겼지, 그 무일푼 녀석을 말이야!

우리 두 사람이 밀담을 나누느라 잠시 멀리했던 그 카페

친구들이 그 말을 듣고 다시 우리 쪽으로 몰려왔다. 그래서 나는 그 가련한 델타블루 프로덕션의 사장과 벌인 난투극에 대해 신나게 들려주었다. 그러고서는 꽤 감상적으로 이렇게 말끝을 맺었다.

— 그러고 나서 난 오늘 하루를 멋있게 마무리하려고 쟈닌느를 보러 갔었어.

지금까지 나는 파리 거리의 삶이 기분전환에 유익한 것인지 잊고 살아왔다. 7년 동안 로랑스가 사랑하던 장난감이었던 나는, 그녀 옆에 없으면 괴로워했기 때문에 스스로 그런 삶을 금하면서 살아온 것이었다(술에 취한 나에게도 그러한 표현이 웃기는 이야기로 들렸다). 반면에 코리올랑의 패배는 나와 아무런 상관이 없는 일이었다. 우리 두 사람이 처한 그 상황에서 25퍼센트 또는 10퍼센트가 우리를 자유롭고 호사스럽게 살게 해줄 수는 없는 것이기 때문이었다.

— 그 일을 축하합시다! 여러분, 제가 술값을 낼 테니 모두 한 잔씩 드세요.

내가 큰소리로 권했다.

그제야 내가 가졌던 돈을 전부 쟈닌느에게 줘버렸다는 게 기억났다. 남에게 과시하는 생활 역시 재미있는 만큼 비용이 드는 것이었다. 고맙게도 코리올랑이 나를 지켜주고 있었다. 그는 우연히 어제 받은 돈에서 5천 프랑을 현금으로 지니고 있었다. 나는 양손을 비비면서 그에게 말했다.

— 그러니까 아직도 우리에게 약 십만 프랑이 남아 있는 거야.

— 그렇다니까!

— 그럼, 이봐. 그걸 왕창 써 버리자고! 내일, 우리 에브리로 가자!

— 롱샹 경마장으로 가야 해!

코리올랑이 준엄하게 말했다.

— 월요일엔 롱샹이지(그의 눈에서 빛이 났다).

— 여러분, 무얼 드시겠습니까?

나는 반복해서 물었고, 또 이렇게 우리 두 사람이 구상한 작곡가와 매니저의 꿈도 수포가 되었다.

나는 술에 취해 귀가했다. 집 안의 정적과 어둠 속에서 내 작업실로 찾아 들어갔고, 거기에서 어마어마하게 큰 물건과 부딪쳤다. 그것은 큼직한 새 스타인웨이 피아노였다. 처음에 그것을 보면서 황홀감에 휩싸였으나, 곧 원한의 감정으로 뒤바뀌었다. 그 물건은 아름다웠지만, 나는 단지 건반을 손가락으로 매만지기만 했다. 내일 아침이 되면 노크도 하지 않고 우리의 침실로 들어가 로랑스에게 말할 생각이었다. 자기가 원해서 갖는 피아노와 다른 사람이 허가해서 갖는 피아노에는 차이가 있다고.

나는 눈을 뜨자마자 그 말을 하려고 달려갔지만 그녀는 벌써 외출하고 없었다. 작업실로 돌아온 나는 그 피아노를 시험해보느라고 두 시간을 보냈다.

차원이 높고, 섬세하고, 차이가 나는 모든 선율이 그 피아노에서 흘러나왔다. 모든 곡이 펼쳐졌다. 매끈하게 쳐지지 않던 베토벤의 곡, 너무 느리게 쳐지던 패츠 월러의 음악이 내 손가락 사이에서 다시 소생되어 아주 아름답게 흘러나왔던 것이다. 두 시간이 지난 다음 나는 또다시 음악에 미친 젊은이로 변신했다. 그 옛날의 온순한 뱅상으로 되돌아가, 드디어 나 자신과 의견이 일치되는 것이었다. 더 한심한 일은 나의 의지와는 정반대로 내가 행복하다는 사실이었다.

난생처음으로 나는 공교로운 삶의 행복과 기쁨을 맛보았다. 7년 동안 나는 모험에 대한 취향이 거세당한 채, 속박 속에서 살아온 것이 분명했다. 그러다 보니 내가 가졌던 확실한 장점들—쾌활함, 믿음직스러움, 낙관적인 성격—을 잃어버렸다. 그 세 가지 천성적 장점은 점차 다른 것들—양보하기, 빈정대기, 무관심—로 길든 성격으로 바뀌었다. 위에서 열거한 나의 세 가지 미덕은 내가 로랑스의 계략을 앞지르는 데 필요한 것이었다. 그녀는 자기의 특성들—허영심, 개인주의, 기만—로 완전히 무장되어 있었고, 그 세 가지 특성의 기능은 불행하게도 나에게는 존재하지 않는 끔찍하고 강력한 소유욕으로 크게 작용하는 것이었다. 나에게 소망이 있다면 그것은 오직 그녀에게서 빠져나오고 싶다는 것이었다. 그런데 나에게는 그렇게 해볼 방법이 없었으니……. 여하간 이 투쟁은 공평하지 못했다. 왜냐하면 내가 가진 좋은 무기가 무력하고 무용하다는 것을 확인하는 것만큼이나 나의 나쁜 무기를 사용하면서 불쾌해질 테니까. 그러다가 또 우리 둘 중의 한 사람이 자기가 휘두른 무기에 맞아 상처라도 입게 된다면 이 투쟁 역시 공정하지 못한 것이 될 것이기 때문이다.

내 사고의 어두운 실마리는 옆방에서 댕그랑대는 소리에서 끊어졌다. 오딜이 힘차게 그리고 황급히 편지, 아니 내 편지를 타자로 치기 시작했다. 나는 그녀의 방으로 들어갔다.

— 안녕!

나는 기분 좋게 인사했다.

— 오딜, 오늘부터는 나를 상관으로 모신다든가, 나를 위해 타자를 쳐야 할 필요가 없다는 것 알고 있겠죠? 난 모든 재산과 저작권을 로랑스에게 위임했어요. 그러니 이제부터 집사람과 의논해서 나의 옛날 재산을 처리하도록 하세요.

— 뭐라고요? 도대체 무슨 말씀이세요?

오딜의 음성은 간밤에 술을 마신 남자의 귀에는 너무 분명하게 울려서 오히려 딱딱하게 들렸다. 내가 한 손을 내 이마 위에 올리자 그녀가 소리를 질렀다.

— 그건 사실이 아니겠죠? 농담일 거야!

그녀는 아연실색한 표정을 지었다. 나는 엄숙하게 그녀에게 대답했다.

— 오딜, 잘 생각해봐요, 아주 아무것도 아니겠지 뭐요……. 7년 동안 내가 로랑스에게 진 빚을 좀 생각해봐요.

오딜은 얼굴을 붉히고는 내가 그녀에게서 처음 들어보는 현학적이고 그녀 직업에 어울리는 목소리로, 만년필을 휘두르면서 말했다.

— 인간적인 면에서 로랑스에게 얼마나 빚을 지고 있는지 모르겠어요. 하지만 순전히 물질적인 면에서는, 로랑스가 내게 말한 것처럼 백만 달러를 벌었다면…….

— 사실이오, 백만 달러가 맞아요!

나는 비통해하며 확인했다.

— 그렇다면 한 달에 약 7만 프랑씩 갚는다는 뜻이군요. 한데 로랑스가 그만큼 많은 돈을 쓰진 않았을 텐데요.

— 뭐라고요?

처음으로 그녀가 확신과 지혜로 똘똘 뭉친 여자로 보였다.

— 자세히 계산해 보자고요. 1달러를 6프랑이라고 칩시다. 그렇다면 백만 달러는 6백만 신프랑이 돼요. 그 액수를 7년으로, 그러니까 7로 나누면 일 년에 85만 프랑이 조금 넘어요. 또 그것을 12개월로 나누면 한 달에 약 7만 프랑이 된다고요! 제 생각에는 당신이 그만한 돈을 매달 썼을 리가 없어요. 그럴 사람도 아니고요.

나는 소리 내어 웃었다. 그런 계산이 나올 줄은 꿈에도 생각하지 못했다.

— 정말, 난 그런 생각을 해본 적이 없어요. 오딜은 대충 로랑스가 매달 나를 위해 얼마나 썼다고 생각해요?

— 그것보다는 훨씬 덜 썼죠, 뭐. 덜 쓰고말고요!

오딜은 심각한 어조로 소리를 질렀다.

— 우리 한 번 어림잡아 계산 해볼까요?

그녀가 정중히 계산기를 들자, 내가 그만두라는 시늉을 했다.

— 그만둡시다. 농담이었으니! 정말 농담했다니까요! 하여튼, 오딜, 고마워요! 그 돈은 로랑스가 행복한 결혼에다 덤으로 얻게 된 횡재지 뭐겠소! 참 잘 된 거요! 난생처음 유익한 투자를 해보는군…….

오딜은 무안하기도 하고, 두렵기도 한지 고개를 푹 숙였다.

— 뱅상, 제가 그런 말을 한 것은 당신을 생각하는 마음에서…….

— 알아요. 오딜, 정말 고마웠어요. 물론 로랑스에게 그 말은 하지 않겠어요. 최악의 경우엔 그런 계산 얘기를 꺼내겠지만, 그건 어디까지나 내가 산출한 계산이라고 할 테니…….

잠시 침묵이 흘렀다. 이윽고 그녀가 결론을 내놓았다.

— 뱅상, 제 말 좀 들어봐요……. 로랑스도 다른 여자들과 마찬가지일 거예요. 그녀도 예금 통장을 받는 것보다 남편이 고른 선물을 더 좋아할 거예요! 그 점에 있어서 저는 자신 있게 말할 수 있다고요. 여자들은 다 똑같아요!

— 아뇨, 내 아내 로랑스는 그렇지 않아요!

나는 그 말에 수정을 가하면서 속으로는 애타심을 가지고, 빈털터리 남편을 벌어먹이며 뒷바라지 하는 많은 아내가 그런 것을 이용해서 남편을 가정에 구속하지 않았으면 하고 바라고 있었다.

— 그런데 왜 아이는 안 가졌죠?

내가 문을 나서려는 순간 오딜이 이렇게 물었다.

나는 대답하지 않았다. 어제저녁까지만 해도 아기를 가질 생각도 하고 있어요라고 말할까 하고 망설였을지도 모른다. 한데 우리는 아이를 가질 생각을 하고 있지 않았다. 로랑스 혼자서 아이를 가지겠다는 생각을 해봤을지도 모르겠지만. 그러나 아주 작은 장난감일지라도 나 이외에 다른 장난감을 원치 않았을지도 모른다. 그녀에게는 큰 장난감으로 충분했을 테니까. 작은 장난감이 생기면 귀엽기는 하겠지만, 그걸 가지고 노는 동안, 큰 장난감이 잠시라도 자기에게서 딴 데로 눈을 돌리면 어떻게 하나 하고 두려웠을 것이다. 그리고 그녀의 집안에서는 가난뱅이와 결혼한 자식은 아이를 갖지 않는 것으로 되어 있었다. 특히 신분이 낮은 상대와의 결혼에서는 여러 제한이 뒤따르기 마련이니까, 그럴 때를 대비해서 자식은 갖지 않는 것이 상책이었다.

오딜이 해낸 계산 방법, 메스껍긴 하지만 틀림없이 바른 그 계산이 여전히 내 머리를 떠나지 않았다. 우리가 서로 눈이 맞았을 적에 로랑스가 위험 부담을 안았던 것은 사실이지만, 그녀가 나와 결혼했기 때문에 여하간 이런 횡재를 하게 된 셈이다. 수학적으로 계산을 해본다면, 사실 나는 소식가에다, 소탈한 성격에, 몸도 날씬해서 복장에도 까다롭게 굴지 않는다. 물론 자동차라든가, 금으로 된 소매 단추 같이 비용이 드는 물건들도 있다(내가 가진 4쌍의 소매 단추는 값이 꽤 나가는 것들이다). 사진기라는 것도 하나 있는데, 작동은 되지만 아주 구식이다. 그게 전부다……. 그리고 내가 타서 쓰는 용돈도 그녀를 힘들게 하는 액수가 아니다. 끔찍해! 장난으로 한 계산이긴 하지만, 정말 끔찍한 계산법이야! 그게 무슨 소용이람……. 그런 계산법이 나온 것이 그녀의 잘못, 전적으로 그녀의 책임이라 해도, 나는 그처럼 저질스러운 일에 빠져들고 싶지는 않았다. 이제는 그 좁은 아파트, 그녀의 사랑이 내 목을 조이던 침실, 나를 둘러싸고 있던 얼굴들 그리고 닫힌 덧문으로 둘러쳐진 내가 살아온 이 모든 방과도 인연을 끊어야 했다. 하, 그러니까 난 결국, 7년 동안 이 집에서 혼자였다. 혼자 이처럼 외롭게! 웃음을 같이 나눌 사람도, 생각을 같이 나눌 사람도 없이……. 우리 두 사람은 이따금 쾌락의 탄성을 같이 내뱉기도 하지만, 한 번도 같은 순간에 질러본 적도 없었으니까……. 나는 나 자신에게 벌을 주고 싶어서, 그리고 내 속에서 나 대신 생각하고 말하는 그 비꼬는 듯한 치사한 음성, 차마 들을 수가 없지만 억제할 수도 없는 그 음성을 틀어막기 위해서 머리를 벽에 대고 들이쳤다.

늦잠에서 깨어나면서 벌써 열두 시라는 사실과 더불어 손목시계를 재산 목록에서 빠뜨렸다는 사실도 깨달았다(누가 뭐라 해도 이 시계는 방돔 광장에서 산 시계였다. 그런데도 이 배은망덕한 녀석이!). 지금이 열두 시니, 세 시쯤 경마장에 갔다가 일곱 시에는 귀가하게 될 테지. 그런데 또 한 시가 되었네. 7년 동안 시간이라는 것이 어디로 갔다가 다시 나타난 셈이었다. 로랑스와 같이 나눈, 이름 붙일 수 없는 이 오랜 시간—죽은 시간—이 시간표처럼 재구성되었고, 두 개의 시곗바늘이 가리키는 각도에서 내가 다시 찾게 된 관심은 내게는 하나의 구원 신호처럼 보이기 시작했다.

7년이라는 시간이, 아니 인생이 악몽처럼 지나가 버렸다.

오딜이 틀어놓은 라디오에서 〈소나기〉의 주제곡이 또 한 번 흘러나왔다. 그러자 그 곡이 더 이상 내 것이 아니고 자비에 보나의 것인데 내가 마음대로 사인을 해서 망쳐놓았다던 말이 생각났다……. 그, 그렇지! 자비에 녀석 다음에 만나기만 해봐라, 주먹으로 얼굴을 갈겨줄 테다. 꼭 그렇게 해주겠어. 이런 계획까지 세우다 보니 로랑스의 집으로 돌아가야겠다는 생각이 들 정도로 즐거워졌다. 그렇지만 그녀가 나를 어떻게 대했는데, 여하튼 더는 그 집에 머물 수는 없어! 불행하게도, 이 '여하튼'이라는 낱말이 나의 사고에 이처럼 큰 무게를 준 적이 없었고, 나의 행동에도 더 큰 영향을 미친 적이 없었다. 나는 여하튼 대학 입시 시험에 통과했고, 여하튼 음악 대학에 합격했고, 여하튼 로랑스가 나와 결혼했다. 하지만 이 모든 여하튼은 타인들, 선생님 또는 여자들에 의해서 생긴 일들이어서, 그것은 곧 뜻에 반하여, 즉 뱅상의 뜻에 반해서!와도 흡사한 것이다.

반면 알카포네의 밤색 양복을 입고, 코리올랑에게 전화를 건 사람은 여하튼 나였던 것이다. 한 시간이 지난 후 우리는 은행에 들러서 내 자금의 일부를 나누어 가지고 롱샹 경마장으로 차를 몰았다. 우리는 한 번도 이 같은 투기를 해본 적이 없었기 때문에 꽤 자랑스럽기까지 했다.

화창한 날씨였다. 그리고 롱샹 경마장은 언제 와도 항상 훌륭했다. 7년 동안 나는 꼭 세 번 이곳에 왔었다. 첫 번째는 개선문 쪽에 사교계 생활을 즐기던 로랑스와 함께였다. 오자마자 내가 세 시간 동안 실종된 적이 있어서 그녀는 그 이후로 경마에서 손을 뗐다.

두 번째는 맹장 수술 후 죽다 살아난 그녀가 드러누워 있을 때였고, 세 번째는 그녀가 자기 친할아버지(이분은 내 이름을 입에 담는 것도 참지 못했다) 장례를 치르기 위해 브르타뉴 지방으로 떠났을 때였다. 간단히 말해서 나는 7년 동안 그 여자 때문에, 아니면 그 여자의 뜻을 거역하며 경마장에 네 번 발을 들여놓은 셈이었다. a) 그녀의 속물근성 덕분에 b) 그녀가 앓고 있던 덕분에 c) 그녀의 인척관계 덕분에 그리고 d) 오늘같이 그녀의 이중성 덕분에. 하지만 이 찬란하고 더없이 기분 좋은 롱샹으로 황급히 달려오기 위해 누구를 필요로 한 적은 한 번도 없었다.

나는 많은 친구와 경마 팬들을 다시 만났다. 그들은 마치 내가 경마장을 어제저녁에 떠나기라도 한 것처럼 반겨주었다. 롱샹에서는 제아무리 시간이 빨리 간다 해도 세월이 그 속에 들어가지는 않는다. 그곳에서 우리는 경마 한판에 3년씩 늙지만, 십오 년을 그곳에 다녀도 주름살 하나 얻게 되지 않는다. 대체로 우리가 그곳에서 얻게 되는 주름살은 흥분, 신경질, 실망, 열광 그리고 환희가 얼굴에 찍어놓는 주름살이다.

그렇지만 그것은 심각한 주름살은 아니다. 어쨌든 그것

은 모든 것을 휩쓰는, 불명예스러운 권태의 주름살은 아니다. 코리올랑은 돈이라는 것이 경마장이라는 이 색다른 세계가 지니는 비현실적인 성격이라고 설명하려 들었다. 경마장에서는 자신의 탐구와 소유가 오직 변덕이 심한 네발 달린 동물에게만 달려 있기 때문이다. 경마장에서는 마지막 시합에 던진 백 프랑짜리 지폐가 첫 번째에 던진 천 프랑보다 열 배는 더 큰 흥을 돋운다. 거기에서는 직업적인 조언자들에게 미소를 지어야 하고 정답게 대화를 나누어야 한다. 비록 그들이 준 정보가 큰돈을 잃게 만들었다 해도. 그렇게 해야만 다음 경마에서 그들의 정보를 얻어낼 수 있기 때문이다. 이런 것은 증권가에서는 상상하기조차 어렵다. 만약 장인이 경마팬이라면, 그도 경마장에 와서는 그가 부리는 집사들과 똑같은 위치에 있게 되고, 남다른 정중한 대접도 받을 수 없다. 혹시나 그가 그들이 보는 앞에서 빗장 풀린 말에게 거금이라도 거는 어리석음을 저지른다면 대놓고 창피를 당할 것이다.

간단히 말해서 지금 나는 근심 걱정 없고, 자유롭고, 다정다감한 사람들에게 둘러싸여 있다. 열린 하늘에서 천사들이 나를 위해 트럼펫으로 삶의 찬가를, 다시 찾아낸 삶, 진정한 삶, 정상적인 삶을 노래하는 것 같은 인상을 받았다. 별안간 내 눈에서 눈물이, 진짜 축축한 눈물이 흘러내리고 있었다. 그 순간 깜짝 놀란 나를 코리올랑이 어리둥절한 시선으로 쳐다보았다. 나는 소맷자락으로 얼굴을 닦았고, 한쪽 눈을 감았다. 누가 혹시 볼까 봐 다른 한쪽 눈에 박힌 그 고약한 먼지에 욕설을 퍼붓지 않을 수 없었다. 그렇게 하는 데 꽤 시간이 흘렀다. 그러자 코리올랑은 그 사람들 틈에서 내내 걱정되고, 약간 겁먹은 듯한 눈길을 나에게 던지고 있었다. 마치 내가 음탕한 한 마리의 말이라도 되는 것처럼.

이렇게 경마장의 사람들과 재회한 다음 우리는 박스 좌석이 있는 층으로 올라갔다. 거기에서 말 주인 몇 명을 만났는데 그들도 우리를 환대해 주었다. 우리는 세 번의 시합이 진행되는 동안 그곳에 머물러 있었는데, 그 말 주인들도 우릴 보고 놀랐지만 겉으로 나타내지는 않았다.

보통 우리의 경제 사정은 50프랑짜리를 취급하는 창구가 없는 이층에서 반시간 이상을 견뎌내지 못했으니까. 이번에는 무일푼이 준 처음이자 마지막 수표 덕택에 이처럼 계속 뽐내고 있는 셈이었다. 네 번째 시합이 있고 난 뒤, 나는 신들린 사람처럼 나 자신을 가눌 수 없을 정도로 흥분되어서 아래층으로 내려갔고, 거기에서 아는 사람 몇몇을 만났다. 기수들이 몸무게를 재는 장소에서 나는 상스브리나라는 이름의 눈이 부실 정도로 근사한 금발의 암말에게 홀딱 반해버렸다. 아직도 나는 그 이유를 알 수가 없다. 서류상으로는 그 말이 42대 1, 그러니까 42마리가 그녀 앞에서 달릴 수 있다는 확률이다. 나쁜 징조이긴 하지만 몹시 흥분한 나는 그 말에다가 거금을 걸기로 했다. 나는 잃었다가 따고, 또 잃고 해서 두 시간이 지난 다음에는 완전히 녹초가 되었다. 이런 상태는 어떤 면에서 돈을 잃는 것보다 더 기분이 나빴다. 나는 코리올랑이 어디에 있는지도 전혀 알지 못했다. 우리 두 사람은 각자 거는 말에 대해 절대로 말한 적이 없었다. 그와 같은 행동 지침에는 상대방이 돈을 잃었을 때는 자기가 천재 같고, 반대로 상대방이 돈을 땄을 적에는 자기가 바보 같아 보이긴 하지만, 막판에 가서 더블펀치가 야기시키는 비난, 원망, 후회 등을 면하게 해줄 수 있었다.

그런데 그날 내가 매표장에서 돌아오는 길에 코리올랑을 만났을 때 그가 어느 말에 걸었느냐고 묻는 것이 아닌가. 내가 상스브리나에게 한뭉치 걸었노라고 말했는데, 그 말을 들은 그가 야유 섞인 폭소를 터뜨리지 않아 이상했다. 단지 그는 눈썹을 치켜올렸고, 첫 번째 방청석 근처에서 다시 만나자고만 했다. 마음을 가라앉히고 나는 거기에서 그를 기다렸다. 한쪽에서는 사람들이 몰려들었고, 말들은 출발선을 향해 가고 있었다. 2,100미터 경주였는데, 스타트 신호가 주어지자 곧 아나운서가 상스브리나가 선두에서 달린다고 알려주었다.

이론상으로는 나의 희망이 거기에서 끝나야만 했다. 선두로 출발한, 가망성 없는 말이 같은 자리에서 종점에 도달할 기회는 매우 희박했으니까. 그래도 나는 다른 사람들처럼 커브길 쪽으로 목을 쭉 빼고, 선두 그룹이 장애물을 통과하기를 기다렸다. 빨리, 아주 빨리, 붕붕 대는 소리가 들렸고, 그것은 으르렁대는 소리로 변했다. 한편 말들이 어마어마한 말벌떼처럼 마지막 커버에 도착하고 있었다. 그것은 아주 특이한 소리였는데, 그 소리는 종착점 앞 잔디밭에 모여 있던 군중들이 내는 소리와 야유가 뒤범벅되어 점점 더 커지는 것이었다. 한결같은 그 불투명한 소리는 명확한 지점에서 해체되지 않으면서, 똑같이 높은 소리로 커졌고, 그러다가 마지막 이백 미터 지점에 가서는 별안간 군중들이 소리를 지르지 않는 것 같았고, 말들도 더는 앞으로 나가지 않는 것만 같았다.

그러다가 그 소음과 으르렁대는 소리가 몹시 크게 분명

히 들려왔다. 수많은 목소리가 악을 쓰면서 말들의 이름을 불러대고, 그 말들은 열 켤레 정도의 나막신이 땅 위를 두들겨대는 이 열광적인 소리, 천년 묵은 소리, 야생적인 무리가 우리 속에서 진화된 시간의 기억을 일깨워주는 야만적이고도 무시무시한 공격성을 더는 충족시켜 줄 수는 없었다. 왜냐하면, 그 순간에는 군중들이 공포 때문에 소리를 지르는지 흥분해서 지르는지 정확히 알 수가 없기 때문이다. 내가 호주머니에서 담배를 한 대 꺼냈을 때, 아나운서가 상스브리나가 계속 선두에서 달리고 있지만, 파추리가 그녀를 딱 붙어 따라가고 있다고 알려주었다. 나는 쓸쓸히 담배에 불을 붙였는데, 아나운서가 "상스브리나가 파추리의 공격을 잘 이겨내는 것 같습니다!"(파추리는 가장 인기가 좋은 말이었다)라고 분명히 말하는 소리를 듣고는 담배를 떨어뜨렸다.

나는 잠시 두 눈을 감고 세속적인 기도를 올렸다. 그 순간 눈으로 보지는 못했지만 선두부대들이 성난 듯한 소란을 피우며 우리가 있는 쪽으로 오는 소리를 들었다. 그 요란한 소리는 말들이 달고 있던 U자형의 고리와 재갈이 서로 부딪히는 찰싹거림, 가죽의 마찰음, 안장 위에 몸을 구부린 기수들이 지르는 둔한 욕지거리로 점점 더 커졌다. 그때 나는 눈을 떴다. 그리고 내가 본 것은 말들이 땀으로 번쩍이고, 근육이 발달한 알몸 위로 마치 깃발처럼 펄럭이는 알록달록한 기수들의 소용돌이치는 짧은 조끼들이었다. 천을 찢는 것 같은 소리를 내면서 선두 그룹이 내 앞을 지나갔고, 군중의 환호 소리가 퍼질 듯이 커졌다가 종착 지점에서 서서히 사그라드는 순간, 그 누군가가 확성기로 외치기 시작했다.

— 상스브리나가 이겼습니다! 상스브리나가 끝까지 버텼습니다! 상스브리나 일등! 파추리와 누메아는 사진을 찍어주십시오!

그 순간 내가 떨어뜨린 담배가 이태리제 모카생 구두 한 짝을 태우고 있었다. 그런데도 나는 인생에서 가장 아름다운 순간을 살고 있었고, 너무도 감격스럽고, 너무도 순수하고, 너무도 완벽하여 명예롭기까지 한 쾌락을 만끽하고 있었다. 이겼다! 난 전 세계와 싸워서 이겼어! 나의 장인, 나의 은행장, 나의 프로듀서, 연출가, 내 아내 그리고 경마 연맹과 싸워서 이긴 셈이다! 난 이기고 있었어! 내 주위에 있던 사람들은 흥이 깨져, 입장권을 땅바닥에 내던지고 있는데, 나는 내게 다가오던 코리올랑을 급히 껴안았다.

— 이겼어! 우리 이겼어!

그가 시끄럽게 떠들면서 내 등을 쳤는데, 놀라운 감정이 기쁨을 한층 더 부추겼다.

— 너도 그 말에다 걸었니?

— 그럼, 난 오백 프랑이나 걸었는걸!

— 난 이천 프랑! 넌 어떻게 상스브리나에게 걸었니?

우리는 크게 웃으면서 창구 쪽으로 걸어갔다. 그 창구 주변에 우리와 같은 행운을 얻지 못한 노름꾼들이 모여 있었고, 그들은 진짜 경마꾼들이 입상할 가망이 없던 말에서 행운을 얻은 놀이꾼에게 보내는 부러움과 멸시가 뒤섞인 눈초리로 우리를 쳐다보고 있었다.

— 내가 그 말에 걸겠다고 말했었지?

코리올랑이 유쾌하게 웃었다.

— 이봐, 오늘은 내가 경마에 걸 때마다 네가 하는 대로 걸었어! 난 속으로 온갖 좋은 일들이 네게 생겼으니 노름에서도 질 수는 없을 거라고 생각했지.

그러고 나서 그는 확신에 넘친, 아니 미묘한 웃음을 터뜨리는 것이었다. 그렇지만 그 순간 나로서는 미묘함 같은 것에는 아랑곳하지 않았다. 상스브리나는 37대 1이었다. 그래서 나는 7만 4천 프랑을 벌었다. 나는 그런 벌이를 해 본 적이 없을뿐더러, 거기에는 그럴만한 이유가 있었다. 나는 거기에 모인 모든 군중에게, 말하자면 별안간 되살아난 온 세상에다 대고 한잔 사겠노라고 초대했다.

우리는 자부심에 도취해서 파리 시내로 되돌아왔다. 붉은 신호등에 걸리자 코리올랑이 내게로 고개를 돌리면서 말했다.

어제 자기 거래 은행에서 7백만 프랑을 도둑맞은 사람 치고는 오히려 만족해하는 것 같군!

하지만 경마에서 7만 프랑을 벌었다는 사실이 은행에 7백만 프랑을 예치하고 있다는 사실보다 더 기분 좋은 일이라는 것을 이해할 수 있는 사람이 그 말고 또 누가 있겠는가.

카프리섬의 연인

내가 번 돈을 코리올랑에게 맡겨놓고 나는 개선장군같이 의기양양하게 집으로 돌아왔다. 씁쓰레한 추억이 그때부터 내 재산을 로랑스의 집에 둘 수 없게 만들었다. 경마에서 번 돈은 그녀에게는 불명예스러운 것이 틀림없었다. 하지만 나로서는 그녀의 그 혐오감이 어느 정도로 영향을 미칠 수 있는지를 알기 위해 그 값을 치렀던 것이다.

이틀 전부터 이미 나는 이곳을 '로랑스의 집'이라고 불렀는데, 옛날 6개월—그러니까 신혼여행 5개월과 호텔에서 보낸 1개월—간의 결혼생활을 한 후에도 내가 '우리 집'이라고 부르기 어려웠던 것만큼 쉽게 그렇게 부르게 되었다. 우리는 오랜, 아주 오랜 신혼여행을—물론 이탈리아에서—보냈다. 카프리섬에도 갔었다. 그때까지 로랑스가 혼자서는 가고 싶어 하지 않았던 카프리.

— 당신에게는 어리석게 들릴지 모르겠지만, 카프리섬이 아름답다는 얘기를 들으면 들을수록 난 사랑하는 남자와 그곳에 가겠노라고 결심을 했어요. 이 말이 당신에게도 우스꽝스럽게 들려요?

— 아니, 천만에, 그 반대야.

그녀가 속마음을 털어놓았고 나는 웃으면서 대답했다.

나도 카프리섬에 가본 적이 없었는데, 그 이유는 그때와는 아주 다른 것이었다. 하지만 고백하건대 그 당시 나는 그 모든 민속적인 것들이 재미있다고 생각했었다. 나, 새신랑, 뱅상, 공손하고 아름다운 부유한 신부와 함께 그로트블루(푸른 동굴), 파라그리오니, 악셀 문트 별장 등등을 오락가락하면서 신혼여행을 즐기고 있었으니……. 왜 그렇게 하면 안 되겠어? 일반적인 관광명소를 더 자세히 구경하고 그림엽서에 나오는 고장이나 구경하면 왜 안 되었을까? 그런 고장들을 철저히 거부하는 것 또한 재미있었고, 또 재미있는 것만큼 덜 멋있는 것 같았으니까. 또한 전에 내가 했던 단 한 번의 이탈리아 여행은 이탈리아 출신의 아마추어 예술가들과 같이 갔었는데, 그들은 자칭 생태환경 보호론자라고 했지만 여행을 하면서 밝혀진 그들의 정체는 순전히 건달패들이었다. 그들이 어느 주유소를 터는 것을 보고 나는 난투극을 벌이고 그들과 헤어졌다. 그런 일이 비가 억수로 쏟아지던 날 오토바이를 타고 저질러졌었지! 그때는 비가 왔었으니까. 그해에는 이탈리아 전국에 끊임없이 비가 내리고 있었다. 그래서인지 나는 신혼여행 동안에 기분 좋은 햇빛이 감상적이고 부유한 관광객들을 향해 부리는 교태에 감탄사를 연발했었다.

우리 두 사람은 손을 잡고 카프리섬의 오솔길을 걸었다. 그곳에서 로랑스는 피아제타라는 재미있게 생긴 보석 하나를 샀는데, 그것은 옛날 백금으로 예쁘장하게 테를 두른 새까만 진주였다. 그 값은 거저나 다름없었다. 로랑스도 그녀나 가까운 사람들과 마찬가지로 물건을 헐값에 사는 것을 좋아했다. 예를 들자면 그녀는 한 장님 골동품상이 반 고흐의 그림을 그 진가를 알지 못하고 백 프랑에 팔겠다고 한다면 서슴지 않고 살 사람이지, 그 값어치를 그 장님과 나눠 가질 사람은 아니었다. 내가 번거로운 존재가 아니었기에 아마 그 많은 시간을 같이 살아올 수 있었을 것이다. 더구나 나의 경우는 특이했다. 나 자신이 완전히 빚을 갚은 셈이니까. 합법적으로 나는 로랑스의 곁을 떠날 수 있었다. 그렇지만 내 위자료는 어떻게 하고? 네 위자료라니? 하고 사람들이 내게 물을 테지. 그처럼 아름답고 헌신적인 여자와 살아왔는데 무슨 위자료야? 위자료를 달라고? 사람이 이처럼 치사할 수 있어? 그런데, 가난에 대한 걱정만큼이나 도둑 맞은 것에 대한 조바심이 나를 떠나지 못한 채 막고 있었다. 물질적으로 또는 육체적으로 도둑맞은 것이 아니라 다른 방법으로 도둑맞은…….

그 순간 나에게는 우리의 신혼여행과 그 당시 로랑스가 보여준 열정과 겸손함이 새삼 떠올랐으니……! 그녀는 내게 잘 보이려고 정말 노력했었어! 그녀는 자신의 어리석음과, 그것이 불확실한 나의 애정에 불길한 결과를 초래하지 않을까 하고 고민하면서 시간을 보냈다. 강요된 관계를 싫어하고, 자기에게 홀딱 반해버린 여자들에게 거만을 떠는 남자들을 경멸하는 나로서는 로랑스를 안심시키기 위해 온갖 노력을 다했다. 그녀가 가진 몇 가지 말버릇, 나를 불쾌하게 만든 그 어떤 반작용 등등은 그녀의 천성에서 나온 것이 아니고 그녀의 환경에서 비롯된 것이라고 생각하면서. 그러니 나라는 인간은 얼마나 불쌍한 저능아였던가! 나는 그녀에게 스무 가지 장점을 일깨워주면서—물론 그녀에게 장점이 있을 것이라고 가장하면서— 그녀 혼자로서는 그런 장점들을 용이하게 전개하는 처세술이 결핍되어 있음을 상상조차 해보지 않았다. 제아무리 세련된 교육이라고 해도 교육이 가르쳐줄 수 있는 처세술 말이다. 예를 들면 로랑스 같은 여자는 영리하긴 한데 매력이 없고, 선심이 없으면서 헌신적이고, 생동감 없이 괜히 불안해하고, 욕망 없이 시샘만 많은 여자였다. 그래서 그녀는 악의 없이 남을 험담하고, 자존심 없이 괜히 거만하고, 다정함 없이 친근하게 굴고, 마음의 상처는 받지 않고도 격하기 쉬운 여자였다. 그녀는 어린애 같지 않으면서도 유치하고, 자신을 내맡기지 않으면서 불평이 많고, 늘 비싼 옷을 입지만 우아하지 않고, 화가 나지 않으면서도 노기를 띠는 그런 여자였다. 또한 그녀는 공정하지 않게 직선적이고, 고민하지 않으면서 겁이 많고, 간략하게 말하자면 애정 없이 정열적인 여자였다.

나는 차에서 연필과 음악 수첩을 꺼내 들고 정성스럽게 성녀 로랑스에게 바치는 연도, 연옥에 있는 이에게 바치는 기도사를 쓰기 시작했다. 온갖 기도 형식을 다 되뇌면서 이따금 그것들을 수정하고, 한 형용사와 다른 어휘를 전도하기도 했는데, 그럴 때마다 그 낱말들이 더 적합하고 날카로운 의미를 지니는 것 같았다. 내가 쓴 산문에 도취되어 나는 복수는 못 했을망정 한결 마음이 후련해졌다. 그래서 라스파유가에서 차를 세우고 미국 연속극에 나오는 그 평온

한—그렇지만 적절할 때는 별안간 과격해지기도 하는—재판관들이 보여주는 느긋한 손짓으로 찰칵하고 차 문을 닫으면서 차에서 내렸다.

별안간 연속극 하나가 생각났다. 한 우주 비행팀이 서기 3000년에 비행접시를 타고 성층권을 달리면서 인간에게는 알려지지 않은 별과 그 자체로 진부하게 되어버린 감정 사이를 항해하는 내용의 극이었다. 그런데 로랑스는 바로 같은 시간에 다른 연속극을 보기를 원했다. 왜, 어떻게, 그녀가 내게서 우주 로켓과 쫑긋한 두 귀를 가진 우주인들을 빼앗을 생각을 했을까? 그리고 얼마나 포악스럽게 그녀가 그 우주인 대신, 햇볕에 탄 원시형 거인 같은 로스앤젤레스 연인들이 나누는 포옹 장면을 강요하였던가! 그 일은 기억하기조차 싫다. 내가 알고 있었던 것은 코리올랑이 거의 한 달 동안, 내가 보던 연속극의 우여곡절이 더는 참을 수 없을 정도가 될 때까지 그 줄거리를 전해주었던 것뿐이었다.

로랑스는 왜 텔레비전 하나를 더 사지 않았을까? 또 왜 나는 그것을 못 샀을까? 이유야 나도 잘 알고 있었다. 내 용돈으로 사기에는 너무 과한 값이기 때문이었다. 또 어떻게 그처럼 개를 좋아하는 내가 개 없이도 지낼 수 있었을까? 또 어째서 나에게는 집에 초대해서 술 한 잔 나눌 수 있는 친구도 없을까? 내게 친구들이 남아 있을 때만 해도 오히려 내 집이 형편없는 꼴이 되어 아무도 못 데리고 오는 장소가 되어버렸을까? 또 무엇 때문에 나는 겨우 산책하러 나가면서도 복잡한 구실을 만들어내지 않으면 안 되게 되었을까? 그리고 어찌하여 내가 외출하는 것이 그녀의 곁을 떠나는 것이라고 이름 지어졌을까? 어째서 그녀의 친구들은 오만불손하고, 어리석고 타협주의자들이어서, 그들이 2세기 전에 태어났더라면 단두대 감이라고 말할 수밖에 없었던가? 어떻게 그처럼 나 자신의 욕구를 저버리고, 무시할 수 없는 법령 같은, 거의 기상학적 풍토와도 같은 그녀의 기분 변화를 재빨리 눈치채야 했던가? 어째서, 어떻게, 또 누구 덕택에, 무엇 대신에 그랬던가? 그래서 오늘날보다 이기적이 되고, 보다 비겁하고, 또 나 자신의 운명에 무관심해져 버린 나는 그 이유를 알지 못하게 되었다. 처음에……. 어떻게 해서 나는 생활과 시간을 내버릴 수 있었고, 이처럼 반항도 갈등도 하지 못하게 완전히 통제되게 되었을까? 진짜 모사꾼처럼 그녀가 조금씩, 고의로 나를 조종했던가……. 아니면 그녀가 선천적인 폭군이고, 냉혈동물이어서 자신의 영감이 인도하는 대로 자신을 내맡겼던 것일까?

이런 생각을 하면서도 나는 “스톱”하고 외치지도 못했고, 내 성격대로 다시 한번 계단에 서서 “이제 지긋지긋해. 잘 있어, 여보”라고 중얼거려 보지도 못했으니. 만사가 그녀에 의해 조종되었다.

사실 나에게 기억나지 않는 것이 있는데—특히 나를 두렵게 한 일로—그것은 꼭 한번 크게 부부싸움을 한 일이었다. 화가 머리끝까지 치밀고, 하얗게 질려 3일에 한 번 꼭 별거를 했었다. 그런데 나는 행복한 부부생활을 잠시 갈라놓는다는 그 단 한 번 맛본 그 증오의 충격을 기억해 내지 못하고 있었다. 그녀는—결혼 초에는 석 달에 한 번 꼴로—분명한 이유도 없이 눈물을 흘렸고, 나는 영문도 모른 채 그녀의 콧물을 닦아주었던 것 같은데, 요즘에는 전혀 그렇지 않았다. 그녀가 호수처럼 출렁이고, 호수처럼 권태로우며, 지금은 호수처럼 위험한 여자라고 해도, 그녀에게는 눈물도 열정의 광풍 같은 것도 찾아볼 수 없었다.

그녀에게 바치는 나의 연도는 어디까지 썼던가? “위험 없이 위험하고 비약 없이 동요되고…….” 그래, 그건 근사한 문구여서 내가 다른 데다 덧붙였지. 나는 수첩을 접어 기계적으로 호주머니 속에 집어넣었다. 해묵은 반사작용이 그 수첩을 아무데나 두지 말라고 당부하는 것이었다. 꼭 그렇게 해야지, 로랑스가 어쩌다 그것을 발견하면 그 수첩을 읽어보던가 아니면 나보고 읽어달라고 할 테니까. 내 마음속에 도사리는 이 엉큼하고 반항적인 아이가 한 남자, 그러니까 다른 한 남자의 이익을 위해 사라져야만 했다. 나는 혼자서 히죽히죽 웃었다. 그 유쾌하지 못한 몇 편의 연도를 끌어내어 기록해 나가면서부터 나의 사고는 그 어떤 판결문처럼 틀이 잡혀가고 있지 않았던가……. 신경이 곤두서고 피상적인 나라는 작자는 더는 "아, 저것 봐, 망할 년!"이라고 외치지도 못하고 있었는데, 그러한 욕지거리를 내뱉는 대신에 그저께 저녁과 같은 신랄한 목소리가 내게 확인해 주는 것이었다. "그 로랑스라는 여자는 해로운 동물이야." 이봐, 자네 지금이 그 여자한테서 빠져나와야 할 때라고. 그럼 그렇지……. "여보게!" 이처럼 나는 나 자신에게 "여보게!"라고 말하고 있었다. 코리올랑은 나보고 소나타나 삼중주 같은 곡을 작곡하는 대신에 책이나 쓰는 것이 좋겠다고 했었다……. 친애하는 코리올랑! 이 '대신에'라는 말은 완전히 당한 듯한 느낌을 주는 숙어일 뿐 아니라, 더욱이 그 문장 전체를 맹목적인, 아니면 오용된 우정의 표시에 불과하게 만들었던 것이다. 아마도 나는 편하게 살기 위해 경박하지만 귀여운 가난뱅이 금발 아가씨와 결혼할 수도 있었을 것이다. 방 두 개짜리 아파트에서 시끄럽게 날뛰는 아이들과 한물간 마누라와 함께 피곤하게 살고 있을 나 자신을 상상해 보기도 했다. 그것이 더 나은 숙명이었을까? 아직은 젊고, 옷도 잘 입고, 근심이나 피곤 같은 것은 싹 씻어버린 이마를 하고서, 쾌적한 아파트에서 신경질이 많고, 어리석기 짝이 없는 아내의 올가미만이 자기를 구속하는 이 사내의 숙명이 더 나은 것일까?

만약 내가 공장에 취직이라도 해서 죽도록 일했다면 더 남성적인 사내가 되었을까? 만사를 순조롭게 하기 위해 내가 어느 은밀한 건물 안에서 코흘리개 아이들에게 피아노 레슨을 하는 동안에 아내가 지친 모습으로 '내 집에서' 나를 기다리고 있다면 내 자존심이 만족했을까? 확실치가 않았다. 내 자존심은 거기, 즉 장점이나 노력에 있지 않았다.

내 자존심은 행복이라는 것 속에 두고 있었지, 딴 곳에 있는 게 아니었다! 말은 이렇게 재빨리 했지만 수긍하는 데는 오랜 시간이 걸렸다. 왜냐하면 나는 오로지 행복한 나 자신으로만 만족하고 있었으니까.

그런데 오늘은 슬픈 나머지 창피하고 마음이 상했다. 충격을 피하는 모든 사람처럼, 감정을 속이는 모든 변절자처럼, 나에게도 조그마한 상처가 생겨, 그것이 곪아 터지는 것으로 족하리라. 내가 어떤 결심을 하고, 살아가면서 어떤 일을 하게 되든 간에, 나에게는 우선, 황급히, 거짓말로든 치사한 행위나 훌륭한 행동으로든 내 상처를 닦아내는 것이 필요했다. 나는 과거와 현재로부터 모든 것을 내던져 버리고 행복은 아닐지라도 적어도 행복에 대한 추억이나 욕망, 취향이라도 되찾고 싶었다. 그렇게 하지 못한다면 나로서는 더는 그 행복—나의 행복—을 '창피한'이라는 형용사를 붙이지 않고서는 생각할 수 없었던 것이다.

나는 거실 앞에서 발걸음을 늦추지 않고 아파트 안으로 들어갔다. 그러고는 옛날 하인들이 쓰던 뒷계단과 통하는 복도를 지나 곧장 내 작업실로 갔다. 평소 사용하지 않던 뒤쪽 복도를 요 며칠 동안 애용하고 있었다. 전에 내가 다니던 통로는 자동으로 집 안에서 신경중추 역할을 하던 로랑스의 거실, 그녀의 안방, 침실이었다. 전에는 내가 스무 개의 선반이 즐비하게 늘어선 좁은 복도를 이용하게 될 줄은 꿈에도 몰랐다. 그 복도는 '오딜의 사무실'이라고 이름 붙인 작은 방에 이르기 이전에, 지금은 문이 닫힌 세탁장과 텅 빈 부엌과 연결되어 있고, 그 옆에 내 작업실—옛날에는 쓰였다지만, 감옥과도 같은 나의 상태는 장소의 문제가 아닌 시간의 문제였기에 내가 그 사실을 알고 후회해 보아도 쓸 데가 없었다. 그래도 지금은 쓰이지 않는 뒷계단과 연결되어 있었던 것은 틀림없었다.

사실, 내게 필요했던 것은(생활에서의 불쾌감, 즉 내가 끝까지 싫어하는 그것이 내게 필요했다면) 자기 아내에게서 도망치는 한 남편의 압박, 감상적이고 참기 힘든 압박이 아니라 자기 어머니에게서 빠져나오는 한 젊은이의 압박 같은 것이었을지도 몰랐다. 나의 어머니는 아주 선한 분이셨다. 약간 거리감은 있어도 로랑스 같은 어머니보다는 나의 어머니가 훨씬 더 좋았다. 로랑스 같은 어머니가 나를 사랑했다고 가정해 보면 나는 틀림없이 그녀의 새디즘적인 교육을 받고 자랐을 것이고, 아니면 성적 불능자가 되고 말았을 것이다.

성적 불능이라는 말이 나왔으니 말인데, 나는 거기에 대해 몇 가지 의문이 있었다. 로랑스는 오랫동안 내가 바치는 경의의 표시 없이는 살 수 없는 여자다. 그녀는 내가 마치 체조 연습을 하듯이 자기에게 경의를 표해야 한다고 생각했을까? 아니면 엉뚱하게도 우리의 말싸움이 나의 성욕을 더욱 자극한다고 생각했던 것은 아닐까? 분노가 내가 하는 포옹에 보충적인 열성을 유발한 것이라고? 실제로 그녀는 방금 강탈해 온 한 남자가 그렇게 해야 직성이 풀린다고 생각했던가? 어쨌든, 가능한 얘기였다. 그런 것이 그녀의 논리 아니면 간헐적인 감상주의일 수도 있었다. 하지만 그것은 오히려 그러한 낙천적인 결말을 예상하게 해주는 그녀의 기만일 수도 있었다. 그녀가 "당신 무슨 얘길 하는 거예요? 돈? 치사해요! 더러워요! 그런 저속한 얘기는 그만 해요!"라고 말하지 않았던 것만 해도 나는 운이 좋았다. 그런 말을 듣더라도 나는 잠자코 있었을 것이고, 거기에 깊은 인상까지 받았을 테니까.

고맙게도 로랑스는 돈 문제에 있어서는 그런 파렴치한 생각이 떠오를 수 있기엔 거리가 멀어도 한참 먼 여자였다. 생각의 부재거나 아니면 행복한 망각인지, 어찌 되었든 그것이 정상이었다. 만약 여러분 자신의 논리가 자발적으로 상대방의 정신에 도달하게 된다면 더 이상 싸움은 없어지는 것이다.

— 그러나 싸움이란 싸움꾼이 없으면 끝나는 거야.

요즘 내 머릿속을 떠나지 않는 주르댕 씨가 선언을 하였는데, 그 말을 듣는 동안, 영구 입주자인 나 자신은, 그에게 압도되어, 입을 꼭 다물고 있었다.

텅 빈 집은 좀 전에 정신없이 즐거웠던 경마장에서 돌아온 나에게는 죽음과도 같았다. 6시에, 참 이상하군. 로랑스와 오딜, 두 여자가 화가 난 내가 무서워서 식당에 놓인 식탁 밑에 쭈그리고 앉아 있을 리는 없고, 롱샹 경마로 기진맥진해서 나는 두 눈을 꼭 감았고, 곧 잠이 들 것 같았다.

정말, 우연히 뱅상이란 이름으로 보내어진 편지 봉투 하나가 방바닥에 떨어져 있는 것이 보였다. 내가 침대보를 걷어 올리면서 날려 보낸 것이었다. 나는 즉시 로랑스의 아름다운 필적을 알아보았고, 봉투를 뜯어보기 전에 좀 망설였다. 혹시 그녀가 나보고 짐을 챙겨 꺼져버리라고 한다면? 나는 덜컥 겁이 났다. 그렇다면 난 파멸이야. 그리고 로랑스도 그걸 잘 알고 있고……. 굳은 자세로 나는 그 편지를 쳐다보고 있었다. 별안간 내 신체의 기괴함, 나의 선천적인 비겁함 그리고 로랑스가 내 속에서 자라도록 해준 비열함, 이런 것들에 대한 혐오감으로 몸서리쳤다.

나는 그 봉투를 여는 것이 아니라 찢었다. 그런데 내가 그 편지에서 읽은 것은 나를 내쫓는다는 것이 아니고 한 장의 초대 편지, 하나의 명령이었다. "여보, 오늘 저녁 발랑스네에 가서 저녁 식사하는 것 잊지 말아요. 당신의 입어야 할 야회복은 욕실에 걸려 있어요. 미안하지만 7시에 날 깨워주세요. 그때까지는 난 무슨 일이 있어도 쉬어야겠어요."

그 편지가 내 비위를 몹시 건드렸다. 우선은 그녀가 '무슨 일이 있어도'라며 마치 내가 그녀를 잠들지 못하게 하는 습관이라도 있는 듯이 강조하고 있었기 때문이고, 또 한 가지는 발랑스네에 가서, 가장 출세한 그녀의 친구들 틈에 끼어 저녁을 먹는다는 것이 특히 롱샹에서 방금 돌아온 나에게는 고역이 아닐 수 없었기 때문이었다. 그 편지가 내 비위를 건드리긴 했지만, 비위만 건드린 것으로 한결 나는 안심이 되었다. 어쨌든 내가 그 편지의 내용에 대해 착각하지 않았을 수도 있었던 것을.

발랑스 부인과의 농담

어쩌면 그가 자신을 뿌리 싶은 개신교 집안 출신이라고 말해왔기 때문일지도 모르겠다. 아니면 언론에서 그를 파리 변호사 협회의 고참으로 불러온 것과도 관계가 있는지 모르겠다. 폴 발랑스 영감은 일흔두 살임에도 아주 젊어 보였다. 그가 삼십 년 동안 함께 살아왔다고 주장하는 열다섯 살 연하의 아내 마니도 그와 마찬가지로 젊어 보였다. 비록 두 사람 중 한 사람이 그들의 부부 생활에 관해서 떠벌릴 때면 다른 한 사람이 아연실색하는 표정을 지어 보이긴 했지만 그 부부는 천생연분이었다.

예를 들면 발랑스가 "지난주에 우리는 런던에서 결투로 고소당한 영국인 두 명을 우연히 만났어요."라고 얘기를 했다고 치자. 그러면 모인 사람들이 "아니! 그럴 수가!" 하고 소리를 지른다. 그러면 마니는 한참 후에서야 그 사람들보다 더 놀라워한다. 그렇지 않으면 “난 그 자클린 뭐라고 하는 가련한 사람이 과‘앙’장에서 새끼 강아지한테 물리는 걸 보았다고요”라고 마니가 외친다. 그 말을 듣고 모인 사람들이 환성을 지르는 동안에 그녀 남편의 묵직한 음성이 그 소란을 뚫고 높이 솟아오른다. “뭐라고? 물렸다고? 자클린느가? 한데 누구한테?” 물론, 이런 얘기가 노년기에 접어든 그들에게 뜻밖이어서 더 재미있는 이야기를 약속해 주고 마니에게는 상상력을 키워주는 요소가 되기도 했다. 그래서 언제인가는 모두가 저녁 식사를 하는데도 그 누군가가 “불쌍한 발랑스! 어제저녁에도 내가 그를 만났는데! 정말 슬픈 일이야!”라고 말하는 소리를 듣고 마니는 “뭐라고요! 내 남편이 죽었다고요? 도대체 무엇 때문에요?”라고 소리를 질러버린 것이다.

발랑스 부부에게는 필리베르라는 외아들이 있었는데, 그 아이는 지진아여서 이십오 년 동안 그 부부가 남몰래 숨겨두었다가 이십오 년이 지난 다음에야 양자로 삼은 셈이었다. “필리베르가 이렇게 말했어요. 필리베르가 이렇게 했고요…….” 그들 부부는 아들과 재회한 이후로 활기에 차서 감격스럽게 아들에 관한 얘기를 했는데, 제삼자들은 그 부부의 행동이 잔인하다고 여기거나 아니면 우스꽝스럽다고 생각했다. 물론 로랑스는 그것이 가슴 아픈 일이라고 생각하면서도 부모로서는 파렴치하다고 판단하고 있었지만, 나는 그보다는 더 손쉽게 설명할 방법이 있었다.

어린 시절이란 축복받은 시간이다. 하지만 그것이 부당하게 지속될 경우 괴상망측하고 끔찍한 게 되어버린다. 반면 어린 시절이라는 이득권이 너무 일찍 오면 그것은 오히려 재미있는 특혜가 된다. 부모에게 창피를 안겨주는 것은 지능발전의 늦음이지, 조숙함 때문이 아니기 때문이다. 발랑스 부부는 그 아들이 열 살에서 성년이 될 때까지, 또 그 이후에도 여전히 성숙하지 못한 아들을 지켜보면서 절망해버린 구경꾼들이었는지도 모른다. 그러나 부부는 실제로 아들을 이십오 년 동안 잊고 살았기 때문에 서른다섯 살에 이미 다시 젊어진 아들을 되찾게 된 것을 잘 견뎌내고 있었다.

비정상적인 그의 유년 시절은 심리적인 것으로 되어버렸다. 물론, 필리베르에게도 야만스럽고, 슬프고 고독한 이십오 년이라는 세월이 지난 다음에 이처럼 개선장군처럼 영광스럽게 집으로 되돌아왔다는 사실은 꿈과도 같았다. 내가 도착하자 필리베르는 두 눈을 반짝이며 내게로 달려왔다. 그가 보기에도 내가 제일 만만하게 보였고 또 부모가 없는 자리에서 그에게 말을 걸어주는 사람은 오직 나뿐이었으니까. 그의 어머니 마니가 내게 다가서며 여느 때보다 더 상냥하게 손을 잡아 흔들어대며 말했다.

— 이봐요, 뱅상! 레이턴이 당신의 부인, 우리의 아름다운 로랑스를 사진 찍고 싶어 한다는 걸 알고 있나요? 로랑스의 옆얼굴이 에트루리아 여자 같다는군요! 그런 생각 해 보셨나요. 빌 레이튼이 드디어 그 누구의 초상화에 착수하겠군요!

— 그 사람 정신이 나갔군요! 정말 고맙긴 하지만요!

로랑스는 행복에 겨워 얼굴을 붉히며 감탄했다.

— 뱅상은 반갑지 않나요?

마니가 그때야 내 손을 놓았다.

— 에트루리아 여자 같은 옆얼굴을 가진 아내가 있는 것이 즐겁지 않으세요?

나는 꼼짝도 하지 않았다.

— 아닌가봐. 그런 사실이 놀랍지 않은가봐. 저이를 놀라게 하거나, 소스라치게 놀라게 하는 것은 아무것도 없다니까!

그러자 그녀는 아무에게나 말하듯이 말을 하면서 이해할 수 없는 웃음을 터뜨렸다. 나는 할 수 없이 이렇게 비꼬아 주었다.

— 마니, 로랑스는 끊임없이 나를 놀라게 하니까요.

그 말을 하며 로랑스를 쳐다보자 그녀는 즉시 시선을 돌렸다. 그 순간 나는 두려움으로 긴장되어 딱딱해진 그녀의 옆얼굴을 보았다. 바로 그날 오후에 나에게서 그 어떤 멸시도 곧잘 참아냈던 그녀가 두 시간이 지난 후 이 공공 석상에서 받은 아주 하찮은 빈정거림도 참지 못하고 두려워하는 것이 참 이상했다. 사실 발랑스네는 로랑스의 표현대로 그녀 자신의 리듬에 맞게 호흡할 수 있는 보기 드문 장소 중 하나였지만, 나로서는 그녀가 그 집에 대해 하는 얘기들을 한참 동안 들어줬어도 지금 내 눈에 보이는 것은 방금 들은 것 같은 유치하기 짝이 없는 속물근성뿐이었다.

어쨌든, 우리 부부 사이의 작다고도 할 수 있고 아니면 어마어마하게 크다고도 할 수 있는 이 먹구름이 발랑스네에서의 저녁 시간을 아주 재미있게 보내는 데 방해가 되진 않았다. 초대받은 사람들의 상냥함과 그들이 서로에게 그리고 특히 나에게 보여주던 관심과 호기심은 흔치 않은 일이어서 나에게는 휴식이 되는 감미로운 저녁 시간이었다. 발랑스 부부는 초대객을 선발하는 것으로 그들의 독창성을 발휘하기 좋아했다. 그 선발 대상은 자선사업에 앞장서는 배우 커플부터 별다른 실적이 없는 아카데미 회원에 이르게 되는데, 거기에는 예술에 관심이 있는 고객들과 기업인들도 포함되었다. 물론 그 집 영감님의 정력을 귀납적으로 증명해주는 몇 명의 젊고 귀여운 아가씨들도 빼놓지 않았다.

그때, 나이는 어리지만 고집이 센 필리베르가 한껏 깨끗이 모양을 내고 다가와 나를 거실에서 끌어내어 흡연실로 데리고 들어갔다. 그는 안락의자에 앉으라는 손짓을 해보였는데; 그 손짓의 우아함은 그의 아버지 쪽을 많이 닮았었다.

— 앉아요!

그가 쉰 목소리로 말했다. 그는 나보다 키가 더 컸고 두 눈에는 윤기가 없었다. 그의 머리카락은 누르스름하다고나 할까, 아니면 호두 껍데기 색깔이라고나 할까, 어쨌든 정확히 표현할 수 없는 그런 색깔이었다. 나는 혹시나 그가 어느 골목길에서 한 여자를 괴롭혔거나, 폭행한 것이 아닐까 하고 상상하기에 이르렀다.

— 말 좀 해봐요, 해보자니까요. 그 돈 얘기, 정말이에요? 당신이 돈을 벌었나요?

그는 이렇게 물으며 펄쩍펄쩍 뛰면서 깔깔대기 시작했다.

— 자네가 그 일을 어떻게 알았지? 자네도 지금 돈이 필

요한가?

— 우리 부모님께 들었어요. 모든 사람이 지금은 당신한테 돈이 있다고 하던데요.

이럴 수가! 이 순진한 녀석까지도 내 재산에 관심을 가졌으니! 그의 부모가 그처럼 정중히 나를 환대한 게 놀랍지도 않다. 그뿐만 아니라, 내가 도착하면서부터 나와 대화를 나눈 사람들의 그 희한한 친절과 열의도 이제 그 이유를 알겠다! 그들 생각에는 내가 더는 로랑스의 얼빠진 남편이 아니었다. 히트곡 〈소나기〉를 탄생시킨 부유한 작곡가였으니, 난 어디까지나 유명 인사였다. 그래서 그날 저녁에 참신한 돈을 노리는 독수리들이 재빨리 성공을 뒤쫓는 수리 또는 나비로 둔갑한 거였다. 지금까지 나는 로랑스에게 예속된 신하 겸 남편, 그리고 기생충에 불과했지. 오늘에서야 사람들이 나를 영주로, 정당한 남편으로, 가장으로 승격시켜주고 있음을 내 눈으로 확인했다……. 지금 저들이 모르고 있는 것은 나라는 인간은 애매한 하수인에 불과하며, 집 밖으로 쫓겨나기 일보 직전에 있다는 사실이니……. 그날 저녁 내가 받은 존경심으로 가득 찬 시선들과 눈짓들은 내게는 새로운 것인 만큼이나 시효가 지난 것이었다.

— 당신이 좋아하는 그림 보러 갈래요?

필리베르가 물었다.

발랑스 부부는 실제로 인상파 화가들의 훌륭한 그림들을 수집해놓고 있었는데, 그 남편은 자신의 통찰력 덕분에 빵 한 조각 값으로 그 그림들을 샀다고 떠벌렸다(하지만 그 시대를 감안하면 훨씬 더 비싼 빵조각 값을 치르지 않았을까 하는 생각이 들었다). 거기에는 마네의 그림 두 점, 르누아르 한 점, 뷔야르 한 점이 있었고, 한쪽 구석에 내가 제일 좋아하는 피사로의 그림이 한 점 있었다. 그 그림은 전면에는 한 마을을, 후면에는 어린아이들 그림에서 볼 수 있는 것 같은 사과 빛 초록으로 둥글둥글한 언덕들을 묘사하고 있었는데, 부드럽고 깨끗한 빛, 즉 한여름의 찬란한 햇빛이 그 언덕을 감싸고 있었다. 그림에 나타난 밀들의 머리를 쓰다듬기도 하고, 또 그것들을 모두 한쪽으로 밀어붙이기도 하는 햇빛, 바로 그 빛이 숲의 꼭대기를 반들거리는 머리들을 하고 차렷 자세로 서 있게 부풀려놓지 않았던가. 그리고 황급히 바다로 내려가던 시냇물을 광채와 은빛으로 정지시켜 썩어버리게 한 것도 바로 그 빛이 아니었던가. 그래서 그 그림이 우리에게 주는 인상은, 피사로가 그 마을에 와서 있는 그대로의 풍경 즉 부동적인 풍경을 그리기 이전에, 바로 그 빛이 그 풍경의 윤곽을 미리 그어놓지 않았을까 하는 것이었다. 이 같은 위장되고도 매혹적인 부동성 속에 그 그림이 재현하고 동시에 언약하는 것 같은 영원성이 엿보인다고나 할까…….

나는 수많은 그림을 사랑했다. 이따금은 이 그림보다 더 섬세하고 더 복잡하며 정신없는 그림들을 매우 좋아했다. 피사로의 그림에서 내가 좋아하는 것은 그것이 내게 행복의 이미지, 특히 접근할 수 있는 어떤 행복의 이미지를 보여주고 있었기 때문이다.

— 피사로 그림을 보러 오셨나요?

뒤를 돌아보자 파리 변호사 협회의 그 늙은 영감이 흡연실로 들어와 우아한 몸짓으로 내게 술잔과 안락의자를 동시에 권했다. 나는 조심스레 자리에 앉았다. 왜냐하면 흡연실로 나와 있던 사람들을 경계하기 시작했던 것이다…….

— 여보게, 뱅상, 여기 있었나?

발랑스가 크게 웃으며 말했다. 그러자 나는 소름이 끼칠 정도로 깜짝 놀랐고 내가 히트곡을 낸 이후로 그 부부들을 만난 적이 없다는 생각과 동시에 틀림없이 저녁 식사 시간에 여러 사람 앞에서 찬사를 받게 되겠구나 하는 생각이 떠올랐다. 나는 한 손을 들어 올리고 말했다.

— 괜찮으시다면 그 얘긴 나중에 합시다!

순해빠진 영감이 고개를 끄덕였다.

— 자네 좋을 대로 하게! 좋을 대로! 그건 그렇고 피사로의 이 소품이 그렇게도 마음에 든다면 자네에게 팔 용의가 있다네. 이건 피사로의 '작은' 작품이어서 그래! 난 이것을 소더비 경매장에서 열린 경매에서 샀는데 몇 푼 안 주었지. 자네도 그런 줄 알고 있으니 내가 당신 등을 칠 생각은 없다네…….

이번에는 내가 그에게 웃어 보였지만 속으로는 그 그림이 그가 빵 한 조각 값으로 샀다는 수많은 그림 중의 하나가 아니라는 사실에 좀 슬펐다.

— 소더비 경매장을 통해 샀다니 제 돈으론 안 되겠네요! 어쩔 수 없죠!

발랑스는 한 손을 내 어깨 위에 올려놓고 걸었다.

— 여보게, 난 자네의 그 빳빳한 새 돈을 원하는 게 아냐!

그가 미소를 지었다.

— 자네도 알 테지만 난 자네를 아들처럼 생각하고 있지.

그 순간 그의 시선이 우리 앞에서 비스듬히 걸어가고 있던 필리베르에게로 쏠렸다. 그러자 그는 재빨리 이렇게 덧붙였다.

— 글쎄, 뭐랄까……. 아들 중의 하나라고 생각한다고나

할까…….

그 말은 사교적인 관점에서 본다면 매우 교활한 것이고, 부성애적인 관점에서 본다면 가증스럽기 짝이 없었다. 그렇게 말하고는 그도 얼굴을 붉혔고, 누가 자기를 기습이라도 한 것처럼 걱정스러운 시선으로 주위를 살피기도 했다. 그러더니 다시 마음을 가라앉히고 나를 문 쪽으로 끌고 갔다.

— 이리 오게, 식사하러 가야 하니까. 우리의 마지막 손님께서 도착하셨다네. 자네도 그분을 알고 있겠지. 비비안 벨라쿠르 말일세. 매력적인 과부 아닌가!

그는 가볍게 내 팔을 꼬집고, 바람둥이 같은 윙크를 해 보이면서 덧붙여 말했다.

내가 발랑스 영감을 알게 된 후로 그가 방탕아적인 기질이 있다는 사실을 암시해 준 것은 이번이 처음이었다. 그때 내가 깨달은 것은 존경심이라든가 관심 같은 것을 떠나서, 나의 금전적 성공이 여기 모인 사람들에게 나의 새로운 남자다움을 일깨워주었다는 점이다. 우리의 결혼 조건으로 로랑스가 내게 강요한 미천하고 옹색한—거의 자기 집만 지키고 있는—남자다움이 아니라 후천적으로 배워서 터득한 남자다움 말이다. 그런 기질이 내 주위 사람들과 그들의 아내에게 색정적인 시선을 던질 수 있는 권한 내지는 의무

같은 것을 일깨워주었던 것이다. 그전에는 돈이 없다고 해서 금지되었던 시선들. 그때 나는 거의 린치를 당한 상태였지만, 이제 그나마 나에게 재산이 생긴 것과 동시에, 법이 노예를 풀어주듯이 나를 인정하기도 전에 그들의 아름다운 여성들을 나누어 사귈 수 있게 되었다는 사실이 나에게 축복이었다.

아마 그러한 사실이 훗날 내 마음을 달래는 몇 가지 추억, 나의 폐허 위에 단 한 번 비친 햇빛일 수도 있으리라. 왜냐하면 나는 이 남자들 틈에서 내 재산이 그들에게서 지속적인 존경심을 끌어낼 수 있다는 점을 잘 알고 있었기 때문이다. 명예를 탐내는 것으로 충분하지 않다. 그러기 위해서는 수전노가 되어야 했고, 또한 덜 과장되게 말하기 위해서는 꾀바른 것으로 충분하지 않고, 만사에 정통해야 했다!

거실은 우리가 자리를 비운 사이에 가득 차 있었다. 맨 먼저 내 눈에 띈 여자들이 바로 내가 잠깐 재미를 봤을 뿐이지만 아주 잘 안다고 할 수 있는 로랑스의 두 여자 친구였다(어둠 속에서 정열적인 사랑의 고백과 함께 세상 사람들에게 알려지지 않게 비밀을 지켜달라고 요구하는 한 여자와의 순간적인 흥분을 그렇게 이름 붙일 수 있을는지). 두 여자는 각각 내게 소개하지 않아도 즉시 남편이라고 알아볼 남자를 하나씩 데리고 와 있었다. 그 남편들은 파리와 뉴욕 사이의 시차에 대해 불평을 늘어놓았고, "우린 여행을 많이 한답니다."라고 내게 고백했다. 그런 말을 들으면서 나는 고개를 끄덕였고 또 속으로는 나도 알고 있어요! 잘 알아요! 그러니 계속 여행하세요!라고 중얼거렸다.

그들의 아내들, 그 여자들은 이런 경우에 그런 여자들이 해 보이는 이상야릇한 표정을 짓고 있었는데, 그 여자들이 걱정스러운 표정을 짓는 것은 자기가 사귄 정부가 남편을 어떻게 평가하느냐 하는 것이(보통은 있을 수 없는 일이다) 그 반대의 평가보다 더 신경 쓰였기 때문이었다.

최근에 남편 모임에 가담하게 된 나는 그 두 남편에게 깊은 인상을 받은 척해보았다. 로랑스는 그 아카데미 회원과 심각한 대화를 나누고 있었다. 그는 먹는 일을 제외하고는 만사에 지친 사람 같았고, 식당의 문 쪽으로 걱정스러운 시선을 슬금슬금 던지고 있었다. 그 젊은 과부는 샛노란 금발에, 지나치게 몸을 태운 것 같았지만, 오랫동안 남자에 굶주린 여자들이 보여주는 약간 취기 어린 불안한 시선을 가진 꽤 아름다운 여자였다.

그녀는 걱정스러운 시선으로 발랑스 영감을 쳐다보았고 또 어떨 때는 그의 아들을 쳐다보았는데, 그녀의 시선에서 분명히 읽을 수 있는 것은 슬프게도 "현재로는 저 아들에겐 내가 너무 늦었어! 그리고 늘 그랬듯이 저 영감한테는 너무 일러!"였다. 아마 그런 이유에서인지 그 금발 미녀가 내게 정열적으로 윙크해 왔고, 또 한편으로 그 두 명의 옛 정부들도 우리의 지난밤을 상기하며 내게 부드러운 시선을 던지고 있었다. 이제 나는 여자에게 얹혀사는 기둥서방의 역할에서 여자들의 환심을 사려면 약간 변덕만 부리면 되는 사교계의 왕자로 변해가고 있었다.

식탁에서 나는 그 집 안주인인 마니의 왼쪽에 앉게 되었다. 그녀의 오른쪽 자리는 아카데미 프랑세즈 회원에게 예약이 되어 있었기 때문이다.

— 내 오른쪽에는 왈도를 앉히지 않을 수가 없었어요.

마니는 마치 그전까지만 해도 항상 나를 식탁의 맨 끝자리 아니면 여자 한 명이 모자랄 때는 필리베르 옆에 앉히지 않았던 것처럼 몹시 쑥스러워했다.

— 이건 어디까지나 당신의 젊음에 대한 보상이죠.

그녀가 계속 말했다.

— 하지만 솔직히 말해서 이건 대단한 보상은 아니에요. 사실 내 자리만 제외하고 본다면 당신이 앉은 자리도 별로 나쁜 자리는 아니죠, 뭐!

내 왼편에는 바로 그 젊은 과부가 사람의 간이라도 빼먹을 정도로 길게 자란 손톱을 냅킨에 펴고 있었다. 그리고 좀 더 멀리, 식탁에서 나와 같은 방향이어서 나를 감시할 수 없는 자리에 로랑스가 앉은 것이 보였는데, 그녀는 발랑스 영감과 기업가 남편 중 한 사람 사이에 끼어 있었다. 나는 여느 때처럼 바닥에 질질 끌리는 긴 식탁보 밑으로 다리를 쭉 뻗었고, 미리 한숨을 내쉬었다. 발랑스네의 식사는 다섯 가지 이하의 요리가 나온 적이 한 번도 없었던 것이다.

— 댁은 실물이 더 낫군요!

내 옆에 앉은 과부가 단도직입적으로 내게 말했는데, 나는 당황한 나머지 잠시 말문이 막혔다.

— 실물이 더 낫다고요?

— 그래요, 사진보다 더 낫군요.

— 무슨 사진이요?

비비안은 거북한 표정을 지었다(그 불행한 여자의 이름이 비비안이었다).

— 저는 다른 신문들은 읽지 않았어요. 단지 오늘만 보고 말씀드린 거예요.

그녀가 변명을 늘어놓기까지 했다. 그래도 내가 계속 놀라워하자, 그녀는 의심쩍은 시선을 던지며 신경질을 냈다.

— 오늘 저녁 『르 스와르』 지는 읽으셨겠죠?

그녀는 내 접시 위로 몸을 숙이고는 마니를 쳐다보며 말했다.

— 마니, 이분, 그러니까 내 옆에 앉으신 분은 오늘 저녁에 그 신문을 읽지 않으셨다는군요!

— 그럴 수도 있겠죠. 하도 무심한 사람이니!

관대하고 웃기 좋아하는 마니가 말했다.

— 로랑스, 그 신문을 남편에게 보여주지 않았나요?

그녀는—마치 그녀 자신과 남편은 항상 모든 것을 이야기하는 것처럼—나무라는 투로 물었다. 로랑스는 식탁 너머로 몸을 굽히고 빛바랜 시선으로 나를 흘깃 쳐다보았다.

— 내겐 그럴 시간이 없었어요. 여덟 시에도 그이는 아직 자고 있었거든요…….

— 그 신문, 나한테도 있어. 내가 보관해 두었지!

발랑스 영감은 재미있다는 듯이 빈정대며 흥분한 사람처럼 자리에서 벌떡 일어나 직접 문제의 신문을 찾으러 갔다. 그는 그 신문을 펼치며 돌아와서는 나와 관련된 페이지를 펴서 내밀었다.

그 신문의 삼단에 내가 홀로 어느 카페 테라스에 앉아

있는 모습을 보고 깜짝 놀랐고, 내가 카페 푸케를 알아보는데도 족히 십 분은 걸렸다. 신문의 헤드라인에는 "음악의 새 미다스왕은 자신의 영감을 카페 테라스에서 찾아낸다." 라고 씌어 있었다.

— 미다스! 미다스! 참 잘 들어맞는군. 그 리포터야말로 정말 영감을 받은 자로군!

미다스왕이건 욥이건 간에 나로서는 그 멍청한 녀석이 약간 알코올 기운이 섞인 행복한 표정으로 나를 표현하였음을 도저히 용납할 수 없었다. 일단 그 점에 대해 설득이 되자 나는, 본능적으로 그 사진에 찍힌 나의 오른쪽 약간 위에 보이는 인도에서 쟈닌느의 그림자를 찾는 것이었다.

바로 그 인도에서 내가 그녀를 만나 접근을 했었으니까……. 하지만 그녀는 사진에 나와 있지 않았다. 결국, 그녀가 나타나기 전에 찍힌 사진이었다. 그래서 나는 흥분하면서 다음 페이지를 넘겨볼 뻔했다.

— 자신에 도취되었나요? 뱅상, 정말 그 사진 못 봤어요?

마니의 부드러운 음성이 들려왔고, 나는 고개를 다시 들었다.

그녀가 측은해하며 나에게 미소를 지었고, 그 순간 그와 같은 환대의 두 번째 이유와 발랑스 영감의 관심거리, 피사로 그림의 제공, 여자들의 기억과 그녀들 서로가 주고받는 시선을 알아차렸다. 방금 내가 재산 때문에 유명해졌을 뿐만 아니라—그것은 별로 어려운 일이 아니었다—한층 더 명사가 되기에 이른 것이었다. 뭐라고 해야 좋을까? 스타덤에 올랐다고나 할까!

— 아뇨, 전 못 봤어요. 정말 모르고 있었어요.

나는 로랑스의 시선을 살폈으나 헛된 일이었다. 다섯 명이 우리를 갈라놓고 있었으니.

— 여하튼 로랑스는 그 신문을 읽었어요.

마니는 여느 때보다 더 배신자 같은 표정을 지으며 내게 알려주었다.

— 로랑스가 뭐라고 했는지 들어보세요. 그건 황홀해요. 황홀해…….

내가 고개를 숙여 들여다본 그 신문 기사 한가운데 둥근 메달 모양으로 실린 사진은 신문기자의 초상이 아니라 로랑스 바로 그녀의 사진이었다. 게다가 그 사진은 아주 잘 나온 것이었다. 그런 사진을 로랑스가 신문기자에게 주면서 다음과 같은 귀중한 정보까지 제공한 것이 틀림없었다.

— 보통 제 남편이 음악 주제를 찾아내는 곳이 바로 카페 테라스예요.

순식간에 작품 〈소나기〉 덕택에 유명하게 된 음악가의 부인, 매력적인 로랑스가 우리에게 말해주었다. 그리고 정말로 쏟아지는 것은 달러의 소나기이다 등등.

나는 재빨리 신문을 접었다. 막연하게나마 기자가 그 음악가가 오후 시간을 보내는 곳은 역시 카페 테라스와 창녀의 품속입니다라고 덧붙였을 것이라고 생각했기 때문이다. 그런데, 그게 아니었다. 그 기자는 조심성이 있다던가 아니면 조심스럽게 처신하도록 제약을 받는 착한 사내였던 것이다.

— 로랑스, 당신 남편은 관심이 없나 봐요. 자기 기사를 끝까지 읽지도 않으니!

마니가 소리쳤다.

— 내 기사라! 이제는 그것이 내 기사가 되는군!

내가 작곡한 그 시시한 음악이 저들을 이미 지나치게 흥분시켜 놓았고, 자비에 보나는 그것이 내 작품이 아니라고까지 주장하게 된 것이다. 나는 한 여자의 기둥서방이자 남의 곡을 베낀 표절자일지도 모른다. 그러나 그런 것들은 아무런 상관이 없었다. 왜냐하면 난 이미 돈을 많이 벌었고 신문에 내 사진까지 났으니까. 이제 군중이 설득될 수밖에 없었다.

나머지 기사도 첫 부분에 맞추어서 계속되고 있었다. 파리 시내를 걸어다니며……사색적인 산책……헌신적인 그의 아내……아름다운 로랑스……스물두 살에 결혼하여……십 년의 결혼생활……근면하고 은밀한 사생활……그의 스타인웨이 피아노…… 그건 끔찍한 글이었다.

— 이건 끔찍해요.

나는 낮은 목소리로 말했다. 그러고선 아무 말도 덧붙이지 않고 그 신문을 땅바닥으로 떨어뜨렸다.

— 오히려 기뻐하셔야 되지 않겠어요?

내 옆에 앉은 과부가 나무라는 듯한 낮은 음성으로 속삭였다.

거기에 모인 모든 사람처럼 그녀도 신문에 대한 심한 반감에 막연히 충격을 받은 것 같았다.

사실 유명하게 만들었다고 불평을 하는 것도 좋게 보일 수 있는 방법이다. 하지만 그렇게 하기 위해서는 신문의 삼단에 실린 것이라도 한 가지 이상의 기사여야 했다. 사생활을 다루었다고 불평을 하면서 군중들로부터 약간의 호감을 얻어낼 자격을 갖기 위해서는 수많은 신문과 잡지에 대서특필된 기사여야 했으니까.

— 부인 옆에 앉게 되어서 영광입니다. 제가 하고 싶은

말은 그게 전부예요.

나는 결단력 있게 말했다.

그녀는 깜짝 놀라더니, 식탁에서 뒤로 몸을 젖혔다. 그러자 문득 나는 그녀에 대한 욕망을 느꼈다. 비비안은 아름다웠다. 아니 아름답다고 할 수 있었다. 그녀의 아름다운 머리, 몸짓, 혈색, 육체, 어조까지도 완전히 인공적인 것이었지만 그런 그녀라도 좋아해서 분풀이를 하고 싶었다. 나는 로랑스가 우리 두 사람을 놀라게 하는 것을 바라지 않았지만 그것은 어디까지나 비논리적인 생각이었다. 단순히 나에게는 저녁 행사가 끝나기 전에 그 여자가 필요할 뿐이었다. 그것은 갑자기 모든 것이 싫증나고 특히 자기의 명성이 역겨운 나 자신을 안정시키고, 우둔하고 섬세하지 못한 야성적인 남자임을 재확인하기 위해서였다.

— 비비안, 당신이 노래를 불렀으면 좋았겠어요!

나는 한결 열정적으로 자신 있게 말했다.

— 그런 목소리를 가지고 가수가 되지 않은 것이 정말 유감이군요!

나는 그녀를 뚫어지게 바라보면서 대담하게 한쪽 무릎을 그녀의 무릎에 갖다 붙였다. 그녀는 기침하더니, 냅킨을 얼굴에 가져갔다가, 햇볕에 태운 것처럼 화장한 얼굴에 홍

조를 띠며 냅킨을 끌어내렸다(그녀는 무릎을 떼어놓지 않았다).

— 선생님도 그렇게 생각하세요?

그녀는 날카로운 목소리로 감탄했다.

— 다른 사람들도 그런 말을 하더군요. 하지만 선생님께서 하신 말이니……. 저도 인정을 해야겠네요…….

나는 그녀에게 미소를 던졌고, 나머지 식사 시간 동안 군대의 깡패처럼 처신했다. 오른손은 고기를 썰고, 포도주를 마시고, 이따금 내 말을 강조할 때 사용했고, 왼손은 비비안의 옷 속에 집어넣고, 그녀의 수줍음과 신경을 유혹하고 있었다.

어떤 순간에는 그녀가 의자에 살짝 걸터앉아서, 문득 하던 말을 멈추고 몸을 비틀거리며 식탁 위로 몸을 숙였다. 그리하여 앞으로 머리를 숙인 채, 상반신 전체를 식탁에 기대고 들리지 않는 강아지 울음소리를 내며 아랫입술을 깨무는 것이었다. 나는 꼼짝 않고 그녀의 옆에 앉은 다른 사람들처럼 예의 바르게 놀란 시선을 그녀에게 던졌다. 몇 초가 지난 후 그녀는 정신을 차렸다. 그때 나는 여자들이, 스치고 지나가는 가장 강렬한 쾌락을 포착해 그 쾌락의 표현을 아주 자연스럽게 나타낼 줄 아는 능력에 감탄해 마지않았다. 내가 그 손을 식탁 위에 올려놓자, 그녀는 몸을 똑바로 세우고 두 눈을 떴다. 그러고는 목소리보다 약간 더 불안한 시선으로 다시 의자 깊숙이 눌러앉았다.

— 죄송해요!

그녀는 자기 쪽으로 몸을 굽히고서 자신이 가진 의학적인 경험을 이용해보라고 그녀에게 전하고 싶어 하는 그 인도주의자에게 말했다.

— 죄송해요! 가끔 여기에 심한 통증이 오거든요.

그녀가 반지를 낀 손으로 자기 허리를 가리키며 덧붙였다.

—거기요? 그럼 췌장이군요!

그는 결정적인 어조로 선언했다.

왜냐하면 그는 특히 암 퇴치를 위해 모금 운동을 하고 있지만, 질병에 대해 그가 가진 동정심은 점점 분산되어, 인간의 육체에서 그의 진단과 자비로운 활력소가 미치지 않는 곳은 아무데도 없었기 때문이다.

— 이보게 뱅상, 자네가 번 그 재산을 어떻게 쓸 것인지 어떤 계획이라도 세우고 있는 건가?

발랑스 영감이 멀리서 부드러운 미소를 지으며 내게 물었다.

그때 나는 꽤 재미있어하는 로랑스의 얼굴을 힐끗 쳐다보았고, 문득 그녀가 오 분 전처럼 식탁보 밑으로 골려줄 수 있는 두 번째 여자였으면 좋겠다는 생각이 들었다……. 하지만 비비안의 즐거움이 나 자신의 긴장까지도 풀어주었다. 그래서 분풀이하고 싶다는 욕망이 너무도 약해져서 이제는 조용히 분풀이를 시도할 수 있게 되었다.

— 글쎄요, 로랑스가 아무 말도 하지 않던가요?

발랑스 영감은 놀란 표정을 지었고, 그의 초대객도 마찬가지였다.

— 안 했나요? 무슨 여자가 그처럼 숨기기를 좋아한담! 나의 모든 저작권료는 로랑스의 은행 계좌로 들어갑니다. 이미 받은 돈뿐만 아니라 앞으로 나올 돈도 마찬가지고요. 우리는 합의에 따라 그런 결정을 내렸어요.

— 당신이 말하는 건 우리가 공동명의로 계좌를 열었다는 거죠.

로랑스가 차가운 목소리로 내 말을 수정하자 이번엔 내가 그녀의 말을 중단시켰다.

— 그래요. 결국 모든 수표는 이미 내 이름으로 서명되어, 로랑스의 핸드백 속에 들어가 있다고 생각하셔도 무방합니다. 그처럼 오랜 시간을 같이 살고 나서 내가 무슨 권

리로 나를 위해 단 한 푼이라도 가질 수 있겠습니까? 영감님께서는 내가 얼마나 많은 빚을 아내에게 지고 있는지 잘 아실 텐데요.

나는 쉬지 않고 계속 말했다. 그리고 늙은 마나의 축 늘어진 손을 잡고 그 위에다 헌신적인 키스를 했다. 그녀의 손가락들은 계속 내 입술 아래서 꼼짝 않고 차디찬 상태로 남아 있었다. 한순간 깜짝 놀랐다가 그다음에는 불쌍하다는 생각이 들었다.

— 정말이지, 무명 인사인지 유명 인사인지는 몰라도 이 녀석 형편없는 인물이군.

— 저도 알아요, 좀 지나치다는 생각이 드실 테죠.

나는 명랑하게 다시 말을 이었다.

— 무엇보다도 일백만 달러는……. 로랑스가 7년 동안 제아무리 저를 호강시켰다 해도 한 달에 옛 프랑으로 7만 프랑이나 들진 않았겠죠. 그 액수와는 거리가 멀죠! 과장하지 말자고요. 그렇지, 로랑스?

나는 부드럽게 웃었다. 초대받은 사람들 사이에서는 완전한 침묵이 흘렀고, 그 침묵은 더 무거웠다. 그 사람들도 모두 머릿속으로 계산해보고 있었지만 그들이 듣기에는 내 계산이 지나칠 정도로 악취미요, 괴상쩍었다. 언제부터 기둥서방이 자기의 정부 또는 아내에게 진 빚을 갚았던가? 그리고 언제부터 기둥서방이 진 빚과 갚을 빚 틈에서 고민하였던가? 아무도 진정 나의 의도를 이해하지 못했다.

— 아뇨, 아뇨, 아뇨, 맹세코 그 액수는 아니죠.

이렇게 확인하고 나서 나는 입가에 씁쓰레한 미소를 띠고 의자에 의연하게 앉아 있는 로랑스에게 지혜로움과 자존심으로 가득 찬 시선을 던졌다.

— 물론, 그건 아니에요.

그녀는 나를 쳐다보지 않고 낮은 목소리로 확언했다. 그녀도 그런 계산을 해봤을까? 아니면 오딜 그녀만이 라스파유가에 있는 우리의 보금자리에서 그런 식의 계산을 해본 것이었을까?

— 또 한 가지 말씀드릴 게 있군요! 〈소나기〉, 그 〈소나기〉라는 영화 음악 여러분 모두 알고 계시죠……?

— 잘 알고 있죠, 알고말고요. 잘 알아요.

갑자기 정신이 든 그 아카데미 회원이 안경 너머 홀린 듯한 시선으로 나를 뚫어지게 쳐다보며 대답했다.

— 글쎄, 그 〈소나기〉도 말입니다. 로랑스가 그 곡의 절반은 쓴 셈이지요!

다시 한번 침묵이 흘렀다. 로랑스가 한 손을 들어 올리고 입을 열었다.

— 아니, 아니에요.

그러자 내가 음성을 높여 말했다.

— 그래, 맞아요! 내가 피아노를 두드리며 좋은 악상을 찾고 있었죠. 내가 만든 부분은 첫 번째 두 음이랍니다. 도—레, 도—레 라는 화음이랄까요. 그것이 다음에 이어져 빠르게 파—시—라—솔—라—도—레, 아니 제가 잘못 말씀드렸는데요. 라—도—파—레가 나오는데요. 그 부분을 누가 노래했겠습니까? (로랑스가 무슨 말을 하든 간에 나는 사실 솔페지오는 서툰 편이다).

발랑스 영감이 의심쩍은 눈초리로 나를 쳐다보고 있었기 때문에 나는 이렇게 말을 끝냈다.

— 우리의 돈, 지금은 그녀의 돈으로 로랑스가 내게 한 첫 선물이 무엇인지 알아맞혀 보시겠습니까? 무려 스타인웨이 피아노였어요! 내가 평생 꿈꾸던 피아노죠.

그 말을 하고 나는 입을 다물면서 의기양양한 시선으로 거기 앉아 있던 모든 손님을 둘러보았는데, 오직 필리베르만이 내 시선에 맞장구를 쳤다. 나는 한숨을 푹 내쉬고 바닐라크림을 먹기 위해 몸을 숙였다. 나는 늘 바닐라크림을 좋아했기에 마니가 그것을 기억해 주어서 매우 기뻤다. 내가 그 말을 전하자 그녀는 내가 하는 칭찬이 즐겁기보다는 성가신 것 같은 표정을 지으며 천천히 고개를 끄덕였다. 그러고는 재빨리 자리에서 일어나 침묵을 깨면서 다시 재미있게 즐기자는 신호를 해 보였다. 나에게는 겨우 후식을 끝낼 시간만이 있었지, 그 맛을 음미하면서 먹을 시간은 없었다.

시인의 마돈나

돌아오는 차 안에서 나는 침묵을 깨기 위해 기계적으로 라디오를 켰다. 결국 나는 일시적으로 관계를 맺은 여자 중 한 명의 남편과 꽤 많은 코냑을 마셨는데, 그는 잘생긴 사내였고, 사업가치고 아주 호감 가는 사람이었다. 대체 무엇 때문에 그의 아내가 나와 관계를 맺으면서 남편을 배신했을까……. 항상 그랬듯이 우리는 다시 만나기로 했고, 진지하면서도 애매한 운동 약속을 몇 가지 한 다음에 마들렌의 어느 바에서 열리는 주사위 게임 모임에 참가하기로 했다.

그날 저녁은 정말 어울리지 않은 여러 감동을 맛보았다. 미학적인 감동과 스타가 된 듯한 감동을 맛본 다음에, 에로티시즘과 코미디의 감동을 맛보았고, 그 후에는 스스로가 바보가 된 듯한 느낌과 웃음거리가 된 듯한 즐거움을 맛볼 수 있었다. 그런데 나로서는 그런 게 하찮은 것들이었다고 말할 순 없다. 더구나 이제는 남자들 간의 존경을 안겨주는 기쁨도 알게 되었다.

로랑스의 옆얼굴을 보니 오늘의 파티를 내가 만끽한 시간만큼은 풍성히 즐기지 못한 것이 분명했다. 그래서 라디오를 켰다. 그런데 갑작스레 멋진 재즈곡에 이어서 〈소나기〉의 도입부가 흘러나오기 시작했는데, 거기서 색소폰이 멋지게 베리에이션을 삽입하고 있었다. 문득 나 자신이 자랑스럽게 여겨졌다. 왜냐하면 내 음악은 독창적이고 섬세했으며, 순수음악 그 자체였기 때문이다. 자연스러웠지만 그렇다고 해서 조금이라도 안이하게 만들어진 곡이 아니었다. 그래서 나는 잠시 후에 그 음악을 다른 어떤 사람에게 주어버린 것을 깨닫고 깜짝 놀랐다. 비록 그 음악의 과실이 다른 곳으로 간다 해도 음악만은 나에게 속해 있고, 또 오직 나에게만 속하는 유일한 것이었다. 왜냐하면 그것은 내 머리에서 나온 것이고, 나의 몽상, 나의 기억, 나의 음악적 상상력에서 나온 것이기 때문이다. 누구도 그곳을 변조할 수 없으리라. 다만, 오늘 저녁, 라디오 전파를 타고 그 곡이 나온 것이—마치 내가 로랑스에게 싸움이라도 거는 것처럼 또 내가 음악 프로의 라디오 책임자라도 된 것처럼—불길한 징조였다.

로랑스로부터 첫 번째 경마와 두 번째 경마의 결과 사이에 〈소나기〉 곡을 듣게 되었을 때마다 내가 저지른 바보짓을 저주하던 코리올랑까지 다 둘러봐도 내 주위에는 열렬한 박수부대가 없었다.

나는 코리올랑의 문제로 걱정하고 있었다. 우리가 가진 7만 프랑을 롱샹 경마장이나 또 다른 데서 다 날려버리면, 지금이나 추후에 무슨 수로 그의 생활을 도와줄 수 있을까? 그래도 경마장은 가능한 한 가장 기분 좋게 돈 낭비를 할 수 있고, 더구나 오늘 오후에 내가 증명해 보였듯이 돈을 벌 수 있는 몇몇 장소들 중 하나였다. 불행하게도, 오늘 경마장에서 딸 수 있을 거라 확신했던 것처럼 언제, 어디서건, 결국에 가서는 모든 것을 잃어버릴 수도 있다고 나는 믿었다.

나는 도박을 하지 않는 이상한 부류의 생각과는 달리, 많은 사람처럼, 양심이 있는 도박꾼이었다. 그 이상한 부류의 순응적 태도는, 경마장 잔디나 초록색 도박대 앞에 선 도박꾼을, 마치 육지에서 아주 멀리 떨어진 바다에 자의적으로 난파자가 된 사람으로 늘 상상하는 법이다. 바로 그 점에서 이 얌전한 불구자들이 잘못 생각하고 있는 것이다. 왜냐하면 처음에 진짜 도박꾼만큼 자기 자신에 대해 엄격

하고 초조해하는 사람은 아무도 없으며, 그만큼 도박꾼은 자신이 위험에 처해 있음을 잘 알고 있기 때문이다.

그러나 오직 처음에만 그렇다. 왜냐하면 일상이 온갖 감미로움에서 멀어져 가는 것처럼, 그에게는 육지가 진짜 대륙에서부터 점점 더 멀어져가는 것처럼 보이기 때문이다. 그렇게 보이는 것은, 갑자기 제정신이 들면서, 불확실하지만 유일한 것이기 때문에 믿을 수 있는 단 하나의 육지가 말발굽 아래 있다는 것을 알게 되는 날까지, 또한 일상생활보다 더 힘들고 가혹해 보이는 것은 아무것도 없기 때문에, 진정한 삶이란 카지노의 동전 놀이 아래 있다는 것을 알게 되는 날까지 계속될 것이다.

끝으로, 이런 악에 대해 지나친 찬사는 그만둘 생각이지만, 말을 탄 기수의 짧은 조끼의 색깔이나 노름꾼들의 계산패의 색깔보다 더 선명하고 솔직한 것은 아무것도 없고, 야외 경마장이나 도박장의 담배 연기 자욱한 홀보다 더 다양한 곳도 없으며, 순종말의 말굽이나 백만 프랑짜리 패보다 더 가벼운 것은 없는 것이다. 이와 마찬가지로, 당신의 승리 혹은 좌절을 당신에게 예고해주는 가장 좋은 방법은 카드 두 장을 정면으로 뒤집어놓는 것이다.

갑자기 나는 노름이 하고 싶었다. 마치 조금 전에 거역할 수 없을 정도로 비비안을 원했던 것처럼 나는 중압적이고도 흥분된 피가 불규칙적으로 움직이고, 그 아래로 심장이 천천히 뛰는 것을 느꼈다. 이 독재자와도 같은 피는, 아마도 내가 술과 권태로 찌들었기 때문이겠지만, 더 이상 내 피처럼 느껴지지 않았다.

— 여기서 차 좀 세워!

내 말을 들은 로랑스가 너무 갑작스레 브레이크를 밟아서 나는 차 앞유리에 이마를 부딪쳤다.

— 카드놀이가 하고 싶군. 당신 저기 보이지? 저 위에 가서 말이야.

내가 덧붙여 말했다. 그리고 나는 나를 기다리고 있다고 생각하는 테이블과 카드가 있는 계단을 턱으로 가리켰다. 그러나 그녀의 일그러진 얼굴을 보니 그녀가 가엾어 보여, 나는 이렇게 말했다.

— 와, 오고 싶으면 오라고. 와서 봐, 참 재미있어.

그녀는 대답도 하지 않고, 나의 열정에 아연실색한 것처럼 꼼짝도 하지 않았다. 나는 차에서 내려 차 문을 쾅 하고 닫고는 차를 한 바퀴 돌았다. 내 발밑에서 보도가 춤을 추는 것 같았다. 나는 차창에 몸을 숙이고 말했다.

— 조심해서 들어가! 나 일찍 들어갈게.

보도 위에 서서 언제나 신중한 그녀가 헤드라이트와 전조등을 한두 번 껐다 켰다 하는 것을 지켜보았다. 이어서 시동이 걸렸고, 그녀는 한마디 말도 없이 눈길도 주지 않고 멀어져갔다. 그녀의 모습이 사라지기도 전에 나는 뒤돌아서서 클럽을 향해 달렸다.

그날 밤에 있었던 우여곡절을 상세히 이야기하지는 않겠다. 그냥 굉장했었다고만 해두자. 사람들은 클럽의 은행수표를 담보로 내가 원하는 것을 모두 빌려주었는데, 그 잘난 신문 기사 덕택인 것 같았다. 다섯 시간 동안 나는 어마어마한 돈을 잃었는데, 새벽이 되어서야 다시 따낼 수 있었다. 그래서 나는 한 푼도 없지만, 극도로 자랑스럽고 행복한 마음으로 뿌연 새벽길을 걸어 나왔다. 엄청난 재산을 잃을 뻔했지만, 비관론에 굴복하지 않았고, 다시 싸움에 나서서 최선을 다해 난관을 벗어났다. 나는 내가 자랑스러웠고, 미칠 듯이 기뻤다. 그 환희는 노름꾼을 제외하고는 아무도 이해할 수 없다. 그것을 이해하려면 노름꾼의 계산은 직설법 과거가 아니라 조건법 과거로 이뤄진다는 것, 다시 말하면 '내가 얼마를 잃었다…….'가 아니라 '내가 얼마를 잃었을 텐데…….' 임을 알아야만 한다. 노름에서 낙관적인 동사 변화는 적지 않은 매력 중의 하나인 것이다.

그래서 나는 오페라에서 리옹 드 벨포르 카페까지 걸어 갔다. 새벽이 저물 즈음이었지만 두꺼운 안개가 아직 불량배들처럼 조용히 센강 다리 아래로 흐르고 있었다. 그리고 파리는 졸고 있는, 경망스럽고도 아름다운 여인과도 같았다. 이 세상에는 파리보다 더 아름다운 도시도, 나보다 더 행복한 남자도 없었다.

거의 일곱 시가 다 되어서야 나는 라스파유 대로 언덕 위에 있는 집에 도착했다—비록 그 집안에 이제 더는 내 방이 없다고 할지라도 내가 집이라고 부르려고 애썼던 그곳에. 만일 로랑스가 낡은 내 작업실에 손댄다면 나는 불법 주택 침입이라는 느낌을 받을 것이다. 왜냐하면, 내가 매번 집을 떠날 때마다, 가장 그리운 곳은 개인적으로 쓰는 방이 아니었다. 무엇보다도 집에 있다는 느낌을 받았던 곳은 오직 부모님의 집, 내가 18년을 살아온 그 집뿐이었다. 우리 집, 다시 말해서 부모님의 집인 동시에 나의 집이었던 그곳, 어머니보다 나중에 돌아가신 아버지의 장례식 날, 나는 이중의 슬픔으로 눈물을 흘렸다. 아버지를 잃은 것과 다른 사람에게 넘어가게 되었던 두블레가의 우리 집 때문이었다.

그러나 나는 어디서나 이런 떠돌이의 감정을 맛보아왔다. 다만, 내가 차지하고 있는 것을 놀라움과 혐오감을 가지고 보았던 그 호텔 방에서는 예외였다.

오늘 나는 이 아파트에 대해 생각해 보았다. 이곳에서 나는, 내 집은 아닐지라도, 적어도 종신 하숙인이라는 느낌이 들었다. 이게 조금만 잘못 나가면, 라스파유 대로를 지나갈 때마다 추방자나 혹은 뭔가 죄를 저지른 듯한 감정을 갖게 되리라는 것을 이미 알고 있었다. 결국, 그것은 내 잘못이었고, 나를 위해서는 아주 잘된 일이었다. 왜냐하면 어디에서도 자기 집에서와 같은 편한 마음을 가질 수는 없다는 사실을 잊지 말았어야 했으니까. 그리고 또 건축용 식재로 된 건물과 우리 같은 죽음을 면할 수 없는 한 마리의 새 사이의 관계는 오로지 힘으로, 그것도 불공평한 강제력에 의해서만 존재할 수 있다는 것도 잊지 말았어야 했다. 돈의 잔혹성은 다른 곳에서보다도 부동산에서 가장 단호하게 드러난다. 그러므로 집을 소유하든가, 아니면 문 밖에 남아 있든가, 그 둘뿐이다.

나는 막 문을 연 리옹 드 벨포르 카페에서 아침을 먹었다. 그러고선 카운터 앞에 서 있는 사람들을 외경스럽게 바라보았다. 잠이 덜 깬 채 서두르며 그날을 위해 일터로 나가는 저 사람들이 실은 정상적인 생활을 영위하고 있는 거겠지. 신나던 기분이 깨졌다. 여섯 달 동안 나는 히트곡 하나를 써서 횡재를 했다가 거금을 날렸고, 이제 내 아내가 나를 집 밖으로 내쫓을 지경에 이르렀다.

나는 어떻게 될까? 7년 동안 묻어두었던 이 물음이 그 옛날보다 더 냉담하게 내게 던져졌다. 태평한 척하면서 온종일 그 물음을 거부해봐도 헛일이었다. 이따금 나의 이성이 내 귀에다 대고 소리치는 것을 막을 수는 없었다.

넌 이제 어떻게 되는 거지? 어떻게 살아갈 거야? 어디에서? 무슨 일을 할 줄 알지? 무슨 일을 할 수 있어? 일과 힘겨운 삶을 어떻게 견뎌낼 거야? 이런 고뇌 속에서 나는 아파트에 다다랐다.

가난한 하숙생처럼 나는 로랑스의 방 앞을 지나갔다. 라틴구에 살 적에 호텔 주인에게 몇 주일 방값이 밀렸을 때처럼, 나는 발끝으로 걸었고 숨도 가만히 쉬었다.

일단 자리에 드러눕자 다시 현상을 명확히 할 것인지에 대해 망설여졌다. 그렇게 한다는 것이 나에겐 어려운 일일뿐 아니라 나는 이미 그 결과를 짐작하고 있었던 것이다. 내가 장시간 꼼꼼하게 생각해 본다면, 내 잘못과 그 이유, 로랑스의 잘못과 그 이유들에 대한 도표, 다시 말해서 우리 행위의 논리적 대조표를 그려본다면, 틀림없이 내가 주제넘은 짓을 하는 꼴이 될 것이다. 그러나 이것이 감정의 문제라면, 내가 오로지 냉정한 승리자에 불과할 것이라고 나는 생각했다.

요약하고, 구성하고, 결론 짓는다는 것이 무용하고 헛된 일이었다. 적대감이 시작될 때부터, 나는 경박하게 굴었던 것 이외에는 그 어떤 것에도 죄책감을 느끼지 않았고, 한 번도 느껴본 적이 없었다. 로랑스에 대한 비난 행위가 나를 무겁게 짓눌렀고, 내 서류에는 존재하지 않았던 계획적인 태도의 요인 하나를 입증해 주고 있었다.

어둠 속, 좁은 내 침대에서 잠이 오지 않은 나는 라디오를 켰다. 뜻밖에 베토벤 7중주가 흘러나와, 내 모든 정신을 씻어내었고, 결국 나를 소년처럼 만들어 눈물을 글썽이게 했다. 그 음악을 들은 것이 잘못이었다. 그 음악은 우리가 사랑에서 맛보고자 하는 모든 것이 담겨 있었다. 주의 깊은 감미로움, 정열적인 기쁨, 특히 다정다감함, 그리고 굽힐 줄 모르는 신뢰. 이런 것들은 우리가 한 번도 가져본 적 없었고, 그저 우리가 고통스럽게 만들어 냈거나, 시기에 맞지 않게 얻어낸 그런 것의 환상을 갖거나 흉내를 냈을 뿐이었다. 그러한 사랑은, 우리가 오직 더 오래 그것을 신뢰하고, 그 사랑 때문에 더 괴로워하고, 무엇보다도 그것에 더 많은 신뢰와 상처를 부여함에 따라서만 진정한 큰 사랑을 경험

했다고 주장할 수 있는 것이다. 그런 사랑을 느끼지 못했다는 것은 얼마나 부끄러운 일이며, 그런 사랑을 불러일으키지 못했다는 것은 또 얼마나 절망적인가.

사랑이란……. 로랑스에게 고삐를 잡힌 나의 괴로운 코미디와는 아무런 관계도 없는 것이었다. 진정한 사랑, 한밤중에 바순과 클라리넷, 첼로가 들려주는 그 사랑 이야기가 나를 유약하고 감상적이고 슬프게 만들었다.

아침이 밝아왔다. 날이 환해질 때까지 나는 밤을 꼬박 지새운 셈이다. 용맹함도, 방자함도, 태평한 마음도 갖지 못한 채 나는 나 자신과 대면하고 있었다. 사회에서 벗어날 수 있다고 믿었다가, 결국은 자기 아내와 마찬가지로 사회도 경멸하던 가엾은 녀석, 비참하게 일생을 마치게 될—그것도 알코올 중독자로—친구도 하나뿐인 가엾은 녀석, 이 사내에게는 두 번의 기회가 주어졌지만 하나도 이용하지 못했고, 지금은 최악의 상태, 즉 가난과 굴욕에 운명을 짊어진 것이다.

기진맥진한 채, 모든 감정을 진정시키고 침대에 누워 있으면서도 나는 아직은 정신이 맑다고 생각했다. 모든 사람처럼 그리고 늘 그렇듯이, 나도 행복할 때는 나 자신을 무시한 것만큼이나 이런 비관 속에서는 명철해지는 것이었다. 하지만 그날 밤은 현명한 속담도 생각나지 않았다. 나는 힘들이지 않고 절망과 자기기만 속으로 빠져들고 있었다. 그만큼 그런 발작은 나에게 드문 일이었고, 또 그렇게 드물었기 때문에 진실한 분위기를 꾸며주었던 것이다.

그렇지만, 나의 절망의 근원에는 우선 내가 있다는 것을 나는 잘 알고 있었다. 힘도, 신뢰감도 경쾌함도 갖지 못한 나, 유치하고 소심하고 보잘것없는 나, 마침내 나는 존재 그 자체보다 나 자신을 더 원망하게 되었다. 왜냐하면 또 하나의 다른 내가 있어서, 그것은 보통 때에는 너무나 매력적인 삶을 되돌려주고 있었던 것이다.

아침의 첫 햇살이 드러나고서야 나는 잠이 들었다.

눈을 떠보니, 내 눈썹과 턱이 나무처럼 뻣뻣했다. 그래서 어젯밤에 코냑을 마신 것이 생각났고, 무언가 죄를 지은 것 같은 기분이 들었다. 왠지 나는 아직도 로랑스가 내게 벌을 줄 권리를 가진 것처럼 불안했다.

이상하게도 나는 그녀의 상벌이 없는 삶을 상상할 수가 없었다. 더 나쁜 것은 내가 거기에 대해 일종의 향수마저 느낀다는 점이었다. 아마도 내 삶의 균형은 그녀의 격렬한 감정과 나의 흐릿한 감정 사이의 불균형 속에 있었던 모양이다. 아마도 나는 그녀의 과도함과 위험성을 원망했다기 보다는 그녀가 더는 나의 눈가리개와 안전한 보루가 되어 주지 않음을 원망하고 있었던 것이다. 더 간단히 말하자면, 나는 그 정도로 그녀가 나의 존재, 나 자신은 그 어떤 애착도 갖지 않고 있는 이런 나의 존재를 원하고 있었다는 것을 생각할 수가 없었다.

어쨌든 그날 아침 나는 나 자신이 처량하게 느껴졌으며, 우정 어린 화해를 꿈꾸었다. 이런 빈정거림과 암시 그리고 원한 속에서 나는 오래 살 수 없을 것이고, 이런 풍토를 견뎌낼 수도 없을 것이다. 나는 일어나서, 얼른 옷을 입고, 피아노 건반을 몇 번 두드리다가 긴장을 풀기 위해서 두세 개의 화음을 여러 번 쳤다. 그러고 나서 나는 코리올랑이 있는 카페로 전화했다. 그가 거기에 있었다. 우리가 한 경마 이야기를 자세히 들려주는 중이었는지, 그의 전화 목소리가 마치 영웅처럼 울리고 있었다.

— 내가 늦었어.

그는 소리 내서 웃었는데, 나는 그가 술에 취했다는 것을 알 수 있었다.

— 이리 와줘!

내가 갑작스레 말했다.

— 이리 오라니까! 내가 스타인웨이 피아노 얘기만 했지, 그 소리도 들려주지 않았잖아. 게다가 난 너에게 할 말이 많아.

잠깐 침묵이 흘렀다.

— 로랑스는 어떡하고?

— 그게 무슨 상관이야? 지금 이 시점에서! 로랑스는 외출했어.

나는 용감하게 덧붙였다.

— 그리고 그녀의 숨소리를 들어보면 그동안 그녀의 묵비권이 많이 누그러진 것 같아.

오 분 후에 우리는 나의 작업실에 있었다. 뜻밖의 손님을 반가워하는 순진한 오딜은 우리에게 커피를 끓여다 주었다. 그동안 스타인웨이 피아노에서는 우리가 만들어내는 화음이 울려 퍼지고 있었다.

— 소리가 정말 굉장하군!

코리올랑은 경탄했다.

— 이 피아노만 있으면 모든 일이 풀린다고. 지금 무슨 곡을 치는 거지?

— 아무것도 아냐. 그냥 두 개의 화음을 친 거야. 스타인웨이 때문에 그 화음이 서곡처럼 들리는 거겠지.

— 그 피아노도 가지고 갈 거야?

— 우리가 살 집에 달렸어. 이걸 가지고 몰래 도망칠 수는 없을 테니까 말이야.

코리올랑은 그 말을 듣고 기뻐서 어쩔 줄 몰라 했고, 그때까지 찬미의 시선으로 코리올랑의 고상한 옆모습을 보고 있던 오딜은 그의 큼지막한 치아와 쾌활한 얼굴을 보면서 소스라치며 놀랐다. 방바닥에 커피를 약간 쏟은 그녀는 쇳소리를 지르며 걸레를 찾으러 부엌으로 갔다.

— 그런 경우엔 채찍을 몇 대나 맞죠?

코리올랑이 동정하며 물었다.

— 노예처럼 방바닥에 엎드려서 걸레질이나 한다니, 당신 참 딱하군요! 오딜, 당신같이 아름다운 여자가, 이럴 수가! 내가 알기로는 러시아 황후 같은 이 집 안주인의 비위를 맞추기도 이미 힘겨울 텐데, 게다가 그분이 총애하던 남자도 떠나버리면 정말 지독해질 거요!

오딜이 고개를 끄덕였다. 그녀도 코리올랑과 마찬가지로 나의 출발이 임박했다는 것을 확신하는 것 같았다. 그래서 나는 두려웠다. 그들은 너무 성급하게 믿어버리는군!

— 오딜, 안심해요. 아직 나는 마지막 인사말은 하지 않았으니까.

나는 박력 있는 목소리로 말했지만, 그들이 둘 다 눈을 내리 까는 것을 보자마자 반사작용을 일으켰다. 나는 떠나야만 했다. 그들의 생각이 확실히 옳아. 즉시 떠나야 해. 문제는 '언제'가 아니라 '어디로' 갈 것인가였다. 더욱이 나를 불안하게 했던 것은 행선지가 없다는 것이 아니라 내 짐을 꾸리는 일에 대한 걱정이었다.

— 그럼 마지막 인사를 해야죠!

나는 단호하게, 마치 앞 문장을 끝내려는 것처럼 덧붙여 말했다.

— 아듀!

내가 얼른 내뱉었다. 한결 진정된 것 같은 그들의 표정이 나를 괴롭게 했다. 도대체 내가 지금 어떤 일에 끼어든 것인가! 로랑스가 내게 한 모든 짓을 용서하는 것이 문제가 아니었다. 내 돈을 가져갔고, 나를 모욕했고, 나를 하인 취급했고, 나를 조롱했던 등등의 일들……. 그렇지만 흐리멍덩한 나의 반응이 금방 무너져버릴 자만심의 신호 같아서 불안하기만 했다. 조용히 받아들여서는 안 된다고 생각했다. 더구나 어제, 발랑스 영감네에서도 나는 온갖 수단을 다 동원하여 쏘아주지 않았던가.

이제는 어느 한순간이 오기만을 기다릴 수밖에 없었고,

그때가 되면 내게서 시시각각 분노가 치밀어 오를 것을 확신했다. 나는 화를 내려고 나 자신을 부추겼지만, 어젯밤부터 굳게 닫힌 내 입은 본심과는 달리 말없이 그리고 거세게 저항했다. 나는 코리올랑과 오딜, 그리고 그들과 가까운 모든 사람에게 버럭 화가 치밀었다. 무엇 때문에 그들은 그처럼 급하고, 그처럼 까다로울까? 그들의 말을 들어보면, 나는 항상 본보기가 되는 똑 부러지는 짓만 했고, 또 그렇게 하지 않을 수 없었을 것이라고 한다. 그러한 짓들이 삶에 해독을 끼치고 파멸시키는 것이다. 어찌 되었든 나는 나 자신을 무시하는 걸 거부했고, 나를 기생충이나 백치로만 보는, 다양하고도 그 수가 슬프게도 점점 늘어나는 무리와도 어울리지 않기로 했다. 이 세상에서 나를 알아줄 사람이 단 하나뿐이라면, 내가 바로 그 사람인 것이다!

이미 7년도 더 전에, 로랑스의 아버지가 한 말에 의하면, 나는 그녀에게 합당한 남자가 아니었다. 나도, 그때는 한 남자가 한 여자와 적당히 육체적 관계를 맺는 순간부터 자동으로 그 여자에게 합당한 사람이 된다고 생각하지 않았었다. 하지만 지금 나는 한 남자를 적당하게 부양한 여자라고 해서 자동으로 그 남자에게 합당한 여자가 되는 것도 아니라고 생각하게 되었다. 오직 로랑스만이 이 원리를 모르고 있거나 아니면 모르는 체하고 있었다. 그래서 문제는 바로 거기에 있었고, 그것이 제일 중요한 문제이며, 나머지는 필연적인 귀결일 뿐이었다. 내가 방해될 뻔했던 것도 그 중 하나였다. 그녀가 나를 방해했던 것은 그 두 번째였고, 또 그 세 번째는 내가 그것을 잘못 생각할 수밖에 없었던 것이었다.

그 대답이 무엇이든 간에, 나에게는 로랑스를 내 무릎 위에 앉히고, 우리의 순조로운 부부생활을 재정립하기 위해 그녀의 엉덩이를 한 대 때려주기만 해도 족하다는 신념과 확신이 규칙적으로 상기되었다. 아마 사실은 그렇지도 않은 모양이다. 이런 직감도 역시 어리석고 수치스러운 것일지도 모른다. 내가 아는 게 도대체 뭐람? 인생에 대해 내가 무엇을 알고 있는가? 아무것도 없다. 사물에 대해서도 점점 더 아는 것이 없다. 아무것도 없다. 점점 더 아무것도 없다. 삶 전체가 흐릿하고, 짓누르는 것이고, 가소로운 것이었으니, 모든 게 지겹고 내게는 단 하나의 욕망밖에 없었다. 잠자는 것, 아스피린 한 알을 먹고 잠자는 것밖에……. 사람들은 나더러 생활을 바꿔보라고 했다—부득이한 경우에는 그것 또한 가능한 일이었다. 그러나 그러기 위해 이삿짐을 싸야 한다면, 그렇다면……. 삶을 바꾼다는 것이 내게는 전연 불가능한 일이었다.

— 이봐, 나폴레옹 3세풍의 네 거실에는 마실 것이 아무 것도 없어?

코리올랑이 물었다. 얌전히 커피를 홀짝이던 그가 자신의 알코올 여행을 계속할 합법적인 권한을 느꼈다.

— 왜 그런 식으로 말하는 거야?

— 네 가족들이 나폴레옹 3세 스타일이잖아. 너 몰랐어? 7년 동안에 한 번이라도 살펴보지 그랬어! 네 아내가 거실을 썼지? 그 장—식—이—라니! 그는 한 음절씩 끊으면서 말했다.

계속 이야기하면서 우리는 그 유명한 거실로 들어갔다. 나는 술장을 열고, 술 한 병과 잔 두 개를 꺼냈다. 코리올랑이 긴 의자에 앉자 의자가 삐꺽거렸다. 그는 벌써 술병만 보고도 웃고 있었다. 바로 그때, 초인종 소리가 났고, 홀에서 오딜의 목소리가 들려왔다.

— 샤텔!

그녀는 우리가 들을 수 있도록 아주 큰 소리로 말했다.

— 샤텔! 이게 웬일이세요!

이처럼 장인이 모든 걸 해결하기 위해 도착하셨군! 나는 황급히 가득 찬 술잔을 코리올랑의 손에 쥐여주고, 초등학생처럼 두 무릎을 꼭 붙이고 그 친구 앞에 앉았다. 무얼 훔치다 들킨 아이처럼. 이러한 모습은 내가 이 집에서 편안함을 느끼지 않는다는 것을, 내 마음대로 할 수 없다는 것을 여지없이 보여주었다.

— 내 딸은 집에 없나?

장인이 쩌렁쩌렁한 목소리로 물었다.

나는 갑자기 그가 내 모든 재산을 훔쳐 갔고, 그것 때문에 용기백배했다는 것을 떠올렸다. 그러나 이미 그는 성난 황소처럼 방 안으로 들어왔고 무시하는 듯한 시선으로 나를 쳐다보았다. 그것이 나를 가슴 아프게 했다. 그러고는 편안하게 앉은 코리올랑을 뚫어지게 쳐다보았다.

— 누구시더라……?

— 세뇨르!

코리올랑은 일어나, 198센티미터나 되는 키를 쭉 뻗으면서 말했다. 그때야 비로소 나는 그가 호사스러운 상복을 입은 것을 알아보았다.

사실 우리 결혼식을 위해서 나는 그에게 검정 양복 한 벌을 해주었었다.

그는 그 양복을 이번 경우를 빼놓고는 딱 두 번 입었는데, 한 번은 그와 친한 싸구려 장신구 장수가 죽었을 때이고, 또 한 번은 국립미술학교에서 있었던 한 이상한 행사 때였다. 내 장인이 그에게 거의 공경하게 인사를 살짝 건네는 것을 목격하면서 나는 그 양복이 고상한 효과를 자아낸다고 생각했다.

— 샤텔, 라텔로예요!

나는 라텔로라는 성의 L자를 두 번 발음하고, O자를 강조하면서 소개했다. 그것은 파리 14구에서 조상 대대로 물려오는 이사 운송업자의 이름이었다.

— 샤텔은 내 아내의 아버지고요.

나는 코리올랑에게 분명히 밝혀주었다.

— 그리고 라텔로는 내 음악저작권을 담당하는 마드리드에 있는 그라모포노 회사의 전전 대표입니다.

— 아, 선생님!

장인은 가까이 다가온 돈벌이에 눈을 빛내면서 말했다.

— 세뇨르!

코리올랑이 한 발짝 다가섰지만 장인은 뒤로 물러서지 않았다.

나는 코리올랑의 대담함과 용기에 감탄했다. 나는 코리올랑을 보면서 장인이 자기 딸의 결혼식 날 술에 취해 그 집 하녀 꽁무니를 쫓아다녀 소란을 피운 그 가엾은 작자임을 알아볼까 봐 두려웠다. 그런데 그때 코리올랑은 어둠 속에서 살짝 엿보였을 뿐이었다.

얼큰히 취해 몸을 쭉 뻗고, 머리는 헝클어질 대로 헝클어진 데다, 누더기를 걸치고 정신 나간 사람처럼 웃어대던 녀석의 꼴은 라스파유가의 긴 의자에 앉은 스페인 귀족과는 아주 거리가 멀었었다.

— 엘 파드레 데 세뇨라 로랑스?(로랑스 부인의 아버님이신가요?)

코리올랑은 장인의 손을 잡고 자기의 양손으로 꽉 쥐었다.

— 시(네).

불쌍한 장인이 어물거리며 말했다.

— 시! 요 소이……으……아이 엠……나는 내 딸의 파드레(아버지)요! 유……당신은 내 딸을 아십니까?

— 시, 시, 라 꼬노즈꼬!(네, 알지요!) 아 부에노!(아, 알았어요) 아끼 에스엘 파드레 이 아키 에스 엘 마리토!(당신은 그녀의 아버지고 또 이분은 그녀의 남편이군요!) 부에노!(알았어요!) (이 형편없는 녀석은 감탄한 표정을 짓고는 우리 두 사람의 어깨를 얼싸안았다. 그의 엉덩이에 꽉 조인 우리 둘은 그의 가슴 너머로 서로 코가 맞대게 될까 봐 필

사적으로 저항했다).

— 포브레스 부그로스!

코리올랑은 계속 소리쳤다.

— 시, 시, 시! 라 코노즈코! 라 코노즈코!

그러더니 코리올랑은 우리 둘이 휘청거릴 정도로 아주 세게 한 대씩 두드려 주고는 우리를 놓아주었다.

— 정말 유감입니다.

약간 충격을 받은 장인이 기계적으로 먼지를 털면서 말했다.

— 제가 스페인어를 몰라서 정말 유감입니다! 노 아블로!(스페인어를 못해요!)

그리고 그는, 모든 무식한 사람처럼, 마치 상대방의 언어를 모르는 것이 그들 눈에 소박하면서도 억제할 수 없는 매력이기라도 한 것처럼 코리올랑에게 동의를 구하는 만족스러운 미소를 보내고 있었다.

— 노 아블로! 하지만 난 두 번이나(도스! 그는 코리올랑 앞에서 손가락 두 개를 흔들면서 정확히 두 번이라고 했다) 무슨 일이 좀 있어서……갔었는데……. 난 당신네의 그 유명한 건배할 때 쓰는 말은 알아요. 아모르, 살루드 이 페세타(사랑, 건강 그리고 돈), 이 티엠포 파라 구스타르르라

스!(다 함께 좋은 시간을!) 하고 장인이 어물거렸다. 한데 그가 뭐라고 어물거렸을까?

— 토스트(축배)? 브라보! 브라보! 토스트!

신이 나서 코리올랑이 소리쳤다.

— 축배를 듭시다!

그는 위스키병을 다시 잡아서는 즉각 장인과 나에게 한 잔 가득히 따라주었는데 조금도 자기의 본분을 잊고 있지는 않았다.

— 시, 시!

코리올랑은 술잔을 흔들며 말했다.

— 사랑, 건강 그리고 돈! 에그작테만테! 에코!(정확해요! 그래요!)

— 에그작테만테! 에그작테만테?

장인은 찬사의 어조로 말했다. 그러나 그가 자기 말을 알기 위해서 코리올랑에게 말하는 것인지, 아니면 그 말의 요점을 파악하기 위해서 자기 자신에게 말하는 것인지 알 수가 없었다. 그는 에그작테만테를 반복했고, 나에게는 말도 걸지 않은 채 갑자기 그 장면을 급선회시켰다.

— 궁극적으로 모든 언어는 다 비슷해요. 다 라틴어에서 나왔으니까요. 그래서 간단해요. 유럽에서는 라틴어나 켈

트어가 쓰인다는 것을 잊어서는 안 돼요. 세뇨르 라텔로, 좀 앉으시지요! 그러고는 집주인 같은 관대한 몸짓으로 나폴레옹 3세풍의 의자를 가리켰다.

— 세뇨르 라틀리오, 당신은 사업 때문에 오셨군요!

장인은 음험한 목소리로 물었다.

— 라텔로, 'L'자가 두 개, 도스 'L'이에요, 라텔로!

코리올랑이 정확히 발음해 주었다.

— 라 틀로! 라텔리오!

신경질이 난 장인이 우물거렸다.

— 노, 노! 라텔리오! 라텔리오! 리오, 리오, 리오!

코리올랑은 'L'을 서너 번 덧붙이면서 교정했고, 나는 그에게 그만하라는 눈짓을 보냈다. 이제 자음 교정을 그만두어야 했고, 동시에 이미 헛나가기 시작했고 또 로랑스라도 들어오면 정말 가관이 될 판인 이 코미디도 끝장을 내야 할 판이었다.

— 세뇨르 라텔로!

내가 단호히 말했다.

— 포르 엘 부에스트로 텔레포노, 에스 아키!(전화하셔야죠!)

나는 그의 소맷자락을 잡고 출구로 끌어당겼다.

장인은 기계적으로 일어나서 정중하게 인사했다. 그리고 우리가 나가는 것을 초조한 시선으로 바라보았는데, 이미 경멸이 시작되고 있었다.

— 요 리토르노! 요 리토르노!(제가 돌아오겠습니다!)

코리올랑은 문턱에서 되돌아오겠노라고 말하고 있었지만 그는 벌써 킥킥대기 시작했고, 계단에 나서자마자 폭소를 터뜨렸다.

그는 계단을 내려오면서 큰 소리로 웃어댔고, 중고등학교 학생처럼 내게 주먹질을 퍼부었다. 마침 시기적절하게 끝난 것이다. 우리가 계단을 내려가는 동안 올라가던 엘리베이터에서 나는 향수 냄새를 맡았는데, 그것은 너무 탁하고 노숙한 향수로, 성매매 여성이나 내 아내 같은 부르주아 여성들이 바르는 향수였다.

저 위층에서, 스페인 귀족 세뇨르 라틀로라는 사람이 갑자기 사라진 것에 대해 딸과 그 아버지 사이에 오가는 대화는 상당히 재미있을 것이었다. 불행하게도 우리는 그 자리에서 재미를 맛볼 수 없었다. 우리가 벌인 그 촌극 때문에 웃음을 가눌 수가 없었지만 집으로 돌아가는 길은 그만큼 재미있지는 않을 것이었다. 그리고 이런 생각이 내 표정에 씌어 있었는지 코리올랑은 다시 침울해지더니 거칠게 내 옷소매를 잡고 흔들었다.

— 잘 기억해 둬. 그 여자는 네 돈을 집어삼켰고, 만인이 보는 앞에서 너를 꼭두각시로 만들었다고. 그리고 너는 나, 너의 하나뿐인 친구인 나를 그 여자 아버지 앞에서 스페인 귀족인 것처럼 취급했지. 그건 별로 중요한 일은 아니야! 치사한 짓거리들을 합산해보면, 넌 아직도 멀었어, 내가 맹세하지…….

그는 내 소맷자락을 거칠게 놓더니 대문을 향해 성큼성큼 걸어갔다. 나는 잠깐 얼간이처럼 서 있었다. 물론이지, 나도 다 알아. 하지만, 치사한 짓거리의 총계에선 내가 한참 늦었다고 해도, 삶의 행복이라는 총계에선 내가 로랑스보다 너무도 앞서 있어. 이 부분에서는 그녀가 나를 따라잡지 못할 뿐 아니라 다른 부분에서도 영영 나를 따라잡지 못하리라는 것을 어떻게 설명해 줄 수 있단 말인가? 사실 모든 것이, 마치 은행에서 그녀가 그 짓거리를 하던 그날 저녁에 그녀에 대해서 나의 슬픔과 함께 복수할 생각마저 말라붙어버렸던 것처럼 지나갔던 것이다. 그 모든 것이 그녀의 배신을 내가 되씹던 바로 침통했던 그날 밤 속으로 사라졌다. 그런데 지금은 자존심, 정의감, 소유욕, 그리고 이제는 내 후천적 성격의 일부가 된 남자다움이 수동적이고 반사회적인 천성을 누르게 될 날을 예견하면서, 다른 사람들이, 물론 나 자신도 그녀를 벌주라고 강요하는 것이었다. 내가 할 수 없이 로랑스를 원망하게 된 것은 우스운 일이지만, 나 자신을 원망하지 않기 위함이었다.

그 누구도 나더러 많은 고통을 받으라고 요구할 수는 없었다. 결코 나 자신은 아니었고, 내가 좋아하지도 않는 어떤 사람, 그의 행동이 나에게는 실제적인 적대감 때문이 아니라 악화된 정열 때문으로 보이는 그 어떤 사람의 행위에 대해 크게 놀라야 한다고 내게 강요할 수는 없었다. 다만, 가장 부르주아적인 사회와 가장 주변부적인 내 친구들이 이번만은 한마음으로 일치해서, 내가 분개하여 이 사건과 손을 끊기를 바랄 따름이었다. 그리고 언젠가는 나도 결국 그들처럼 생각하게 될 것이었다. 그래서 전투원이 없는 이 전투, 어떤 이들은 나를 희생자로 여기고, 또 어떤 이들은 피고로도 여기는 이 소송, 그러나 근본적으로 나 자신이 단지 무감각한 증인으로만 느껴지는 이 소송의 마지막 부분을 전개하게 된 것은, 바로 나 자신에 대항하기 위한 것이었다.

어쨌든 나는 판관은 아니었고, 내게 주어진 역할이 어떤 것이든 간에 속을 수밖에 없는 그런 판관은 결코 아니었다.

이 우여곡절의 결론을 생각할 때, 나는 끊임없이 나를 놀라게 했던 로랑스가 결국 그녀의 논리정연함으로 나를 공격하거나 아니면 나와 멋진 저녁 식사를 함께할 수 있는 것으로 여겨졌다. 간단히 말해서 나는 우롱당하는 것을 받아들였고, 그러나 그것이 그리 오래가지는 않았다. 왜냐하면 나는 분개심, 원한, 혹은 유감을 쌓아놓지 않았기 때문이다. 물론 다정함도, 정열도, 단순한 감정도 쌓아두지 않았다. 그래서 나를 사랑하는 사람들에게는 나의 이런 애정결핍이 가증스럽고, 심지어는 참을 수 없는 것이라는 것도 나는 알고 있었다. 그런 이유로 나는 이 위기 상황에서 두 개의 가능하면서도 서로 상이한 결론을 진정으로, 또한 관대한 마음으로 받아들였다. 두 개 다 결국은 신문 연재소설 같은 것이지만, 하나는 비극적이고 또 하나는 통속적인 것이었다. 사실 내 마음이 더 끌리는 것은 두 번째였다.

코리올랑이 떠나고 난 후, 나는 파리 시내를 한참 동안 걸었다. 멘느 대로를 다시 거슬러 올라갔다가, 좀 더 멀리 가다 보니 조그마한 옛 철로에 이르렀다. 그 철로는 파리 시내와 그 외곽지대를 가로지르고 유리조각과 쐐기풀, 그리고 철로 파편으로 장식된 허리띠처럼 파리를 두르고 있는 곳이었다. 완전하지 못한 허리띠이긴 했지만 마레쇼 대로의 허리를 휘감고 돌았는데, 그곳은 내가 제일 좋아하는 산책길 중 하나이기도 했다. 황폐해진 철길 위를 걷노라면 이미 잊힌 30년대의 낡은 서부영화 스타일의 배경 속을 산책하는 것 같은 느낌이 들곤 했다. 아니면 시골길이나 혹은 낯모르는 행성에서, 또는 전세기 말의, 파리 요새의 전쟁에 나오는 인물이나, 카르코, 브래드베리 혹은 피츠제럴드 같은 느낌도 들었다……. 일주일 전부터 나는 책 한 권을 진지하게 읽을 시간조차 없었다. 나의 우울증은 바로 이런 데서도 생기는 것이었다.

가을이 성큼 다가오면서, 점점 더 빨리 어두워지고 추워졌다. 여섯 시경에 리옹 드 벨포르 카페의 문을 밀쳤을 때 나는 전신이 꽁꽁 얼어 있었다.

모두들, 그러니까 그 집 주인, 두 명의 구경꾼 그리고 코리올랑이 거기에 있었다. 내가 들어서자, 네 사람 다 고개를 들었고, 내 인사에 대답하고는 넷 다 일제히 눈을 돌렸다. 무언가 놀랍고도 거북스러운 분위기가 보통 때는 늘 부드러운 이 장소를 짓누르고 있었다.

— 로랑스가 레모네이드를 마시러 여기 들렀었나?

나는 코리올랑 앞에 앉으면서 그에게 물었다. 그러나 그는 미소도 짓지 않고 눈썹을 떨더니 별안간 테이블을 가로

질러 내 앞에 잡지를 내밀었다.

— 넌 이걸 읽어야 해.

나는 그를 쳐다보았고, 그다음에 눈을 들어 그 집 주인과 두 구경꾼을 쳐다보았다. 그들은 황망히 자기 음료수를 마셔댔다.

— 또 무슨 일이야?

문제의 그 잡지는 금요일에 발행되는 주간지로 프랑스와 나바르에서 가장 많이 읽히는 것이었다. 그 잡지는 틀림없이 갓 출판된 것이었는데, 리옹 드 벨포르 사람들이 그걸 그렇게 서둘러 읽었다는 것이 놀라웠다.

나는 그 잡지를 펼쳤다. 장장 십 페이지에 걸쳐 내 사진들이 확대했거나 오려서 붙어 있었는데, 로랑스가 제공한 사진들이었다. 왜냐하면 그 사진들을 가진 사람은 그녀뿐이었으니까. 내 어린 시절의 사진들, 어디에서 나왔는지 나도 모르는 사진들이었는데, 내가 첫 영성체를 받을 때 찍은 사진 한 장, 군대 시절에 찍은 것 한 장, 그리고 콩세르바투아르 음악대학에서 경쟁자들과 찍은 것 한 장, 그리고 옛날에 로랑스가 집에서, 바닷가에서 그리고 내 자동차 문 앞에서 찍어준 사진 대여섯 장, 그리고 석조벤치와 식당 테라스에 앉아 있는 우리 둘의 스냅 사진 두세 장—한 쌍의 부부에게서 상상해볼 수 있는 가장 평범한 사진들이었지만, 나는 그 사진들이 우리의 것이고, 오직 우리만의 것이라고 알고 있었다.

가벼운 전율이 나를 엄습했다. 사진에 관해서 이미 당당하게 보여준 로랑스의 자신감을 보면 기사 내용 또한 최악의 것임에 틀림없었다. 사실, 첫 페이지가 다음과 같은 말로 시작되었다.

— 역시 시인에게는 마돈나가 있다.

나는 나머지 기사를 처음부터 끝까지 천천히 읽어나갔다. 거짓말과 허튼소리 속에 간혹 현기증이 절정으로 솟구치기도 했지만, 그 터무니없는 소리에서 그럴싸한 이야기 한 편이 만들어져 나오고 있었다. 즉 매혹적이고 부유한 처녀 로랑스는 언제나 그 또래의 모든 멋쟁이 사내들의 선망의 대상이었는데, 우연히 몽파르나스대로의 한 카페에 들어갔다가, 고뇌 어린 눈빛을 가진 한 고독한 젊은 늑대를 만나게 되었다.

그녀는 그가 작곡가로, 아주 재능이 많은 사람임을 깨닫게 되었다. 그 늑대는, 그녀가 첫눈에 그에게 반했던 것처럼, 그녀를 미칠 듯이 사랑하게 되었다. 그 젊은 늑대는 음악과 시에 대해서 논할 줄은 알았지만, 돈을 몰랐고 게다가

극도로 비참한 경제 사정에다 고아였다. 그녀는 즉시 자기가 가진 모든 것을 그에게 주었고, 그것 또한 상당한 것이었다. 물론 그녀의 가족들은 그 젊은이의 재정 상태를 염려했지만, 그의 사랑이 그들을 감동하게 했고, 마침내 결혼을 받아들였다. 다만 그 일로 충격을 받은 로랑스의 어머니는 심장발작으로 돌아가셨고, 그녀의 아버지는, 슬프게도, 그들을 원망하면서 부녀관계까지 끊어버렸다.

젊은 여인은 현실에 직면했다. 주위 환경에 직면하고, 금전적 궁핍에 직면하고, 상처받은 아버지에게 직면하고, 불안하고 수완 없는 젊은 남편에도 직면했다. 그녀의 남편은 그녀를 기쁘게 해주기 위해서 꼭 성공하고 싶어 했다. 그는 무엇이든지 시도했었고, 수많은 콩쿠르에 나가서 떨어졌는데, 그럴 때마다 그녀는 그를 위로해야만 했다.

그녀는 그의 실수, 특히 그녀의 친구들에게 저지른 실수 때문에 고통 받았다. 왜냐하면 그는 그들을 현혹하려 들면서 착각하기도 하고, 또 어떨 때는 그들을 깡그리 무시해버렸기 때문이다. 결국 그녀는 재빨리 자기가 그와 단둘이만 남게 되었음을 알아차리게 되었고, 그의 변덕들을 견뎌내야만 했다. 왜냐하면 그는 자기의 감정을 시험해 보기 위해서 소름 끼치게 겸손을 부리다가 아주 광적으로 요구하기도 하는 것이었다. 그렇지만 그녀는 그를 사랑했고, 아! 얼마나 그녀가 그를 사랑했는지, 그를 위해서 모든 것, 아이를 갖는 것마저도 포기하였다. 하지만 그것은 젊은 아내에게는 정상적인 일이다. 그러나 "다 큰 아이가 하나 있으면 다른 아이를 낳지 않지요."라고 로랑스 그녀가 우리 리포터에게 매력적이면서도 체념적인 미소를 띠며 말했다.

이 모든 실패는 그 젊은 늑대를 좌절시켰다. 그래서 그는 우울해졌고, 회색 털이 그의 검은 머리털에 뒤섞이게 되었다. 그런데 어느 날, 우연히 그녀는 자기 친구인 연출가를 만났다. 그녀는 그에게 간청했고, 과거 그 젊은 늑대의 음악을 들어보게 하기 위해, 그에게 많은 돈을 약속했다. 그 친구는 승낙했고, 그녀를 봐서 프로듀서들을 만나보았다.

삼사 개월 동안 젊은 남편은 몹시 애써서 작곡했는데, 그의 음악은 너무 지적이고, 너무 추상적이었다. 그래서 그 아내는 부드럽게, 아주 부드럽게, 그가 고집을 부려서 모든 걸 포기하지 않도록 남편을 설득해야만 했다. 마침내 어느 날 그는 〈소나기〉의 네 음표를 찾아냈고, 그녀는 그 나머지를 끌어내도록 도와주었다. 그녀는 자신의 안정을 잃을 위협을 무릅쓰고 그를 뒷받침했고, 손대는 것처럼 보이지 않게 그 유명한 히트곡이 태어나는 것을 도왔다.

유월의 어느 날 저녁—칠월이었던가? 날짜가 뭐 중요한가?—그녀는 그 음악을 적대적인 프로듀서와 다정한 연출가에게 가지고 왔고—두 사람 모두 지쳤고, 마비되는 등등의 상태였다—그 음악을 그들에게 들려주었다. 그러자 한 사람은 소파에서 벌떡 일어났고, 또 한 사람은 처음의 자세 그대로 앉아 있었지만 모든 사람이 그 음악에 귀를 기울이게 되었다. 성공은 마침내 그의 노력에 왕관을 씌워주었고, 그 성공의 신호는 순진한 남편이 입은 자존심의 상처를 감싸주었다. (그러나 그녀는 그 성공의 속임수는 밝히고 싶어하지 않았다).

남편은 모든 것을 그녀에게 주겠노라고 제안했지만, 그녀는 거절했다. 그녀는 자기가 비록 두 사람의 미래, 현재, 과거를 다지기 위해 7년간을 발을 동동 굴렀지만, 그가 자유롭기를, 계속 자신의 운명에서 자유롭기를 바라고 있었다. 왜냐하면 이 젊은 작곡가에게 무슨 일이 일어나든지 간에, 심지어는 미국의 오스카상과 같은 최고의 상을 준다고 해도, 세상의 그 어떤 행복도 그가 밤이 되면 그녀에게로 다가와 떨리는 목소리로 "절대로 나를 혼자 있게 하지 않겠다고 약속해줘."라고 말하는 것을 막을 수 없기 때문이리라. 따옴표가 끝나자, 기사도 끝났고, 이 한 편의 주악도 끝났다. 나는 잡지를 다시 닫았다.

그제야 나는 사람들이 다시 내게 관심을 보이는 이유를 알게 되었다. 내가 방금 할리우드에서 최우수 영화음악가로 뽑힌 것이었다. 내가 알 수 없는 것은, 바로 로랑스가 우리의 삶이라고 보여준 이 혼돈과 혼란, 이 그로테스크하고 썩은 내 나는 삼류소설 같은 이야기였다. 그건 역겨웠다. 아니 역겨움 그 이상이었다. 비열하고 불쾌하기 짝이 없는 것이었다. 나는 이 바보 같은 두 구경꾼과 카페 리옹 드 벨포르 주인의 외면하는 시선과 내 앞에 앉은 나의 가장 친한 친구, 코리올랑의 내리깐 두 눈도 이해할 수 있었다.

— 내가 무얼 할 수 있겠나?

— 아무것도 없지. 자네가 『라 스멘』(아니면 이 잡지의 경쟁지)에다 그건 사실이 아니라고, 내가 아는 사실은 이런 것이라고 기삿거리를 보내진 않을 테지, 안 그래? 그 여자가 이런 식으로 엉터리 같은 이야기를 써냈으니, 어떻게 네가 그녀의 말을 완전히 부인하겠어? 그녀는 사건들을 이용하고 있다고…….

— 몇몇 사실은 삭제되고, 몇몇 진실은 살짝 감춰버렸군. 사실, 나는 아무것도 부인할 수 없고, 게다가 그러고 싶

지도 않아.

나는 무심코 손깍지를 꼈는데, 그게 정말 내 손이라는 느낌조차 들지 않았고, 그건 이러저러한 어느 가엾은 젊은 남편의 손이었다. 난 창피했다. 난생처음으로 나는 정말 창피스러웠고, 얼굴이 달아올라, 감히 손님들과 카페 주인을 쳐다볼 수가 없었다. 그 나쁜 년이 나를 완전히 망쳐버렸잖아. 난 이제 경마장에도 갈 수 없을 거야.

— 그런데 네가 떠나버리면 사람들이 너를 어떤 비열한 놈으로 볼지, 생각해봤어? 사람들은 이런 기사 따위를 믿는다고.

코리올랑은 손톱 끝으로 다시 그 잡지를 내게 밀었다.

— 그리고, 그 여자는 너에 대해 적대적인 말을 하나도 하지 않았어. 자기가 하고 싶은 가장 나쁜 말을 그녀는 부드럽게 말하기 때문에, 그녀의 말을 듣는 사람에게는 그녀 쪽이 마음이 약해 보이고, 네 쪽은 끔찍한 사람 같아 보인단 말이야. 아, 안 돼, 안 돼…….

그는 고개를 흔들었다. 실망한 조언자처럼.

나는 마치 무언가 급히 해야 할 일이 있는 것처럼 열 손가락 끝으로 테이블을 두드리면서 콧노래를 흥얼거리는 것을 깨닫고 깜짝 놀랐다. 급히 해야 할 일이 뭐람? 아, 맞다, 이제 알았다. 내 짐을 꾸리는 것이지. 나는 일어섰다.

— 어디 가는 거야?

코리올랑이 물었다.

내 등 뒤에 다른 세 사람의 시선이 느껴졌다. 이런 경우에 열기에 들뜬 두 눈을 한 젊은 남편은 어떻게 해야 할까? 나는 코리올랑에게 몸을 굽히고 귓속말로 속삭였다.

— 내가 어디 가냐고? 짐 싸러 간다네.

그러고는 그의 대답도 기다리지 않고 카페에서 나와 나의 집, 그녀의 집, 우리가 결혼한 이후로 계속 함께 살았던 그 아파트를 향해 성큼성큼 걸어갔다.

무력한 증인

우리의 결점은 장점보다 훨씬 더 강력하고 민첩하기에, 수전노들은 아량 있는 사람들이 자선을 베풀 때보다 더 민첩하게 돈을 아끼는 수단에 매달린다. 또 거만한 자들은 용감한 사람들이 자신을 과소평가하기 전에 먼저 잘난 체 우쭐거리고, 또 과격한 사람들은 평화주의자들이 미처 끼어들이기도 전에 서로 치고받으며 싸운다. 이와 같은 결점의 우선권은 내적인 이중성을 지배한다. 나의 게으름은 나의 자존심이 내가 어떤 일자리를 찾기도 전에 로랑스가 제공한 생활방식을 선택하게 만들어버린 것이다. 로랑스는 나를 잃게 되지 않을까 하는 두려움에서 나를 묶어둘 또 다른 고삐, 또 다른 족쇄를 찾으려 애쓰면서, 나를 거역할 수 없는 게으름 속으로 빠뜨렸다. 그리고 마침내 그녀는 그 족쇄를 찾아냈다. 바로 체면이라는 족쇄였다.

만약 내가 그녀의 곁을 떠난다면 다른 사람들의 눈에는 틀림없이 내가 가장 비열한 놈으로 보일 것이라고 코리올랑이 말하지 않았던가. 그러나 로랑스는 우리들의 환경의 차이를 잊고 있었다. 그녀는 타인의 의견을 존중하는 환경에서 자라났지만, 거반 무정부주의자인 친척들 밑에서 자란 나는, 그들의 말에서 내 마음에 드는 것만을, 특히 사회에 대한 심한 도전만을 배워왔다. 더욱이 이 결혼에 내가 쉽사리 뛰어들었다는 사실—그러니 이 결혼의 반향은 눈에 보이듯이 뻔한 것이었다—은 로랑스를 일깨워주어야 했고, 아니면 적어도 사십만 명의 감상적인 독자들의 분노에도 기꺼이 대항할 것이라는 나의 이러한 허풍스럽고 도발적인 측면을 로랑스가 깨달았어야 했다.

습관, 감사, 게으름과 같은 관심, 이 모든 관계보다 도전의 취향이 나를 더욱더 강력하게 이끌어 나갔다. 아! 이상적인 배우자는 그런 이야기로 나에게 올가미를 씌울 수 있다고 믿는 것일까? 그렇다면 그건 참 큰 실수야!

집으로 돌아와서 나는 짐을 싸기 시작했다. 정신이 좀 멍했지만 마음은 한결 홀가분했다. 나를 움직이던 이 감정, 이 도전 정신은 그다지 아름다운 것도, 특별히 지적인 것도 아니었지만, 적어도 거역할 수 없는 것이었다(또, 결국 심사숙고할 시간적 여유를 주지 않고 우리를 끌어가는 것 말고 어떤 다른 것, 내지는 그 이상의 것을 우리 감정에 요구할 수 있을까?).

나는 가방 속에 옷을 잔뜩 넣고서 초록색 양복 한 벌을 두고 잠깐 망설였다. 그것은 로랑스가 내게 처음으로 사준 양복이었고, 그 당시에는 너무나 나를 수치스럽게 했던 옷이었다. 그렇지만 나는 그 양복도 다른 옷가지들과 함께 챙겨 넣었다. 까다롭게 굴 때가 아니었다. 옛날 양복 가봉실에서는 화가 나서 발을 굴렀어야 했을지 몰라도 당시의 내 처지로는 따뜻한 의복을 거절할 상황이 아니었다. 그럴 생각이 내 머리에 떠오르지도 않았을 것이다. 지금은 너무 늦었고, 고상한 사람에게는 너무 늦은 것보다는 전혀 하지 않는 것이 더 나았다.

로랑스에게는, 비록 개버딘으로 된 옷들이지만, 미래의 기념품들이 될 이것들을 개었다가 다시 다 풀었다. 할 수 없으리라는 것을 알기 때문에 나는 서둘러 해나갔다. 이따금, 나는 당연한 권리로 확인하기 위해서, 침대 위에 펼쳐진 주간지에 몸을 구부리고, 되는대로 읽어나가기도 했다. 그녀가 자기 가족, 친구, 이 세상 모든 것을 잃었다 해도 그 젊은 아내는 결코 후회하지 않았다. 그녀는 자신이 그 남자에게 만족한 것처럼, 그 남자도 자기에게 만족하고 있었음을 알고 있었던 것이다. 도대체 그녀가 무슨 말을 하려는 거지? 자기가 세상을 대신했고, 나를 만족시켰다고 생각할 수 있을까? 나는 한 번도 내가 누군가를 만족시킬 수 있다고 생각해 본 적이 없었고, 더욱이 누군가가 나를 만족시키리라고는 생각조차 하지 않았다. 게다가 나는 어떤 방식으로든 그런 것을 바라지도 않았다. 로랑스의 이런 정신 나간 주장은 나를 격분시켰다.

나는 페이지를 넘겼다. 그 두 사람은 우연히 한 카페에서 만났다. 그녀는 외롭고 수척한, 말 없는 젊은이를 목격했다. 그리하여 그녀는, 그 남자가 첫눈에 그녀에게 홀딱 반해버린 것과 동시에 그와 사랑에 빠졌다.

사실 우리는 몽파르나스 어느 카페에서 만났다. 나는 그곳에서 다른 쾌활한 녀석들과 피아노를 치며 미친 듯이 재미있게 놀고 있었다. 그때 로랑스가 자기 여자 친구 한 명과 함께 들어왔는데, 우리 일행 중의 한 녀석에게 수작을 걸고는 문자 그대로 그녀는 우리 일행에게 들러붙었다. 그녀는 우리를 따라오려고 온갖 짓을 다 했고, 우리는 어떻게 해야 그녀에게서 벗어날 수 있을까 하고 정말 고민했었다. 코르넬리우스와 나는 그 귀찮은 로랑스를 놓고 주사위

놀이를 했고, (이렇게 말할 수 있다면) 내가 이겼다. 그러자 그녀가 첫눈에 내게 반해버렸다.

하지만 나는 그녀를 만나고 견딜 수 있게 되기까지 몇 주가 걸렸다. 나는 의심쩍은 마음으로 그녀와 잠자리를 했다. 그만큼 그녀는 내게 부르주아 아가씨의 전형으로 보였고, 그녀의 기질은 하나의 놀라움이었다…….

나는 와이셔츠와 책, 그리고 머플러와 음반들, 사진기, 복권과 복권 놀이표를 꾸렸다. 스타인웨이 피아노와 너무 더워서 신을 수 없는 양말 몇 켤레만 남겨두었다. 나는 별로 힘들이지 않고 가방 두 개를 닫았다—옷가지가 가득 차긴 했지만 넘치지는 않았기 때문이다—그리고 나는 네 쌍의 커프스 버튼과 넥타이핀 그리고 손목시계를 아무런 회한도 없이 챙겼다. 나는 차도 가져갈 것이었다. 보험료가 지불되었으니 앞으로 여섯 달은 족히 여유가 있다는 사실에 황홀하기까지 했다. 백만 달러면 이 모든 것을 다 갚고도 남을 것이라고 생각하면서 나를 비열하게 만드는 그 어떤 행복감을 맛보았다.

짐을 다 싸고, 버클을 채우고 나서, 나는 내가 좋아하는 알 카포네 스타일의 밤색 양복을 입었다. 그리고 거울에 나를 한 번 비춰보았다. 벌써 내가 젊어진 것처럼 보였다.

나는 유일하게 아쉬운 피아노 앞으로 다가섰다. 그리고 이삼 분 동안 이상한 곡조를 우울하게 연주했는데, 항상 내 머릿속에 집요하게 반복되는 화음으로 곡조가 시작되고 있었다.

내가 그 세 음표 주위에서 건반을 오르락내리락하고 있을 적에, 비가 세차게 내리기 시작했고, 뺨을 때리고 입을 맞추는 소리를 내면서 소나기가 내렸다. 나는 유리창을 열고 기대어 서서 얼굴에 미지근한 빗방울을 좀 맞았다.

그리고 잠시 동안 내리는 비를 쳐다보면서 빗소리를 들었다. 그러고 나서 카펫이 젖지 않도록 조심스럽게 유리창을 닫았다. 그러고선 양손에 가방을 하나씩 들고 복도로 나왔다. 로랑스에게 작별 인사를 하고 싶었지만, 정말이지 내게는 그녀를 기다릴 인내심이 남아 있지 않았다. 이제는 그녀가 나에 대해 뭐라고 하든 나와는 상관없는 일이었다. 그래서 그녀의 방 앞을 지나면서 나를 부르는 목소리를 들었을 때는 일종의 불쾌감을 느꼈다.

— 뱅상, 당신이에요?

나는 한숨을 내쉬고 짐을 내려놓고 그녀의 방으로 들어갔다. 그 방은 마치 사랑을 나누는 밤처럼 어슴푸레한 조명으로 되어 있었고, 그녀의 향수 냄새가 다시 한번 그 방을 감싸고 있었다. 그 향기가 머릿속에서 이미 지워져 버렸는지를 확인이라도 하는 듯이 깊숙이 그 냄새를 맡았다. 7년 동안 이 향수에 포위되어 살았던 것이다. 이 얼마나 이상한 이야기인가…….

— 그런데, 왜?

로랑스는 다리를 세우고 침대에 앉아 있었는데, 흰 스웨터가 그녀를 돋보이게 했다. 그녀는 얼룩덜룩한 여름 스카프를 양손으로 꼬고 있었다.

— 제발 여기 좀 앉아봐요. 어딜 가고 있었죠?

— 나 떠나는 거야.

침대 가에 앉으면서 나는 단조로운 음성으로 말했다.

— 복도에 내 가방이 있어. 당신을 보고 떠나게 되어 기쁘군. 아무 말도 하지 않고 떠났다면 섭섭했을 텐데.

— 떠난다고, 떠난다고요?

그녀는 너무도 놀란 표정으로 변했다. 마치 소설이나 영화에서처럼, 처음에는 놀라움으로 그다음에는 동물적인 공포감 때문에 내가 보는 앞에서 일그러지는 것을 보았다.

— 당신 그 잡지를 물론 읽었겠지. 『엡도마데르』라는 잡지 말이야.

내가 말했다. 그녀는 마치 기사 대장의 조각이라도 되는 것처럼 나를 뚫어지게 쳐다보며 고개를 끄덕였다.

— 그래요, 그래.

그녀가 중얼거렸다.

— 물론 읽었죠. 그런데 그게 뭐가 중요하죠? 무슨 말을 하고 싶은 거예요, 내게 하고 싶은 말이 뭐예요?

이번에는 내가 놀랄 차례였다. 여하간 그녀가 자신의 과장과 날조의 의미를 모르고 있는 것은 아니었다.

— 잘 들어, 당신도 읽었지. 당신이 이 인터뷰를 했으니까 물론 읽었겠지. 정말 구역질 나고, 불명예스러운 일이야. 거짓말투성이고 또……. 뭐가 중요하다니! 그래, 난 떠나, 그게 전부야. 우리 관계는 억지가 되어버렸고, 결국은 서로 증오하는 게 되어버렸어. 난 그런 걸 혐오해.

— 하지만 그건 당신 때문이에요! 당신이 우리 관계를 그렇게 만들었다고요!

그녀는 거의 소리를 질렀다.

— 당신 때문이죠! 난 당신이 그러는 게 혐오스러워요. 당신이 그렇게 딱딱한 표정으로, 그렇게 단호한 태도로 어디론가 떠나가, 언제 돌아올지도 모르는데, 그리고 또 내가 당신을 기다리며 시간이나 헤아리지 않으려면 일부러 외출을 해야 하는데, 당신은 내가 그런 걸 원한다고 생각하

세요? 아니야, 당신은 나를 고문하고 있어요. 뱅상! 일주일 전부터 한숨도 못 자서, 이제 내가 누구인지도 모르겠단 말이에요!

나는 어안이 벙벙해서 그녀를 쳐다보았다. 그녀는 분명 진지했고, 신경발작을 일으킬 참이었다. 맹목적이고 불투명한 그녀의 견해를 가지고 다투지 말고 가능한 한 빨리 떠나야 했다. 그렇게 하지 않으면 우리는 서로를 괴롭힐 것이니 그건 쓸데없는 짓이었다.

— 좋아.

나는 일어섰다.

— 좋다고. 내 잘못이라고 해두지. 그럼 미안해, 이제 난 가봐야겠어.

— 아, 안 돼요, 안 돼!

그녀는 침대에서 반쯤 일어서서, 어정쩡하게 무릎을 꿇고 내 팔에 매달렸다. 그녀는 떨어져서 앞으로 처박힐 것만 같았다. 나는 그 상황의 우스꽝스러움과 기묘함을 참을 수가 없었다. 갑자기 온몸이 굳어졌다.

이제 더는 그녀가 전처로도, 적수로도, 낯선 여인으로도 보이지 않았다. 오직 가능한 한 내가 빨리 피해 달아나야만 할 지독히 신경질적인 여자로만 보였다. 마치 내가 잔꾀라도 부리는 것처럼, 그녀의 손이 조심스레 내 옷소매를 놓았다.

그녀가 뒤로 물러서자, 뺨에 혈색이 되돌아왔다. 그래서 나는 조금 전에 그녀가 얼마나 창백했었는지, 알 수 있었다.

— 아, 당신 때문에 무서웠어요…….

그녀가 말했다. 나는 그녀의 두 눈에서 소나기 같은, 창밖에 내리는 소나기 같은 눈물이 쏟아지는 것을 두려운 마음으로 쳐다보았다. 그러고 나서 그녀의 얼굴에는 경련이 일었고, 입술은 비틀리더니 손으로 얼굴을 가렸다. 그래서 내 눈에는 그녀의 목덜미와 흔들리는 어깨만이 보였다.

— 당신 어딜 가서, 무얼 했어요? 당신을 못 본 지가 3일이나 됐어요. 정말 끔찍한 일이에요! 아, 여보. 얼마나 무서웠는지! 도대체 어딜 갔었어요? 난 이런 생각을 하며 시간을 보냈다고요. 그이가 어디 있을까? 무얼 하고 있을까? 뭘 원하는 걸까? 정말 무서워요! 그런데 여보, 왜 이러는 거죠? 이런 얘기, 여보, 정말 지긋지긋해요.

나는 너무도 놀랐지만 초연하게 그녀를 쳐다보았다. 점잖은 신사가 울고 있는 여인에게 하는 것처럼 나는 내 손을 그녀의 어깨에 내밀었다가 즉각 도로 빼냈다. 그녀를 내 품에 안는 것은 잔인한 짓이 될 것이었다. 그녀는 좋지 않은 상태에 처해 있으면서, 허구와 자기기만 그리고 부조리한 추리를 가득히 품고 있고, 맹목적이었다. 그런 그녀에게 또 다른 방황을 주어서는 안 되었다.

그녀가 입속으로 우물거리면서 말을 해서 나는 겨우 알아들을 수가 있었다.

— 당신 어디로 갈 거죠? 당신이 뭘 할 줄 알아요? 아무것도, 당신은 할 줄 아는 게 아무것도 없어요. 그리고 당신이 돈을 좀 벌게 된 순간에 내 곁을 떠난다는 것은 비겁한 짓이에요. 모든 사람이 당신을 비열한 인간이라고 할 거예요. 당신도 알아요? 당신은 아무데도 갈 곳이 없어요. 아무도 당신을 도와주지 않을걸요. 도대체 뭐가 되려고 이러죠?

그녀가 진정 고뇌 어린 목소리로 물어보기에, 나는 소리 내 웃고 싶었다.

— 그건 다 있을 수 있는 이야기야. 하지만 누구 잘못이지?

그녀는 이것이 마지막 물음이자, 아무 쓸데없는 질문인 것처럼 어깨를 으쓱했다.

— 그게 누구 잘못이건 중요하지 않아요. 그런 거죠, 뭐. 당신은 굶주림과 추위로 죽게 될 텐데, 어쩌자고 이러는 거죠?

— 나도 모르겠어. 하지만 어쨌든 되돌아오진 않겠어.

— 알아요. 당신이 돌아오지 않으리라는 건 나도 알아요. 그게 끔찍한 일이죠. 7년 동안, 매일 아침 당신이 내 앞에 있나 없나 확인했고, 저녁마다 당신이 떠나지나 않을까 두려워했죠. 이제 그때가 왔군요. 됐어요. 아, 정말 있을 수 없는 일이에요. 당신은 뭘 모르고 있어요……!

그녀가 당신은 뭘 모르고 있어요라고 말할 때는 너무도 자연스러운 어조여서 나는 그녀를 쳐다보았다. 그녀는 고개를 들었다. 완전히 퉁퉁 부은 눈과 눈물로 얼룩진 그런 얼굴을 나는 한 번도 본 적이 없었다.

— 아, 뱅상. 이처럼 사랑한다는 것이 어떤 것인지 당신은 모를 거예요……. 당신은 그런 사랑을 안 해서 정말 다행이라는 것만 알아두세요. 당신은 그것이 어떤 것인지 모를 거예요.

그녀의 목소리는 흥분되어 있었지만, 그 공포 속에서도 객관적이었고, 아무런 원한도, 말하자면 아무런 사적인 슬픔도 들어 있지 않은 그런 목소리였다. 그녀는 오직 내 앞에서 자기가 겪은 무엇인가를 확인하고 있을 뿐이었고, 거기에 대해 나는 사실상 아무런 책임도 없었다. 내가 그 사실을 알아차리자, 그녀가 마치 암이나 다른 불치병에 걸렸다고 고백이라도 한 것처럼 내 마음이 찡했다.

— 하지만, 당신 좀 과장한다고 생각되지 않아? 나 말고 다른 사람일 수도 있었잖아.

내 말에 그녀는 나를 한번 더 쳐다보더니 손으로 얼굴을 감쌌다.

— 그래요, 하지만 그건 당신, 바로 당신이에요. 당신이 하는 말에 달라지는 건 없어요. 아무것도. 그건 당신이니까. 어쩔 수 없죠. 게다가 당신이 떠난다니! 난 당신이 떠나는 걸 원치 않아요. 당신이 떠나는 건 있을 수 없어요. 뱅상, 당신은 그걸 이해해야만 해요. 있을 수 없다고요. 난 죽고 말 테니까. 당신을 남아 있게 하려고 내가 얼마나 힘들게 싸워왔는데요. 난 안 한 짓이 없어요. 내가 지나치게 했다는 것도 잘 알아요. 하지만 내게 창살이 있었다면 당신 주위에 창살을 쳤을 것이고, 내게 족쇄가 있었다면 당신 발에 족쇄를 채웠을 거예요. 이런 식으로 고통받는 것을 멈추기 위해서라면, 단 하루도, 단 하룻밤이라도 당신이 내 곁에 그대로 머물러 있는지 안심하기 위해서라면 당신을 가두기라도 했을 거예요. 나는 무엇이든지 할 수 있었을 거예요.

— 그래서 내가 당신을 떠나는 거야.

어쩐지 겁이 난 나는, 나도 모르게 최후의 연민 어린 몸짓을 해 보이며 덧붙여 말했다. 왜냐하면 지금으로서는 뱅상이나 로랑스나 그들의 지난 이야기가 문제가 되는 것이 아니라, 사랑이라고 불리는 심각하고도 통속적인 문제에, 결국 정열에 사로잡힌 한 남자와 한 여자가 문제였기 때문이다. 이렇게 구분하고 나니 약간 힘이 생겨났다.

— 당신은 나를 진정으로 사랑하지 않아. 누군가를 사랑한다는 것은 그의 행복을 빌어주는 것이고, 그를 행복하게 만들어 주기를 좋아하는 것이야. 그런데 당신은 나를 당신 옆에 붙들어 두고만 싶다고 당신 입으로 말했어. 당신은 내가 당신 옆에 있을 적에 내가 행복한지에 대해선 깡그리 무시하지.

— 맞아요. 네, 정말이에요! 당신을 내가 어떻게 하기를 바라는 거예요? 당신이 맛보는 건 단지 사소한 불행과 사소한 걱정거리, 답답함과 짜증뿐이죠. 그건 당신이 별로 재미있게 놀 줄을 몰라서이거나 다른 사람들을 만나기를 꺼리기 때문이죠. 하지만 나는요, 당신이 고개를 돌릴 때마다 내 가슴엔 비수가 꽂히는 거예요. 알겠어요? 그건 허무감이자 애끓는 아픔이죠. 난 벽에 머리를 찧고, 내 손톱의 살을 뜯어낸다고요. 난 당신이 무서워요. 여보, 당신이 무섭다고요. 당신은 이해하지 못해요.

그녀의 이야기는 내 호기심을 끌었다. 그것은 바로 묶여 있는 자기 먹이에 파고드는 비너스였다. 불행하게도 삶이란, 적어도 일상적인 삶은 보다 더 하찮은 감정들로 이루어져 있었다.

— 당신 건강을 돌봐야겠어. 누군가가 당신을 안정시키고, 당신에게 삶의 기쁨을 돌려줄 사람이 당신을 보살펴야겠어.

내 말에 그녀는 씁쓸하게 웃기 시작했다.

— 내가 7년 동안 뭘 했다고 생각하세요? 의사도, 정신과 의사도 만나보았고, 침술, 진정제, 운동 안 해본 게 없다고요. 모든 걸 다 시도해 보았죠. 여보, 모든 걸요. 당신은 그런 게 무엇인지 모를 거예요.

그리고 딱 한 번 박애주의적으로 그녀는 이렇게 덧붙였다.

— 사실, 당신도 여기엔 아무런 책임이 없어요. 여보, 정말 아무 잘못도 없어요. 당신은 대체로 매우 친절하고 인내심도 많아요. 정말이에요. 하지만 당신은 또한 무서운 사람이기도 해요. 당신은 한 번도 나를 사랑한 적이 없어요. 그렇죠? 대답해 봐요! 당신은 한 번도 이런 애끓는 심정이나 숨 막힘 등등을 느껴본 적이 없었어요……. 그러더니 그녀는 내 손을 자신의 가슴 위로 해서 목에 가져갔는데, 마치

손바닥과 목 사이에 있는 그 무엇을 짓누르기라도 하는 듯이 가슴을 몸에다 대고 누르면서 이상한 몸짓을 했다. 나는 망설였다.

— 아냐, 난 당신을 사랑했었어. 이 점, 당신은 이해하지 않겠지만, 난 당신을 사랑했어. 로랑스, 내가 당신을 사랑하지 않았다면 7년이나 당신하고 살지 않았겠지.

— 예의상 그런 소릴 하는군요.

그녀가 소리를 질렀다.

— 제발 예의 바른 척하지 말아요. 다 좋지만 그것만은 하지 말아요! 당신의 그 예의 바름, 상냥한 태도, 명랑함, 그 웃음, 아침마다 숨 쉬는 그 모습, 창문을 열고, 길을 걷는 그 방식, 술을 마시고 여자들을 쳐다보고, 또 나를 보는 그 방식, 당신의 삶에 대한 욕구, 그게 다 끔찍해요. 그건 날 죽이는 거예요. 당신은 결코 거기서 벗어나지 못할 것이고, 나도 당신에게서 못 벗어날 거예요. 다 끝났어, 다 끝났다고요!

— 그래, 다 끝났어.

나는 행복감을 느끼며 말했다. 그녀는 내게로 손을 내밀더니, 조심스레 내 어깨를 매만졌다.

— 그럼, 당신 이제 다 끝났다는 걸 알겠죠. 그러니 떠난

다고 더는 말하지 않는 거죠?

그녀가 다시 말을 이었다.

— 그건 너무해요. 참을 수가 없어요. 당신은 떠날 수 없어요. 그렇죠, 여보?

나는 그것을 시인했고, 잠자코 서 있었다. 내가 약간 두려워하면서 알아낸 그녀의 비참함, 불행, 그 커다란 불행의 감정이 조금씩 나의 내부의 일종의 서글픈 수치심을 일으켰고, 침대 위에서, 내 앞에서 목을 비틀고 있는 이 인간, 그의 피부결, 숨소리, 사랑할 때의 방법, 목소리, 잠자는 것까지 내가 알고 있지만 그 이외의 것은 내가 아무것도 모르는 이 인간을 위해 무언가 시도해 보고 싶은 커다란 욕망이 생겼다. 나는 로랑스를 전혀 이해하지 못했다. 결코 말이다.

나는 로랑스가 좀 지나치게 나를 사랑한다는 마음이 들었다. 그 지나친 감정이 그녀에게 지옥 같은 생활과 맞먹을 수 있다고는 상상도 하지 않았다. 그리고 어쨌든 그녀는 어리석고, 경멸할 만하고, 심술궂고, 이기적이고, 맹목적이라는 것을 알고 있다고 해도 아무런 소용이 없었다. 막연하게나마 그녀가 가진 어떤 그 무엇, 내가 알지 못했고, 결코 알게 되지 못할 것이며, 또 아쉬워하면서도 내가 알고 싶어하지 않을 그 어떤 것에 대해 감탄하지 않을 수 없었다. 미친 듯한 사랑, 바로 그것이었을까? 아니다. 그건 불행한 열정이며, 그것과는 아무 상관이 없는 것이었다. 사랑에는 웃음이 있는 법이라고 나는 알고 있었다. 그런데 우리는 한 번도 함께 웃어본 적이 없고, 진심으로 웃어본 적도 없었다.

— 이것 봐, 내가 남아 있어야 할 필요가 없다고. 나는 당신과 나, 우리를 위해 애써봤지만 이런 생활은 오래갈 수가 없어. 이제는, 당신에 대한 이런 종속 상태와 우리의 생활을 노출하려는 취향, 그런 잡지들, 우리 주변의 이런 추잡함을 난 견딜 수가 없어. 정말이야.

그녀는 내 말에서 단 한마디, 종속 상태만은 알아들었다. 그러더니 이상야릇한 소리를 지르면서 침대 머리맡 테이블에서 핸드백을 끌어 잡더니, 거기서 수표책을 꺼내 사인을 하면서 나를 깜짝 놀라게 했다.

— 당신이 원하는 것 전부, 지금 당장 돌려줄게요. 자, 봐요. 한 장, 두 장, 석 장, 이건 우리 공동 수표책이에요. 오늘 오후에 이걸 가지고 갔었어요. 자 봐요, 다 사인했으니까. 내일 아니면 모레, 당신은 당신의 돈을 다 찾을 수 있을 거예요. 원하면 내 돈도 같이 찾으세요. 이걸 다 가져다가 당신이 원하는 걸 하세요. 다 써버리든가, 뿌리고 다니든가, 친구들한테 주든가, 당신 하고 싶은 대로 하세요. 하

지만 떠나지만 말아요. 제발, 여보. 떠나지 말아요. 제 말 들어요. 내가 당신에게 수표를 단 한 장만 준다고 해도 당신이 그 모든 돈을 되찾을 수 있다고요. 그렇죠? 당신 남아 있는 거죠?

나는 자리에서 일어나 그녀를 혐오스럽게 바라보았다. 만년필을 들고, 반쯤 찢어진 수표를 잉크 묻은 손으로 서명하고 있는 눈물 젖은 여자가 나를 수치스럽게 만들었다. 이 여자는 마치 싸움에 진 옥지기처럼, 그처럼 오랫동안 계획해왔던 일, 나를 포로로 삼는 일을 포기한 것이다. 그래서 나는 그녀의 이런 패배를 이용하지 못한 나 자신이 원망스러웠지만, 그 순간에는 냉정을 찾을 수가 없었다. 바보같이 나는 그 수표를 한 장 가질 수가 없었다. 단 한 장만 있어도 충분할 것을.

— 이걸 가져요, 제발. 제발, 이걸 받아요. 여기 남아 있으면서 이걸 가지세요. 떠나지만 말고요. 사흘, 아니 이틀, 사흘만 있어 줘요. 아니면 이틀만이라도요. 오늘 밤엔 떠나지 말아줘요. 제발, 여보.

그녀는 자기 이름으로 서명된 그 수표 중 하나를 내 얼굴 아래에 내밀기까지 했다. 나는 망설였다. 만일 내가 이걸 갖는다면, 어쨌든 얼마간은 여기 머물러야 하리라. 그러다가 나의 파렴치함이 또다시 표면에 나타나서, 다른 어느 날 줄행랑을 치라고 명할지도 몰랐다. 그러나 내가 떠나는 것이 확실하다면, 난 그 수표를 가질 수 없었다. 그건 그렇고, 그 돈은 내 돈인데, 무엇 때문에 내가 가지면 안 된단 말인가? 그렇다. 하지만 그녀는 거기서 하나의 맹세를 요구했고, 그리고 내가 그녀에게 지금 거짓말을 한다는 것은 끔찍한 일이 될 것이었다. 한편으로는 내가 그 수표를 갖지 않는다면, 나는 함정에 빠지고 말 것이었다. 나는 코리올랑과 비슷한 생활을 하게 될 것이고, 그런 삶이 어떻게 끝날지는 아무도 모를 일이었다. 물론, 그것은 내 돈이었다. 그러나 그녀가 그것을 내게 돌려주겠다고 하는 한 더 이상 그것은 나의 소유가 아니었다. 여러 생각이 내 머릿속에서 곤두박질쳤고, 서로 부딪혔다. 나의 도덕성—하찮은 것이긴 해도—이 가장 생생한 나의 본능과 서로 다투고 있었다. 로랑스가 내게 불러일으킨 공포와 연민의 이중적인 감정이 해결해주는 것은 아무것도 없었다. 나는 나와 나 자신 사이의 이런 도덕적인 투쟁에는 익숙하지 않았다.

갑자기, 가장 강렬하고도 가장 상반되는 두 가지 충동을 다 좇는 것이 더 간단하다는 생각이 들었다. 나는 수표책을 접어서, 나의 궁핍을 떨쳐버리기 위해 그것을 호주머니에 쑤셔 넣었다. 그러고 나서 그녀를 내 품에 안았고, 나에게 꼭 기대게 하면서 그녀의 고통을 떨쳐버리게 했다. 이 두 가지 행동을 빼놓고는, 그 어떤 자연스럽고, 합당하며, 소위 말하는, 인간적인 행동을 할 수 있는지 정말로 생각이 나질 않았다.

— 오, 뱅상.

로랑스가 내 품속에서 더듬거렸다.

— 용서해줘요. 이젠 절대로 그런 짓 안 할게요. 난 이기적이고, 가증스러운 여자였어요. 당신을 아프게 했고, 모욕했고, 안 해본 짓이 없었어요. 어떻게 하면 당신의 얼굴에서 그 상냥하고 낙관적인 미소와 어딘가 딴 곳에 가 있는 듯한 분위기를 쫓아낼 수 있을까 하고 고심했거든요. 앞으로는 그런 짓은 하지 않을게요. 약속해요. 절대로 당신을 행복하게 해드리려고 노력할게요.

— 난 당신에게 그렇게 많은 걸 바라지 않아.

나는 그녀의 머리를 툭툭 치면서 말했다.

— 그렇게 많은 걸 바라지 않아. 다만 좀 만족해 보려고 노력해 봐. 그리고 나를 강아지 취급하려고 들지 말고. 옛날의 그 부드러움과 상냥함을 다시 찾아봐. 당신은 부드러워져야 해. 그럴 때가 당신은 훨씬 더 좋았어.

그녀는 숨이 찬 나머지 거친 소리를 내뱉었는데, 나는 그것이 안도의 한숨인지, 슬픔인지 아니면 너무나 가까이 다가온 두려움의 소린지 알 수가 없었다.

— 맹세할게요, 맹세해요. 내가 왜 그랬는지 당신한테 설명해야만 해요. 그건 이유 없는 공포였어요. 아시죠…….

그녀는 길고도 가혹한 이야기를 늘어놓기 시작했다. 그건 한 편의 공포영화 같았고, 그 속에서 그녀는 신중하게 행동하질 못했다(물론 나도 마찬가지였지만). 그리고 그 속에 담긴 이야기는 라신느의 비극도, 내가 몹시 놀라며 꼼꼼하게 읽은 그 어떤 소설도 그보다 더 과장된 감정을 보여주지 못했을 것이었다. 로랑스는 그만큼 견딜 수 없고, 무절제한 감정을 내게 쏟아놓았다. 나로서는 대체 어디에서 그런 정열이 생겨나는지 알 수가 없었고, 또 그럴만한 인물이라고 생각되지도 않았다. 이건 마치 우리의 장인에게 시의 천재가 떨어져 내려오기라도 한 것 같았다.

그녀가 말을 해나갈수록, 지난 7년 동안 내가 그런 감정들의 무력한 증인이었음을 깨닫게 되었다. 내가 그런 감정들을 유발시키려고 한 적은 없었지만, 어쨌든 죄가 될 만한 경솔함을 가지고 그 감정들과 접했던 것이다.

그렇다. 나는 유죄이다. 내가 그녀에게 거슬리는 짓을

하지 않았다 해도, 아무것도 몰랐으니까 유죄인 셈이었다. 나는 도덕자연한 자애심을 가지고 이렇게 생각했다. 그녀를 도와주리라. 내가 가는 곳이면, 어디든지, 경마장까지도 그녀를 데리고 다니리라. 그녀를 코리올랑과도 화해시켜야지. 그리고 그녀가 자신의 지나친 격정을 비웃을 수 있도록, 그 불꽃을 태우기 전에 아이러니로 꺼뜨리는 법을 조금씩 그녀에게 가르쳐주리라. 가엾은 로랑스, 불쌍한 아이, 가여운 노처녀, 나는 그녀를 잠재우듯이 흔들면서 속으로 말했다.

밤이 깊어서, 그처럼 어두운 그녀의 침실에서, 그녀가 그처럼 터무니없고 평범하기 짝이 없는 이야기를 실컷 토해냈을 때, 내가 할 수 있었던 유일한 방법으로 그녀에 대한 나의 사랑을 입증해 보일 수 있었던 것은 바로 연민이고, 동정이었다. 그리고 실제로 그러한 행위가 그녀를 안심시켰다. 나로 말하자면, 내 육체의 원기와 무심함에 충격을 받았다.

행복한 후회

눈을 떴을 때 나는 로랑스의 팔에 머리를 뉘고 있었다. 나는 곧 그녀의 살결과 체취, 그리고 그녀의 향수 냄새를 느꼈다. 그 내음은 만족과 평온의 감정과도 같았는데, 이 감정은 방바닥에 널브러진 바지 주머니 속 구겨진 수표 생각이 떠오르자 열 배나 더 증폭되었다. 이 여자의 평정과 코리올랑의 생존, 나 자신의 독립이 저기, 내 발밑에, 융단 위에 잠들어 있었다.

가엾은 로랑스! 그녀 역시 자기 정열의 고난스러운 가시밭에서 벗어나 저렇게 자는 것이 아닐까. 앞으로 나는 이 끔찍한 강박관념을 충족시키거나 완화하기 위해서 내가 할 수 있는 것은 모두 하겠다고 생각했다. 내 입장에서는 이런 종류의 그 무엇을 느낀다는 것이 너무나도 싫었고, 그녀의 입장이 된다는 것도 너무나도 싫었다. 그녀가 깨기를 기다리면서, 나는 아내의 얼굴 윤곽을 찬찬히 살펴보았다.

그녀의 넓은 이마는 상상력을 나타냈고, 솟은 광대뼈는 자만심을, 완고한 윗입술과 육감적인 아랫입술은 많은 현대 여성의 이중성을 상징했다. 다만 그녀가 자신의 생활 습관과 도덕적 규칙을 혼동하지 않고, 변덕과 의무를 혼동하지 않기만 한다면, 그녀는 훨씬 더 쉽게 살아갈 수 있을 것이다.

우선 그녀가 정열이라는 이름으로 다시금 독재를 휘두르지 않아야 했다. 그녀의 술책 때문에 나는 정신적으로 상당한 피해를 보았고, 충분히 진저리를 냈으니! 바깥세상에서 아직도 나를 기다리고 있는 조롱과 야유를 생각하면 특별히 즐거운 것도 없었다. 아니다. 지금부터라도 우리는 어떤 대책을, 어떤 '무시할 수 없는 결정'을 내려야만 했다.

이 멋진 계획에 들떠서, 나는 침대에서 빠져나와, 다시금 우리의 방이 된 곳의 덧문 쪽으로 확고한 걸음걸이로 걸어가 창문을 열고 신선한 공기를 한껏 들이마셨다. 나는 창문을 반쯤 열어 스페인식 열쇠를 걸쳐놓았지만, 헌신적이었던 로랑스의 어머니 생각이 나서 되돌아가서 그녀의 어깨 위로 이불을 끌어당겨 주었다. 그때 그녀가 눈을 떴고, 눈꺼풀을 깜박거리더니 나를 알아보고는 키스할 때처럼 오므린 입술을 내게 내밀었다(내 마음속에서 어떤 불청객이 상스러운 욕을 내질렀다). 나는 간단히 키스해주고는 작업실로 되돌아갔다. 그곳에서 나는 12시간 전에 떠날 생각을 했던 그 전용 침대에 드러누워 길게 기지개를 켜면서 나의 고독을 되찾는 것에 만족했다.

요 며칠 사이에, 나에게 몇 가지 버릇이 생겼는데, 그만큼 빨리 그 버릇을 잃어버린다는 것이 나로서는 매우 힘들었다. 일주일 전에 나는 돈을 요구하기 위해 무일푼을 만나러 갔었다. 시간은 천둥처럼 지나갔고, 그 천둥은 나무와 이성을 황폐하게 해놓았고, 마로니에 나무와 감정을 뒤흔들어 놓았다(때때로 내부에 있는 연설조의 작은 음성이 꽤 타당하게 다시 들려오는 것이었다).

여하튼 이 모든 우여곡절을 치르고도 내가 무사하고, 활기에 차 있고, 기분이 좋다는 것은 기적이었다. 더욱이 일종의 즐거움이, 수술 후에 느끼는 것이라고 규정할 수 있을 시니컬한 경쾌함이 내 다리와 머리를 짜릿짜릿하게 했고, 그래서 나는 잠들 수가 없었다. 나는 다시 일어나, 나의 소중한 피아노—비현실적이었던 이번 주에서 가장 구체적이고 가장 진지한 흔적인 피아노—에게로 다가갔고, 기계적으로 내가 만들어낸 그 예의 화음을 피아노로 연주했다.

12개의 음이 그 뒤에 이어졌는데, 나는 별로 주의를 기울이지 않은 채 한 번, 두 번, 세 번 내가 그 음표에 바라는 한 가지 기원인, 한 개의 목소리, 하나의 상황을 부여하게 될 때까지 계속 쳐나갔다. 그러나 헛수고였다. 나는 그 멜로디를 록으로, 팝으로, 재즈로, 슬로우로, 왈츠로 쳐보았고, 또 거기에다 가사를 불어로, 영어로, 스페인어로 붙여볼까 생각했고, 또 하나의 영화 음악으로도 구상해보았다……. 그러나 그 멜로디는 모든 가수의 이름도, 모든 오케스트라도, 내 기억이 베푸는 온갖 제안도 다 거절하는 것이었다. 모두 다. 그래서 나는 그 음표들을 내 귀에 들리는 대로 다시 모았다가, 다시 던져 주면서, 그 음들이 각자 제자리에서 모두 필요불가결하고 유려하게 서로 화답하는 것을 들었다. 그리고 나는 그 멜로디에 이어서, 그만큼 분명한 다른 멜로디들이 전개되어 그것들이 완전한 하나의 곡조, 하나의 멜로디, 한 곡의 노래, 어떤 것이든 간에 내 음악수첩에 즉각 기록할 그 무엇이 될 때까지 계속 쳐나갔다.

그 무엇이란 음악적으로 아름답고, 마음을 사로잡을 정도로 달콤하고, 경쾌하면서도 구슬픈, 쉽사리 거역할 수 없는 그런 음악을 말한다.

그리고 누구라도 이 음악은 나의 것이고, 나 이외 누구의 것도 아닌 나만의 것이라는 사실을 감히 부정하려 든다면 난 그자를 죽여버릴 테다. 그것은 '나의' 음악이었다. 이제 나는 그 수표들을 내 호주머니 속에 넣을 수도 있고 창밖으로 던져버릴 수도 있었는데, 그게 더 중요한 것이 아니었다. 이 모든 불화는, 너무도 늦게 피어난 이 열두 음표의 부재에 의해 각색된 불길하면서도 교훈적인 농담이었던 것이다.

이 음표들은 뜨거운 사건에서 생겨난 것이 아닐까? 아니면……. 내가 아는 것은 그 음표가 거기 존재해서 내가 지칠 줄 모르게, 그것도 그 건물에 사는 사람들을 다 깨울 정도로 점점 더 크게 치고 있다는 사실뿐이었다. 그러나 그 건물의 사람들은 꿈쩍도 하지 않았다. 다행이었다. 왜냐하면 너무나 기뻤기 때문이다. 그리고 이런 기쁨은 나에게는 중단됨을 견디지 못하는 행복한 격분과도 흡사한 것이었다.

모든 나의 멜로디는 바로 이 화음에서 흘러나왔다. 사흘 전부터 지금까지 끊임없이, 그 이유도 모른 채 내가 연주하고 있는 예의 그 낯선 화음, 그 화음의 기원에 대해서 코리올랑이 물어봤지만 계속 따지지도 않았고 또 나도 물론 대답해줄 수도 없었던 그 화음 그 세 음표가 이런 유형의 전개부를 유도하고, 뒤이어오는 열넷 혹은 열두 음표를 끌어

온다는 것을 어떻게 내가 생각했을까? 이 생기 넘치고 부드러운 음악은 피아노 독주의 무기력만큼이나 현대적인 리듬의 단절과 템포를 잘 견뎌낼 것이었다. 나는 그 곡의 골격을 그려보았고, 이 라이트모티브의 음표들을 하나씩 혹은 연달아서, 매번 그 멋진 조화에 스스로 놀라면서 오십 번이나 그려 넣었다. 도입부는 저음 악기로 두 번 반복할 것이고, 이어서 클라리넷, 색소폰, 피아노, 기타가 곡을 이어가다가, 마지막에는 목소리, 낮은 목소리, 인간의 목소리가 등장할 것이다.

이 노래는 허스키한 목소리, 세계적인 허스키 목소리여야 한다. 이 노래는 후회를 환기하고 있었는데, 그것은 행복한 후회였다. 음악적 성공이 어떤 식으로 이루어지는지 나는 정말로 알지 못했다. 그러나 나는 사람들이 나중에 그 노래를 듣게 되었을 때, 그 곡을 들으면서 누군가를 사랑했었다는 것을, 그 곡을 들으며 춤을 추었다는 것을, 그 곡을 들으며 하늘의 축복을 받았다는 것을 기억해낼 것이라고 알고 있었다. 바로 그런 것이 이 음악이 표현하는 것이었다. 그렇다면 이 음악을 '행복한 후회'라고 불러도 될까? 그게 무슨 상관이랴. 음악에서 가장 중요한 것은, 그 음악의 기억이 우리를 감동시키는 것인데, 이 노래의 경우가 바로 그러했다.

나는 미칠 듯이 기뻤는데, 내가 자랑스러워서가 아니라, 그 반대로 이번만은 내가 겸손했기 때문이었다. 엄습하는 공포의 순간에, 나는 여러 오선지 위에다 열 번 내지 열두 번이나 그 곡을 썼고, 그것을 내 작업실 구석구석에 감추어 두었다.

그러고 나서, 마지막 테스트를 해보기 위해, 나는 코리올랑에게 전화를 걸었고 전화에 대고 피아노를 쳐서 갓 태어난 나의 신곡을 들려주었다. 이렇게 표현할 수 있을지 모르겠는데, 나는 즉시 그의 침묵을 들었다. 그러고 난 후에 나는, 그가 이건 완전히 새로운 음악임이 틀림없고, 최고이고, 무언가 도취시키는 것이 들어 있고, 지금까지 존재한 적이 없는 음악임을 굳게 맹세할 수 있으며, 세기적인 대성공을 거두게 될 곡이니 거기에 더해 위스키 한 병, 아니 열 병이라도 걸겠다는 등등의 말을 하는 것을 들었다.

그 모든 이야기는 나를 우쭐하게 했다. 왜냐하면 코리올랑은 음악만 빼놓고는 무슨 거짓말이라도 할 수 있는 녀석이라는 것을 잘 알고 있었기 때문이다. 처음으로 나는 작곡가가 된 느낌이 들었다. 왜냐하면 〈소나기〉는 어느 작업실 한구석에서 태어났는데, 악보화되어 영화에 삽입되기 전에

딱 두 시간, 그것도 도둑놈처럼 연습하고 연주했었기 때문이다. 그러나 이 신곡, 이 행복한 후회는 그렇게 되지 않을 것이었다. 그 누구도 이 곡을 나에게서 앗아가서, 음악 이외에, 사람들이 서로 만나 서로의 마음에 들고 서로 사랑하고 그다음엔 서로 애지중지하거나 아니면 서로 그리워하기 위한 그 무엇으로 만들기는 어려울 것이었다. 그리하여, 마치 가장 형편없는 일요 화가가 자기 작품을 끝내면서 편집광이 되듯이, 나도 편집증 환자처럼, 내 음악이 단지 이 모든 감정들을 환기시키는 것만을 원하지 않았고, 그 감정들을 강요하기를 바라고 있었다.

그리하여 내 작업실 문턱, 내 시선이 가닿을 수 있는 맨 끝에 꼼짝 않고 서 있는 하얀 점이 바로 로랑스라는 것을 깨달았을 때, 또 그녀가 족히 십여 분 동안 거기에 서 있었다는 것을 깨달았을 때, 나는 그녀가 줄곧 나의 넋 빠진 이 행복한 표정을 보았다는 두려움과 그녀가 내 음악의 매력에 그 정도로 놀라워했다는 황홀감을 동시에 맛보았다.

나는 의자에 앉아 반쯤 몸을 돌리고 그녀를 쳐다보았다. 환한 잠옷 위에 얇고 가벼운 실내복을 걸치고, 커다란 두 눈에 매우 창백한 그녀의 모습은 상당히 기이하게 보였다.

— 이 곡 어때?

미소를 띠면서 내가 물었다. 피아노 쪽으로 다시 돌아앉아, 나는 남미풍의 느림 삼바 리듬으로 내 곡을 연주했다. 그녀가 삼바를 좋아한다는 것을 알고 있었기 때문이다.

— 그게 누구 곡이죠?

나는 돌아보지도 않은 채 그녀에게 말했다.

— 알아맞혀 봐! 당신이 제일 좋아하는 음악가야.

내 말이 끝난 후에도 육칠 초 정도의 침묵이 흘렀기에, 나는 뒤를 돌아보았다. 나는 그녀의 얼굴이 굳어져 가는 것을 목격했다. 그녀가 마치 점쟁이처럼, 이빨 사이로 끔찍한 저주를 내뱉으면서 내게로 다가오기도 전에 나는 모든 것이 끝났다고 생각했었다.

— 당신 그거 어제도 알고 있었죠? 그렇죠? 당신 눈앞에 돈이 있다는 것, 당신이 돈을 벌 수 있다는 것을 알고 있었기 때문에 떠날 용기가 생겼던 거죠? 당신에게 더 이상 내가 필요 없으니까 떠나려 했던 거죠. 그렇죠? 그렇지만 당신이 우리 공동 계좌로 된 수표를 보았을 때, 당신 마음이 좀 망설였던 거죠. "참 유감이군!"이라고 생각되었던 거겠죠. 난 당신을 그처럼 용감하게 만든 것이 무엇인지 생각해봤지만 이해할 수가 없더군요……!

이번에는 내가 일어나, 피아노 앞에 서서 그녀를 바라보았고, 그녀의 말을 중단시켰다.

단지 중단시켰을 뿐, 다른 반응은 보이지 않았다. 그래서 그녀를 더욱더 화나게 했음에 틀림이 없었다. 왜냐하면 그녀가 피아노로 다가와서는 주먹으로 건반을 내리치고, 손톱으로 긁기 시작했던 것이다.

— 당신은 자신이 영리한 줄 알죠. 그럼 나도 한 가지 말할 게 있어요. 만일 그 저주받은 음악이 성공한다면, 당신한테는 잘된 일일 거예요! 왜냐하면 그 수표, 내가 어제 당신한테 준 그 수표 말이에요. 난 거기에 거부권을 행사할 거예요. 참 안됐군요. 공동 계좌일 때는 거부권을 중요하게 쳐준다고요. 당신은 자기가 영리한 줄 아나 봐? 그리고 나를 바보, 천치 취급하니 말이에요. 내가 바보, 천치예요?

그녀는 점점 더 크게 울부짖었다.

— 바보 천치예요?

그녀는 반나체로 울부짖으며 미쳐 날뛰더니, 아주 추한 모습이 되었다. 나는 더 이상 그녀를 보지 않기 위해 복도로 뛰쳐나왔다. 더는 자기기만도, 어리석은 짓도, 완강함도 피하지 않았고, 그것이 추상적인 것이든 아니든 피하지 않았다. 단지 내가 피하는 것은 나를 사랑하지 않고, 너무 크게 악을 쓰는 한 미친 여자였다. 나는 현관에 내 짐들을 쌓아놓았다가 그것들을 차 속에 집어넣고는 출발했다. 십 분 후에 나는 오를레앙 문을 지나가고 있었다.

시골은 아름다웠고, 피사로의 그림처럼 초록색으로 가득하였다. 모든 창문을 활짝 열어 차 문으로 들어오는 시월의 촉촉한 대지의 향기를 들이마셨다. 내 수중에 오천 프랑이 있을 것인데, 그것이 가능한 한 오래 남아 있도록, 그리고 가능한 한 오랫동안 길에서 떠돌기 위해 노력할 것이었다. 한 푼도 없게 되면, 코리올랑을 찾으러 되돌아갈 것이었다. 그동안 나에게는 공기가 필요했다.

아침 열 시 경, 태양이 구름 사이로 나타났고, 나는 내 신곡이 성공해서 다시 부자가 된다면 접는식 지붕을 가진 차를 사겠노라고 생각했다. 열한 시에 상스 시 부근에 와 있었고, 그때까지 듣고 있던 재즈 콘서트도 끝났다. 나는 신곡을 휘파람으로 불어보고 싶었지만 도저히 기억해낼 수가 없었다. 한참 헛되이 더듬어 보다가 코리올랑을 불러보았지만 그는 외출하고 없었다. 결국, 나는 내 작업실에 숨겨둔 열 장의 복사본이 생각나, 오딜에게 전화를 하기로 결심했다. 그녀는 음계명을 읽을 줄 알았으므로 수화기에 대고 내게 곡조를 읊조려 줄 수 있을 것이었다.

그녀는 한참 만에 전화를 받았고, 나 또한 한참 후에야 그녀의 울먹이는 소리를 통해서, 로랑스가, 내가 떠난 다음에, 창밖으로 뛰어내려 죽었다는 사실을 알게 되었다. 그녀는 뛰어내리기 전에 더 얌전한 실내복을 입는 것도 잊지 않았다.

차들이 고속도로 위를 세차게 달리고 있었다. 나는 반회전하여 파리로 가는 길로 들어섰다. 가는 도중에 그 곡조가 내 머리에 떠올랐다. 라스파유 대로에 이를 때까지, 나는 끈덕지게 그 음악을 휘파람으로 불었다.

사강을 읽는 일

소설가 **신유진**

파리의 오래된 극장을 돌아다니며 언어를 배웠다. 파리 8대학에서 연극을 전공했다. 아니 에르노의 『세월』 『진정한 장소』 『사진의 용도』 『빈 옷장』, 에르베 기베르의 『연민의 기록』을 번역했고, 프랑스 근현대 산문집 『가만히, 걷는다』를 엮고 옮겼다. 산문집 『몽 카페』 『열다섯 번의 낮』 『열다섯 번의 밤』 그리고 소설 『그렇게 우리의 이름이 되는 것이라고』를 썼다.

우리는 종종 책이 아닌 작가를 읽는다는 표현을 쓴다. 작가의 존재가 작품을 압도할 때, 혹은 그의 모든 작품이 그만의 고유한 세계로 연결될 때, 작가의 이름은 하나의 장르가 되기도 한다. 프랑수아즈 사강이 그렇다. 열아홉 살에 『슬픔이여 안녕』으로 화려하게 등단한 이후, 그의 드라마틱한 삶은 그의 문학 앞에 붙는 수식어이자 꼬리표가 됐다. 속도광, 도박 중독, 스캔들, 마약, 파산. 우리는 여전히 사강의 책을 펼치며, 그의 인생을 함께 읽는다.

매혹적이고 요동치며 파괴적이고 날카롭다. 사강을 수식하는 말일까, 사강의 작품을 설명하는 말일까.

모르는 것, 느끼지 못한 것, 체험하지 않은 것을 쓸 수 없다는 사강을 두고 그의 작품과 그의 삶을 분리하는 것은 애초에 불가능한 일인지도 모르겠다. 사강의 문학은 사강의 삶과 함께 완성된다.

여기, 또 하나의 매혹적으로 요동치는 이야기가 있다. 사강의 스물아홉 번째 책, 『황금의 고삐』다. 그는 전작에서 그랬던 것처럼 그가 가장 잘하는 질문, 사랑에 대해 묻는다. 정확히는 사랑이라 뭉뚱그린 감정 안에 무엇이 숨어 있는지를 밝힌다.

결혼 생활 7년 차에 접어든 뱅상과 로랑스는 지배하고, 지배당하는 불균형한 관계 속에 위태롭게 놓여 있다. 부유한 상속녀, 로랑스는 무명 음악가, 뱅상을 아끼는 물건처럼 소유하려 하고, 뱅상은 이 지배 구조 안에서 무력할 뿐이다. 그러던 어느 날, 뱅상이 영화 음악으로 돈과 명예를 얻게 되면서 새로운 갈등이 찾아오고, 그들의 관계는 다른 국면을 맞는다.

이 소설은 『황금의 고삐』라는 제목답게 인물들이 어떤 욕망에 어떤 방식으로 끌려다니는지를 사강 특유의 섬세한 심리 묘사로 보여준다. 특히 흥미로운 점은 부부 사이의 갈등을 점화하는 장치로 '돈'이 이용됐다는 것인데, 결혼이라는 포장을 벗겨내 돈과 지배 관계를 드러내는 사강의 시선은 여전히 놀랍도록 날카롭다.

소설 속 음악과 도박도 사강의 색깔을 잘 드러내는 요소다. 음악은 마치 작가가 전하는 말처럼 이야기 곳곳에 흐르고, 경마장에서 돈을 따는 장면은 독자로 하여금 도박이 사강에게 남긴 상흔을 등장인물에게서 찾아보게 한다. 바로 그것이 사강의 문학이 가진 지극히 인간적인 매력이 아닐까. 소설 뒤에 드리워진 그의 그림자 말이다. 우리는 그 짙은 흔적을 통해 다만 살아가는 이야기를 쓰는 사람의 마음과 인간 고독의 본질을 그리는 시선을 만나고, 그 순간, 사강의 말처럼 그의 이야기에 설득되는 것이 아니라 매혹되고 만다.

프랑수아즈 사강은 한 인터뷰*에서 작가란 늘 하나의 강박을 이야기하는 존재라고 말했다. 그의 사십여 편의 작품 속에 담긴 그만의 강박은 무엇이었을까. 인물의 내면을 파헤치고 관계를 허물어뜨리며 그가 강박적으로 밝히려 했던 사랑과 고독과 욕망의 얼굴을 찾아보는 것 또한 『황금의 고삐』를 읽는 즐거움이라 할 수 있겠다.

"진실은 곳곳에 있으며, 도달할 수 없는 그러나 동시에 욕망할 수 있는 또 하나의 것"이라는 사강의 말을 떠올리며 이 책을 펼친다. 도달할 수 없으나 욕망할 수 있는 것, 그를 쓰게 했고, 우리를 그의 문학 앞으로 데려다 놓는 그것을, 분명 이 책에서 만날 수 있을 것이다.

---

* 프랑수아즈 사강, *Je ne renie rien Entretiens 1954-1992*, Stock, 2014.

황금의 고삐
La Laisse

초판 1쇄 발행 2022년 6월 21일

지은이 프랑수아즈 사강
옮긴이 김인환
펴낸이 최용범

편집 윤소진, 박호진
디자인 김선민
관리 강은선
인쇄 (주) 다온피앤피

펴낸곳 페이퍼로드 paperroad
출판등록 제10-2427호(2002년 8월 7일)
주소 서울시 동작구 보라매로5가길 7 1322호
이메일 book@paperroad.net
페이스북 www.facebook.com/paperroadbook
전화 (02)326-0328
팩스 (02)335-0334
ISBN 979-11-92376-04-2(03860)